러브 온 더 세컨드 리드

일러두기

— 이 책은 《Love on the Second Read》(2023)를 옮긴 것이다.
— 인명, 지명 등은 한글맞춤법 외래어표기법을 따르되, 국내에서 이미 굳어져 사용되거나 현지의 발음과 너무 다른 경우에는 예외를 두었다.
— 본문의 각주는 옮긴이가 작성한 것이다.

PHILIPPINES
동남아시아
문학총서
6

러브 온 더 세컨드 리드

미카 드 리언Mica De Leon 지음 | 허선영 옮김

HANSAE YES24
FOUNDATION

너무나 여러 번 실연의 상처로 상심했고
두 번째 기회가 절박하다면,
이 책은 여러분을 위한 책입니다.
마지막 사랑을 찾을 수만 있다면
두 번째 기회가 몇 번 있었는지는 중요치 않다는
걸 명심하기를.

목차

1. 신년 발표 11

2. 잃어버린 것들의 동물원 30

3. 출판업자 40

4. 이별의 기술 49

5. 경쟁자와 악당 56

6. 비탄에 빠진 소녀 65

7. 거래 82

8. 마법 96

9. 로맨틱한 첫 만남 106

10. 밸런타인데이 114

11. 깔끔한 이별 129

12. 시련의 길 137

13. 추상 151

14. 어리석은 짓과 터무니없는 소리 157

15. 상투적 표현과 남용된 수사법 164

16. 그럴듯한 대화 174

17. 발화점 182

18. 최악의 위기 202

19. 도서 박람회 208

20. 집에 데려다줘 216

21. 러브 신 227

22. 가장 야한 환상 237

23. 햇빛 248

24. 몽타주의 결말 256

25. 죽은 꽃 267

26. 가장 큰 두려움 278

27. 사건의 배경 291

28. 로맨스 판타지의 결말 297

에필로그 ― 1년 후 309

감사의 글 317

옮긴이의 말 322

미카 드 리언 연보 326

이 책과 함께하면 좋은 플레이리스트

TITLE	ARTIST
▶ I Can See You	Taylor Swift
▶ Shade of Yellow	Griff
▶ You Belong with Me	Taylor Swift
▶ Deja Vu	Olivia Rodrigo
▶ Nonsense	Sabrina Carpenter
▶ Cruel Summer	Taylor Swift
▶ Hits Different	Taylor Swift
▶ Cornelia Street	Taylor Swift
▶ Watermelon Sugar	Harry Styles
▶ Electric Touch	Taylor Swift
▶ Jealous	Nick Jonas
▶ Never Ending Song	Conan Gray
▶ 2 Be Loved(Am I Ready)	Lizzo
▶ Living Proof	Camila Cabello
▶ New Rules	Dua Lipa

Love on the Second Read

1. 신년 발표

에마는 머릿속에서 펼쳐지는 판타지 로맨스로 도피했다.

오늘은 이런 줄거리로 진행되었다. 그녀는 이 삶에서 벗어나, 현재 연봉의 세 배를 약속한 수월한 도서 편집자 일자리를 향해 다른 나라로 떠나는 중이었다. 그녀는 가죽 외피에 브랜드 로고가 프린트된 고급스러운 여행 가방 하나에 온갖 세속적인 소지품들을 챙겨 넣었다. 평소라면 살 엄두도 내지 못했던 부류의 가방이었다. 혹시 비행기 사고가 나서 태평양 한가운데에 추락한다고 해도 바다에 둥둥 뜰 법한 가방이었다. 행여 사고가 난다면, 가방을 펼쳐서 그 안에 탈 수도 있을 것이다.

그녀는 또 옆길로 새는 중이었다. 스트레스받을 때나 신경쇠약에 걸리기 직전에 종종 있는 일이었다. 그녀는 너무 지쳐서 작년도 판매량을 논하는 사장의 말에 귀를 기울일 여력이 없었다. 사장의 말은 어김없이 "제발, 제발, 제발, 책을 일정에 맞춰 내놓으세요들. 안 그러면 목표를 달성할 수 없단 말입니다!"라는 호소로 끝날 것이다. 그건 편집자들에게, 특히 그녀에게 날리는 예리한 잽이었다. 그녀는 다음 달(밸런타인데이가 있는 달인데, 3주밖에 남지 않았다)에 출간 예정인 책들의 파일을 (이번에도) 일정대로 제출하지 못한 당사자이기 때문이다.

이 회의는 출판사에서 올해 개최하는 최초의 전체 회의이자 크리스마스 휴가와 팬데믹 이후 직원들이 직접 대면하는 첫 번째 자리였다. 봉쇄 조치 기간에는 온라인으로 개최했는데, 에마는 그쪽이 더 좋았다. 잠옷 위에 블레이저만 척 걸치면 허리 위쪽으로는 프로페셔널하게 보였으니까. 물론 제이니는 다시 대면해서 만난다고 하니 너무 좋아했다("대면 회의가 협력과 시너지에는 좋잖아"라고 말하면서. 그게 무슨 뜻인지는 모르겠지만). 이런 회의에서 사장은 데이터, 판매량, 프로젝트, 마케팅 계획, 행사, 마감 기한, 그 외 복합적인 활동을 논의하고 발표했다. 제이니는 에마가 회사에 입사한 지 2주쯤 됐을 때, 직원들 각자가 한 일이 전체적으로 회사의 성공에 어떻게 기여했는지를 보여주려고 이 회의를 한다고 설명했다.

에마는 휴가 모드에서 아직 빠져나오지 못했다. 사무실 여기저기에 매달려 있는, 크리스마스 파티 때 남은 장식들도 고된 일상으로 돌아오는 데 걸림돌이었다. 3월 출간을 위해 이달 말 마감하기로 되어 있는 책들은 어떻게 하지? 4월과 5월 출간을 위해 이미 시작했어야 했던 책들은? 올해 말까지 작업해야 하는 책은 30권이 넘는다. 게다가 내년도에 출간할 로맨스 소설의 연간 계획을 승인받으려면, 6월에는 도서 라인업을 제출해야 한다. 맙소사, 책상 위에는 확인해야 할 교정쇄도 있다….

휴대폰 화면이 밝아지자, 그녀는 알림을 확인하려고 휴대폰을 집어 들었다. 두 개의 메시지가 있었다. 하나는 절친인 제뉴어리 플로레스(하지만 그녀는 "제뉴어리는 우리 할머니 이름이니까, 그냥 '제이니'라고 불러주세요. 부탁드려요"라고 모두에게 분명히 말했었다)에게서 온 것이었다. 그녀는 출판사의 마케팅 담당자이자, 홍보 담당자, 소셜 미디어 관리자이자 행사 기획자면서 동시에 출판업에서 책 만드는 일 외의 잡다한 모든 일을 담당했다. 최근 출판업계에서는 누구나 세 명이 할 일을 떠맡고 있었다. 팬데믹과 그 여파로 세상이 멈춰버렸던 지난 2년간 도서 판매량이 하락하고 회사의 비용과 지출이 늘어난 탓이었다. 하지만 팬데믹 기간의 업무가 그다지 다르게 느껴지지는 않았다. 에마의 기억으로는 그때도 지금과 똑같이 일에 지쳐 있었다. 차이점이 있다면 멀리까지 통근할 필요가 없었고, 밤늦게까지 작업해야 할 때는 구조한 길고양이 세 마리(웬트워스, 나이틀리, 다아시[1])와 함께 사는 편안한 아파트에서 작업하면 된다는 것이었다. 자기 작업 공간만 제외하고는 불을 꺼야 하고, 몇 시간마다 야간 경비가 말을 걸고, 유령과 괴

---

1 《오만과 편견》의 남자 주인공.

물들이 그녀의 책상에서 두 줄 떨어진 곳에서 키보드와 의자로 장난을 치는 사무실에서 일하지 않아도 됐던 건 좋았다.

손바닥 안에서 다시 휴대폰이 진동하자, 그녀는 들어오는 메시지를 보려고 화면의 잠금을 풀었다.

「브렌트가 오늘 중대 발표를 할 것 같아!!!」 제이니가 문자 메시지로 말했다. 그 메시지 이후로 감정이 롤러코스터를 탄다고밖에 볼 수 없는 수많은 이모지가 쏟아져 들어왔다. 브렌트는 '마야프레스'의 사장으로, 팬데믹이 들이닥치기 3년 전에 사장으로 승진했다. 모두가 기억하기로 그는 회사를 도산시키면 안 된다는 압박감에 시달렸다. 팬데믹에도 불구하고 마야프레스가 업계에 건재하다는 사실은 경영자로서 그의 능력을 분명히 보여주는 증거나 다름없었다.

활력이 넘치고, 낙천적이며 열정적인 제이니는 온라인에서의 모습과 현실의 실제 모습이 다르지 않았는데, 혼자 있길 좋아하는 에마와 정반대였다. 에마는 책상에 앉아 있지 않을 때도 계속 원고를 읽고 편집하고 고쳐 썼다. 에마가 고상한 척하는 부류라서가 아니라, 로맨스 소설은 그녀에게 삶이자 공기였기 때문이다. 로맨스 소설을 만드는 직업은 그녀의 꿈이었다. 다만 그 일이 이토록 힘들 줄은(혹은 돈이 되지 않을 줄은) 몰랐었다.

에마는 브렌트를 올려다보았다. 그는 소매를 팔꿈치까지

걷어 올린 흰색 버튼다운 셔츠와 어두운색 바지를 입었다. 옆 머리가 희끗희끗하지만, 전체적으로 검은 머리를 깔끔하게 빗어 넘긴 채 회의실 앞에 서 있었다. 무표정하면서도 살짝 동정 어린 그의 표정은 뭔가 매우 암울한 뉴스를 전하려 한다는 인상을 모두에게 심어주었다. 그가 웅얼거리듯 말했다. "우리는 6개월간 목표를 달성하지 못했습니다. … 본사는 급변하는 위기에 처해 있고….."

아주 잠깐 시야가 흐려지면서, 에마는 브렌트를 오늘 아침 회의에 오기 전에 편집하던 원고 속 억만장자 CEO로 상상해보았다. 고개를 흔들자, 방이 다시 시야에 들어오면서 동료들의 뒤통수가 보였다.

회의실은 직원 스무 명이 쓰기에는 너무 컸지만, 예전이라면 밀실 공포증이 생길 정도로 너무 많은 사람이 빽빽이 들어차 있었을 것이다. 에마는 몸집이 작고 눈에 띄지 않는 편인 데다 회의실에서도 구석에 있었다. 에마가 앉은 곳은 맨 뒷자리로, 그녀를 보려면 사실상 모두가 몸 전체를 돌려야 했다. 앞쪽 테이블에는 회계팀에서 온 두 명과 제작팀 매니저, 인사팀 매니저가 앉아 있었다. 영업팀 직원 세 명, 그리고 물류팀 창고 직원 일곱 명이 출입구와 가까운 테이블을 차지했고, 그 맞은편에는 디자인팀 직원 두 명이 앉았다. 맨 뒷자리에 앉은 편집자 세 명은 마감을 피해 숨어 있던 게 틀림없었는데, 앞에서 서성거리는 브렌트를 보며 다들 긴장한 눈치였다.

온통 검은색과 갈색 머리의 무리 속에서 눈에 띄는 밝은 은발의 긴 단발머리를 한 제이니는 회계팀 앞에 앉아서 미친 듯이 휴대폰을 스캔하며 문자를 입력하고 있었다. 에마는 그녀의 천적인, 공상과학 및 판타지(SF & Fantasy, 이하 'SFF') 편집자 킵 알레그리 바로 뒤에 앉았다. 처음으로 펼친 책에서 풍기는 익숙하고 강렬한 머스크향과 함께 오늘은 샴푸와 세제 냄새도 풍겼다.

그녀는 휴대폰으로 다시 관심을 돌렸다. 「바보 같은 소리 하지 마, 제이니. 본사는 우리 출판사의 문을 닫겠다고 4년째 협박하고 있잖아. 애초에 못 한 일이니, 이번에도 틀림없이 그렇게 못 할 거야.」

그런 다음 스크롤을 내리자, 오늘 아침, 월요일 일과를 시작하기 전에 받아서 읽었던 메시지가 눈에 들어왔다.

메시지를 열어볼 필요도 없이, 거기에 「자기야, 제발 얘기 좀 하자. 벌써 6개월이나 지났잖아」라고 쓰여 있을 걸 알았다.

전 남자 친구인 닉은 6개월 전에 헤어진 이후로 만나달라는 문자를 적어도 일주일에 한 번은 보냈다. 하지만 에마는 그를 다시 대면할 준비가 되어 있지 않았다. 다시 만나기엔 여전히 상처가 아물지 않았고, 너무 어색할 것 같았다.

그녀가 약간 거친 손길로 다른 새 메시지를 탭했다. 발신자를 본 그녀의 눈이 번뜩였다.

「어이, 모랄레스. 손필드 저택[2]에서 전화 왔어. 로체스터가 다락방에서 너를 보자는데?」 킵의 문자였다. 그녀가 그의 뒤통수로 눈을 돌리니, 무성하게 자란 짙은 갈색 머리가 지저분하면서도 차분하게 가라앉아 있었다. 언제부터 서로를 괴짜라고 놀리기 시작했는지는 기억나지 않지만, 어느새 둘은 문학에 관한 문자로 격렬하게 치고받는 대결을 이어가고 있었다.

에마는 자기가 이기고 있다고 생각했다. SFF 도서와 그래픽 노블에 관한 에마의 세세한 지식에 킵이 깜짝 놀라 입을 다문 적도 있었지만, 가끔은 에마조차 검색해야만 알 수 있는, 잘 알려지지 않은 로맨스 책들을 킵이 언급해서 에마를 입 다물게 한 적도 있었다. 둘 다 모든 종류의 책을 좋아했다. 하지만 업무상 특정 장르의 책을 담당했기 때문에, 다른 장르보다 특정 장르에서 더 많은 경험과 전문 지식을 갖추게 됐을 뿐이다. 한 차례 대결에서 누가 이겼든, 그들은 항상 동점을 이루었다. 딱히 횟수를 세지는 않았다. 아니, 에마는 셌다. 항상 이기고 싶었으니까.

「너희 호빗 굴로 돌아가, 알레그리」라고 문자로 답한 뒤에

---

2   소설 《제인 에어》의 배경. 제인 에어는 가정 교사로 들어간 손필드 저택에서 주인인 로체스터와 사랑에 빠진다.

덧붙였다. 「원하는 게 뭐야?」

그가 어깨에 힘주면서 휴대폰을 보려고 고개를 아래로 숙이는 모습이 보였다. 「그건 너한테나 통하는 농담이지, 모랄레스. 난 진짜 호빗 굴에 살고 싶다고. 그나저나 서머 코미콘[3]에 출품할 그래픽 노블 때문에 컬러 프루퍼[4]가 필요해. 너 또 밤샘 작업할 거야?」

「넌 호빗 굴에 들어가기에는 키가 너무 커. 툭 가문의 바보[5]야. 오늘 밤은 아니야. 아직 인디자인 파일[6]을 확인하고 있거든.」 답장을 보내고 나서 그녀는 제이니로부터 새 메시지가 도착하자 잠금 버튼을 해제했다.

「이번엔 달라. 팬데믹이 일어났다고, 벌써 까먹은 거야? 판매량이 제로라니까!!!」

브렌트의 목소리가 약간 더 커졌다. "자, 회사의 발표 사항은….."

---

3   Summer Komikon. 필리핀에서 만화 애호가를 위해 해마다 열리는 만화책 행사.
4   실제 색깔이 어떻게 인쇄되는지 미리 확인하기 위한 교정쇄를 만들 때 사용하는 프린터.
5   《반지의 제왕》에서 원정을 떠나는 네 명의 호빗 중 한 명인 피핀의 성이 툭(Took)인데, 호기심이 많아 바보 같은 질문을 하는 피핀을 마법사 간달프가 나무라는 장면에서 나오는 대사.
6   도서 출판에 사용되는 소프트웨어.

에마의 휴대폰은 제이니가 쏟아내는 메시지로 진동했다. 「이번엔 진짜야!!!」「브렌트가 발표할 거라고.」「이젠 끝이야.」「다 끝나도 우린 계속 친구로 지내면 좋겠어!」 그 이후로도 에마의 절친에게서는 열 통이나 문자가 더 왔다.

브렌트는 말했다. "회계팀에서 업데이트된 소식이 있습니다. 정확한 내용은 메일을 확인해주세요. 우린 문서를 곧 디지털화해야 하는데…."

에마가 답장했다. 「봐, 제이니. 그냥 정기적이고 따분한 경영 발표잖아. 걱정할 게 없다니까.」

「얘가 말귀를 못 알아듣네. 본사 홍보팀이 전 계열사 행사 관련해서 나랑 조율을 안 하고 있어.」

「그럼 좋은 거 아니야?」 에마가 제이니에게 답장했다. 「어쨌든 넌 이미 하는 일이 너무 많잖아.」

브렌트는 계속 말했다. "다음으로, 3월 말에 계열사 전체 체육 대회가 있다는 걸 잊지 마세요."

집단으로 내지르는 탄성이 강당을 울렸다.

브렌트가 불평을 억누르려고 소리 높여 직원들에게 소리쳤다. "본사에 좋은 인상을 심어주려면 모두 참가해야 합니다. 그러니 각자 어떤 경기에 참여할지 인사팀에 말해주세요. 그렇지 않으면 우리가 무작위로 경기에 배정하겠습니다. 예외는 없어요." 브렌트가 인사팀 여직원인 티타 베스(에마는 그녀를 보자 TV에서 봤던 털이 북슬북슬한 핑크색 고양이가 생각났다)를 바라보자, 그녀가 너무나 인자한 미소로 모두에게 손을 흔들었다.

「저게 브렌트가 준비한 중대한 기업 발표라면, 넌 호들갑을 떠는 게 확실해」라고 에마가 제이니에게 메시지를 보냈다.

「저건 그냥 체육 대회 얘기고.」 그러더니 제이니는 스포츠를 주제로 한 이모지를 무수히 보냈다. 「나 지난주에 역도 용상 기록을 경신했어」라는 문자에 이어서 팔을 구부리는 이모지가 등장했다.

"다음으로 넘어가서 모두 협력해야 할 일이 있습니다. 올해 우리는 기록적인 베스트셀러가 필요합니다. 로맨스 소설이든, 공상과학 소설이든, 아무도 생각지 못했던 기발한 틱톡 북이든 상관없습니다."

에마의 관심은 다시 전 남자 친구에게 받은 메시지로 흘러갔다. 메일 수신함에서 그의 이름을 힐긋 볼 때마다 가슴속이 꽉 막힌 듯 답답했다. 휴대폰 연락처에서 그의 번호를 지울 수도 있지만, 그게 무슨 소용이겠나? 머릿속에 이미 그의 연락처와 세부 정보가 남아 있는데. 게다가 소셜 미디어도 여전히 연락이 닿을 수 있는 수단이다. 당연히 그를 차단해야 했지만, 그녀는 지난 6년간 삶의 중요한 부분을 차지했던 사람을 완전히 차단하는 게 썩 내키지 않았다. 둘을 이 지경까지 몰고 간

건 바로 그녀의 이러한 행동이었다. 이미 우울해하는 닉에게 벌을 주는 건 옳지 않다고 생각했다. 그러나 이게 둘 다를 위한 최선이라고 그에게 상기시키는 건 잊지 않았다.

그녀는 답장을 입력하기 시작했다. 「아무것도 바뀐 건 없어, 닉⋯.」 하지만 전송 버튼을 눌러야 할지 망설이고 있을 때, "모랄레스!"라는 브렌트의 호명에 깜짝 놀라 요란한 소리를 내며 휴대폰을 테이블에 떨어뜨리는 바람에 모두의 시선이 그녀에게 쏠렸다. 에마를 향해 의자에서 몸을 돌린 채, 더 잘 보려고 코 위에 걸친 네모난 검은 뿔테 안경을 위로 치켜올리는 킵의 한쪽 귀에는 검은색 마스크가 느슨하게 매달려 있었다. 그녀는 의자 등받이를 감싼 그의 팔 근육이 어두운색 괴짜 셔츠(아마 《반지의 제왕》일 것이다. 어쩌면 〈스타워즈〉일지도 모른다. 〈스타워즈〉 광팬이었으니까)가 터질 듯 팽창된 모습에 정신이 팔렸다.

"집중하라고. 노라 에프론.[7]" 킵이 그녀를 향해 의기양양한 미소를 띠며 속삭였다. 그녀는 그를 노려보았다.

브렌트가 계속 말했다. "작가들에게 무슨 소식이라도 있나? 아모라 로메로는?"

---

7   Nora Ephron, 영화감독이자 시나리오 작가로 〈시애틀의 잠 못 이루는 밤〉, 〈해리가 샐리를 만났을 때〉, 〈유브 갓 메일〉 등의 작품을 남긴 로맨스 장르의 대가다.

그녀는 침을 삼킨 다음 입술을 깨물었는데, 입안이 바싹 마르면서 갑자기 검은 곱슬머리를 손으로 빗고 싶은 충동에 사로잡혔다. 집에서 사무실로 달려오기 전에 엉킨 머리를 빗질했었는지조차 기억이 나지 않았다. 그녀는 머리를 만지고 싶은 충동을 간신히 억눌렀다.

"아뇨, 아모라는 글길 막힘[8]으로 여전히 고전 중입니다." 그녀는 그 정도로만 대답을 마무리하고 싶었지만, 브렌트의 표정과 과격하게 이를 악무는 모습을 보고서 마음을 바꿨다. "9월 도서 박람회에 출품할 책 가운데 팬들의 관심을 끄는 책이 몇 권 있지만, 베스트셀러 작가들 작품은 아직 없습니다. 내년도 출판 도서 라인업을 제출하는 6월까지 남은 3개월간 작가들이 출간 제안서를 보낼 것 같습니다." 그녀는 후회할 말이 튀어나올까 봐 뺨 안쪽을 깨물었으나, 회의실 맨 뒷줄에 있는 그녀를 바라보는 사람들의 눈빛이 보였다. 희망에 차서 기대하는 눈빛, 한편으로는 죄책감이 깃든 눈빛을 보자 세상의 운명이 경각에 달려 있고, 오직 자신만이 상황을 바로잡을 수 있을 듯한 기분이 들었다. "그중 하나를 골라서 일정을 빡빡하게 잡으면 12월에 출간할 수 있을 겁니다."

---

8   작가가 내용이나 소재에 대한 아이디어가 떠오르지 않아 애먹는 상황.
     일명 '집필자 장애'라고도 한다.

그녀는 머릿속에서 자신을 쥐어박고 또 쥐어박았다. 또 한 번 정말로 지키고 싶지 않은 약속을 덥석 내뱉었다. 솔직히 말하면 지킬 수도 없었다.

킵이 사과와 동정 어린 표정으로 그녀를 보며 혀를 찬 후 고개를 저었다. 그는 그녀가 한 짓을 이해했다. 그도 지킬 수 없는 약속을 어쩔 수 없이 했던 적이 있었다. 그녀는 1년 전체를 생지옥으로 만들고도 남을 출간 일정을 약속한 셈이었다.

모두가 대답을 기다리며 브렌트를 향했다. 그는 알 수 없는 표정으로 에마를 바라보면서 가슴 앞에 팔짱을 끼더니 그저 고개를 끄덕이며 "계속 업데이트해주게"라고 말했다. 다음으로 그는 자신이 아끼는 탁월한 편집장인 킵에게 관심을 돌렸다. "킵, 새로 받은 원고는 어떤가? 그 저널리스트 말이야."

"사실 공상과학 원고와 문학 저널리즘[9] 원고를 받았는데요, 둘 다 팬데믹과 관련된 내용입니다. 하나만 골라야 한다면, 어느 걸 선택할지 정해야 하니 사장님 이메일로 둘 다 보냈지만, 가능하면 두 권 다 했으면 좋겠습니다. 개인적으로는 논픽션 원고가 더 좋습니다. 1, 2년 후에 손익분기점에 도달할지 불확실하지만 말입니다. 해외 출판사 하나가 출판권을 놓고 고려 중이라고 작가가 넌지시 말하기는 했는데, 내심 현지

---

9   사실 보고에 이야기 중심의 문학적 색채를 더한 논픽션의 한 형태.

출판사를 선호하고 있습니다. 작가가 의도한 독자층을 우리가 직접, 즉시 타겟팅할 수 있으니까요. 이번 책은 감이 정말 좋습니다."

브렌트의 얼굴이 희망으로 밝아졌지만, 반짝이던 빛이 눈 깜짝할 사이에 사라졌다. 모두의 일자리가 위태로울 때 희망은 소멸하기 쉽고, 모두의 일자리를 지키는 것이 그의 일이었다. 그는 그냥 고개를 끄덕이며 말했다. "회의 끝나고 내 방에서 얘기하세나."

사장은 책을 만드는 데 노련한 베테랑이자 가끔 케케묵은 사고방식(예를 들어, 한쪽 성에 치우친 책을 출판하거나, 고리타분한 고정관념을 버리지 못하는 등)에 빠지기도 하는 구식의 전통주의자였다. 그는 어도비 크리에이티브 스위트[10]가 나오기 전에 책을 어떻게 만들었는지 잘 알았다. 당시에는 라이트박스[11] 위에 밀착 인화[12]된 인쇄 필름과 교정쇄를 놓고 확인했었다. 칭찬받아 마땅하게도 브렌트는 항상 흔쾌히 배우고 남의 말을 경청하며, 아무도 감당하지 않으려는 큰 위험을 무릅쓰는 사

---

10 그래픽 디자인, 영상 편집, 웹 개발에 사용하는 응용 프로그램.

11 필름이나 투명 양화를 불투명 유리 위에 놓고 살펴볼 때 쓰이는 상자 모양의 조명 기구.

12 일반적인 사진 촬영에서의 개념과 달리, 출판계에서는 쿼크 익스프레스 프로그램에서 만든 출판 데이터가 입혀지는 것을 가리킨다.

람이었다. 다만 그가 명예롭지 못한 점은 확신이 서지 않을 때는 보통 돈이 따라오는 쪽을 선택했다는 것이다. 특히 회사를 접는다는 소문이 처음 돌기 시작한 이후 지난 4년간은 더욱 그러했다.

브렌트가 목표 판매량을 놓고 신입 편집자인 제시를 괴롭히고 있을 때, 에마의 휴대폰이 다시 알림음을 울렸다.

「《제인 에어》 3장은 너랑 어울리지 않아, 모랄레스. 자기희생의 시대는 팬데믹 전에 아이언맨과 함께 끝났다고」라는 킵의 문자였다.

「인용할 문학 작품이 떨어졌나? 패배를 인정해, 알레그리」라고 그녀가 답장하자, 새로운 메시지들이 왔다는 알림이 화면에 떴다. 당연히 그중 몇 개는 제이니일 터였다.

갑자기 브렌트는 서성거리던 걸음을 멈췄는데, 그 모습이 진지한 문장의 끝을 알리는 단호한 마침표 같았다. 나름대로 노력했음에도 그가 얼굴에서 뚱한 표정을 감출 수 없자, 회의실 안에는 긴장감과 초조함과 함께 침묵이 내려앉았다. … 제이니조차 사장의 말에 집중하려고 휴대폰을 내려놓았다.

"우리 출판사가 여전히 수익을 낼 수 있다는 걸 노력으로 증명할 시간이 딱 1년 남았습니다"라고 브렌트가 말했다.

잔인한 운명의 장난인지, 에마가 휴대폰을 떨어뜨렸을 때 실수로 전송해버린 문자에 전 남자 친구가 답을 보내왔다. 「만나서 얘기할래? 그냥 얘기만 할게. 어떤 약속도, 기대도 하지 않을게.」

"만약 우리가 증명하지 못한다면···." 브렌트는 아직 오지 않은 현실, 그들이 계속 싸운다면 여전히 지키지 않아도 되는 약속을 말로 옮기고 싶지 않아 고개를 저었다. "물론 여러분은 적절한 보상을 받을 것이고, 회사는 여러분이 다른 계열사로 옮겨갈 수 있도록 최선을 다하겠지만···."

에마는 나머지 말을 듣지 않았다. 아니 듣지 않았다기보다 머릿속에서 질주하는 생각 때문에 세상 모든 소리가 들리지 않았다. 마침내 그 일이 일어나고 있었다. 그녀가 가장 두려워했던 일. 그녀는 꿈의 직장을 잃고 다른 계열사로 갈 것이다. 아무도 그녀를 고용하지 않으면 어떻게 하지? 그녀는 책 만드는 것 이외에는 사실상 아무것도 몰랐다. 주택 담보 대출이 아직 20년이나 남아 있었고, 엄마의 의료비 때문에 진 빚과 먹여야 할 뚱뚱하고 버릇없는 고양이가 세 마리나 있었다. 다시는 책을 만들지 못할지도 모른다. 눈가에 눈물이 맺힌 그녀는 회의실에서 이 뉴스에 상심한 사람이 자신만이 아님을 알았다.

주변이 빙빙 도는가 싶더니 그녀는 어느새 세상이 온통 잘못되고 특히 혐오스러울 때 늘 도피했던 로맨스 판타지로 가 있었다. 바로 그것이 그녀가 팬데믹 동안 악화된 엄마의 건강 상태에 대처한 방식이었고, 닉과의 관계에서 생겼던 문제들에 대처한 방식이었다. 바로 그렇게 그녀는 삶의 스트레스에 대처했다.

그리하여 그녀는 공항에서 억대 연봉을 준다는 편안한 도서 편집자의 일자리로 가는 중이었다. 옆에는 멋진 여행 가방이 하나 있었고, 특별한 행사에 입으려고 아껴두었던 고급 드레스를 입은 차림이었다. 그녀에게는 더 밝은 미래로 가는 편도 티켓이 있었다. 바로 그때 사랑하는 연인이 장미를 든 채 그녀를 쫓아왔다. 그는 그들의 사랑이 새로운 직장을 포기할 만큼의 가치가 있으므로 떠나면 안 된다며 장황하게 애원했다. 그녀는 두 번 생각할 겨를도 없이 "예스"라고 대답했고, 그들은 결혼했으며 그 후로 행복하게 살았다. 끝.

에마는 인상을 찌푸렸다. 현실이라는 발톱이 그녀를 지상으로 끌어내렸다. '희생 좋아하네. 넌 곧 파산하게 될 거야.' 그녀는 머릿속에서 혼잣말했다. '게다가 고양이 세 마리랑 책더미가 여행 가방 하나에 들어갈 리 없잖아. 그리고 장난하냐? 전 남친에게 다시 돌아가느니 이륙하는 비행기 앞에 뛰어들 확률이 더 높다고.'

이것이 에마의 정신이 압박감을 받을 때 작동하는 방식이었다. 그녀는 인생에서 최악이었던 지난 2년간의 팬데믹 동안 온갖 끔찍한 일에 직면했고 이에 대처하는 방식을 개발했다. 삶의 경험을 구분하는 법을 배웠고, 나쁜 기억을 담은 도서관처럼 삶의 특정한 부분을 모아둘 독립적인 칸을 만들어냈다. 스트레스와 고통이 한꺼번에 쌓이지 않도록, 하나의 영역이 다른 영역으로 흘러 들어가지 않게 하는 법을 배웠다. 사람은 한 번에 나쁜 일 하나밖에 감당하지 못하고, 그 이상이 되면 무너진다. 그리고 그녀가 무너진다면, 다른 모든 것도 무너질까 봐 두려웠다.

휴대폰이 그녀의 손에서 진동했다. 눈물이 그렁그렁한 눈으로 휴대폰을 응시하다가 이메일의 발신자 이름을 보자 심장이 두근거렸다. 로맨스의 신이 개입한 타이밍은 기가 막혔다.

「틀에 박힌 스타일에서 벗어나려고 시험 삼아 써봤어요. 내 생각엔 괜찮은 것 같지만, 당신 생각은 어떤지 너무 궁금하네요.」이메일에서 아모라는 '잃어버린 것들의 동물원'이라는 제목의 완성된 원고를 첨부하며 이렇게 말했다.

메일을 보고 크게 웃음을 터트린 그녀는 회의실의 모두에게서 불쾌한 눈총을 받았다. 특히 알레그리는 군이 몸을 돌려서 외국어로 쓰인 표지판을 읽듯 그녀를 빤히 쳐다보았다.

에마는 그를 무시한 채 파일을 열었다. 혼란과 기쁨이 섞인 불협화음과 같은 심정으로, 이미 혼란스럽고 지친 마음속에서 소용돌이치는 안도감을 애써 부인했다.

킵에게서 온 문자 메시지가 화면 상단에 떴다.

「절대 안 되지. (그래픽 노블도 문학 작품이야!) 게다가 비장의 무기가 더 많이 있다고, 모랄레스. 내가 네 마음을 사로잡고 말 거야.」 이상하게도 그 문자는 약속처럼 들렸다.

2. 잃어버린 것들의 동물원

그 로맨스 작가의 원고는 본질적으로 공상과학 소설이었다. 하드코어 공상과학 소설. 《파운데이션》[13]과 《익스팬스》[14]와 〈월-E〉[15]를 결합한 듯했다.

에마는 이틀간 이미 읽은 소설을 읽고 또 읽으며 심사숙고했다. 매번 결말은 그녀를 울렸다. 작품이 별로거나 형편없어서가 아니라, 비극적인 해피엔딩이어서다. 비극적인 해피엔딩이란 말은 처음 떠올렸을 땐 말이 안 되는 것 같았지만, 역시 그 소설을 묘사하기에는 최적의 표현이었다.

소설은 배경인 먼 미래에서 몸에 살보다 금속과 로봇 부품이 더 많아 겨우 인간이라 할 수 있는, 유전적으로 변형된 두 인간의 이야기였다.

천 년 전 지구에서 탈출했던 사람들의 후손이 마이아(MAIA, Memory Analytics Index Accumulator, 메모리 분석 인덱스 기

---

13   《The Foundation》, 공상과학 소설 3대 거장 중 한 명인 아이작 아시모프(Issac Asimov)의 3부작 공상과학 소설.

14   《The Expanse》, 제임스 S. A. 코리(James S. A. Corey)의 9부작 소설.

15   〈Wall-E〉, 공상과학 애니메이션 영화.

억 장치)라는 여자 로봇을 지구로 보낸다. 지구 탐험을 위한 우주 원정길에 잃어버렸던 백업 데이터를 디셈버(D:ECEMBE-R, Drive: Earth Class Emergency Bilge Extractor and Repository, 지구 비상 빌지 추출기와 저장소)라는 기계에서 회수해 오기 위해서였다. 최악으로 파손된 단 하나의 디셈버만이 작동했지만, 자료를 다운로드하는 중에 기계가 배터리를 완전히 충전할 시간이 필요했으므로 마이아는 지구까지 매일 왔다 갔다 해야 했다. 마이아는 대탈출이 있기 전 지구에서의 삶이 어떠했는지를 어렴풋이 알게 됐다. 대탈출이 시작된 후에도 데이터를 수집하고 있던 디셈버에서 자료들을 발견한 것이다. 그녀는 온전한 인간으로서 디셈버의 삶도 어렴풋이 파악했다. 그는 처형당할지, 생물학적 메모리 저장소로서 공무를 수행할지 선택해야 했던 죄수였다. 3장에서 마이아는 디셈버를 수리하려고 퍼레이조라는 우주 정거장 도시로 그를 몰래 들여오면서, 안전 보호막 바깥에서 폐기물을 들여오면 안 된다는 법을 위반했다. 그들은 붙잡혔고, 서로를 다시는 보지 못했다. 그 일이 있기 전까지는….

에마는 결말을 생각만 해도 벌써 가슴이 찢어지는 것 같았다.

장르란 책을 분류하여 더 쉽게 팔려고 임의로 정한 구분일 뿐이라는 그녀의 주장을 그 소설은 확실히 증명해 보였다.

그 소설은 에마와 킵의 전문 분야인 두 장르의 완벽한 결합과도 같았다. 그녀는 로맨스 부분은 잘 알았지만, 상징과 은유를 전달할 목적으로 작가가 숨겨놓은 공상과학적 요소 중에 자신이 놓친 건 없는지 의심스러웠다.

도움을 청하러 킵에게 갈까 생각해봤지만, 자존심이 허락하지 않았다. 그건 너무 패배처럼 느껴졌고, 에마는 지는 게 싫었다.

그녀는 유리벽과 유리문 너머 회의실 안에서 서성이는 킵을 보았다. 노트북에 대고 말하는 그의 목소리가 약하게 들렸다. 목소리가 벽을 뚫고 새어 나오는 것으로 보아, 소리를 지르고 있는 게 틀림없었다. 에마는 킵의 회의에서 드문드문 들리는 단어들을 포착했다. "…여성을 혐오하는 남자들…, …지나치게 성적으로 표현한 여성 캐릭터들…, 스토리와 무관한 팬 서비스 차원의 장면들…."

그녀는 상습적으로 원고를 늦게 제출하던 작가의 얼굴을 화면에서 알아보았다. 작가는 킵이 팔을 벌리고 거의 위협적인 제스처를 쓰며 말할 때마다 몸을 움찔했다.

안 될 말이다. 아모라를 킵에게 넘길 순 없다. 아모라는 이제 막 슬럼프에서 빠져나와 에마가 수년간 읽었던 책 중에 최고의 원고를 써냈다.

에마는 아모라에게 마감을 지키라고 집요하게 요구했던

3년 전이 생각났다. 마감이 지난 일주일 후에 아모라가 앞뒤가 맞지 않는 원고의 일부만을 보내자, 에마는 무슨 일이 생겼나 확인하러 전화했다. 아모라는 남자 친구와 막 헤어져서 감정적으로 무너져버렸다고 말했다. 에마는 그해 목표를 달성하지 못하겠다고 생각했지만, 아모라는 어떻게든 다시 회복해서 세 편의 로맨스 중편 소설을 보내주었다. 평소의 원고 분량보다는 짧았지만, 그 소설들은 팬데믹이 닥친 후 3년간 출판사를 버텨내게 할 만큼 훌륭했다. 팬데믹 기간에 출판사는 도서 제작을 중단하는 동시에 가지고 있던 재고는 무엇이든 팔아야 했다.

아모라가 이 새로운 원고를 쓰는 데는 3년이나 걸렸지만, 그만큼 기다릴 가치가 있는 작품이었다.

아모라가 원고 쓸 때 어떤 마음이었는지를 안다면 도움이 될지 모른다. 두 사람은 아모라의 마지막 책이 재판된 이후로 오랫동안 얘기를 나누지 못했다.

에마는 휴대폰을 꺼내 그녀의 번호를 눌렀다.

"에마, 당신 전화를 기다리고 있었어요! 원고 읽어봤어요? 어때요?"

"너무 좋아요, 아모라! 이 소설은 얼마나 오래 구상했어요? 왜 이런 장르를 쓰셨어요?"

"좋다니 기뻐요. 소설이 잘 나올지 확신이 없었는데, 우리

남편이 컴포트존에서 벗어날 필요가 있다고 말해줘서….”

“잠깐만! 잠깐만! 잠깐만요! 남편이라고요? 결혼은 언제
했어요?”

휴대폰 너머에서 아모라가 웃었다. “팬데믹에 접어들고 2
년째 되던 해요. 초대 못 해서 미안해요. 시청에서 결혼했어
요. 우리하고 부모님하고만….”

“아니에요! 사과할 필요 없어요. 팬데믹이었잖아요. 남편
은 누구예요? 둘이 어떻게 만났어요?”

에마는 작가들과 주로 사무적인 관계로만 지냈지만, 가
끔은 일과 개인 삶의 경계가 흐릿해져서 책 만드는 일 외에 뭘
하고 지내는지 수다를 떨기도 했다. 아모라는 너무나도 잘 알
려진 지역의 유명 인사라서, 본업인 카피라이터로 일할 때 그
녀를 알아본 사생팬에게 집요한 괴롭힘을 당한 적이 많았다.
그래서 그녀는 사생활을 매우 은밀하게 관리했는데, 특히 소
셜 미디어에서는 더욱 그랬다.

“남편하고는 고등학교 동창이에요. 팬데믹이 끝나기를 기
다리려고 고향에 머물면서 우리 옆집으로 이사 왔다가, 그냥
그렇게 됐어요. 작년에 우린 기다리기에는 삶이 너무 짧다고
생각했고, 그래서 결혼했죠.” 에마는 아모라가 휴대전화를 옮
겨 쥐는 소리를 들었다. “내 얘기는 그만해요. 편집자님은 어
때요? 마지막으로 통화한 지 너무 오래된 것 같아요. 당신과

닉이 내가 전에 썼던 중편 소설 중 하나에 영감을 줬는데, 《사랑과 기타 메모》라는 소설 말이에요."

에마는 손발이 오그라드는 듯했다. 그 소설이 기억났다. 당시에도 책벌레와 록 스타가 주인공인 로맨스 중편 소설이 에마와 닉에게 영감받아 집필했을 수 있겠다고 추측했지만, 아모라가 직접 확인해준 건 이번이 처음이었다. "우린 헤어졌어요."

"설마요!"라고 아모라가 전화기에 소리치더니, 갑자기 영상 통화를 하자고 했다. "무슨 일이 있었는지 말해줘요."

에마는 좌우를 살폈다. 디자이너 두 명과 제시가 너무 가까운 테이블에 있어서 영상 통화가 곤란할 것 같았다. 킵은 여전히 회의실에 있었고, 브렌트는 태블릿으로 작업하며 자기 집무실에 들어앉아 있었다. 그녀는 몸을 숙인 채 회의실 뒤쪽을 지나쳐 프루퍼 옆의 조용한 구석으로 향했다. 거기에서 영상 통화를 받았다.

아모라가 질문을 쏟아내기 전에, 에마는 이렇게 말하면서 먼저 말을 끊었다. "별로 드라마틱한 사건은 없었어요. 팬데믹 동안 자연스레 멀어진 것뿐이에요. 그게 다예요."

"하지만 어떻게요? 왜요? 닉은 당신에게 푹 빠졌었잖아요! 당신에 대해 노래도 작곡했고요!" 아모라가 전화기에 대고 거의 소리를 지르다시피 하는 바람에, 에마는 목소리를 낮춰야 했다.

에마는 입술을 꾹 깨물고는 화면에서 자신을 뚫어져라 응시하는 아모라의 시선을 당황스러운 표정으로 외면했다. "엄마에게 생긴 일조차 닉에게 털어놓지 못했어요. 우리 관계가 팬데믹 이전과 같지 않다는 걸 알았으니까요."

화면 속에서 아모라는 깜짝 놀라며 떡 벌어진 입을 손으로 가리면서 말했다. "당신 어머님 일은 나도 아는데요!"

"제가 닉에게 말했어요. 우린 여전히 친구로 남을 수 있지만, 어색하지 않으려면 먼저 떨어져 지내는 데 익숙해져야 한다고요."

"하지만 뭐가 바뀐 거죠?"

"그냥 멀어진 거예요. 그게 다예요. 게다가 봉쇄 조치도 상황을 더 악화시켰고요. 서로에게 화났을 때조차 우린 싸우지 않았으니까요."

아모라가 크게 한숨을 내쉬었다. "내 마음이 다 아프네요. 당신과 닉은 내게 항상 '커플의 롤 모델'이었거든요. 그런 당신이 해피엔딩을 누리지 못한다면, 다른 사람들은 다 어떻게 해요?"

"아모라!" 에마는 억지웃음을 지으며 말했다. "작가님은 여전히 신혼이잖아요. 이미 해피엔딩이잖아요!"

아모라도 웃었는데, 그녀의 웃음은 에마보다는 진심인 것 같았다. "당신 말이 맞지만, 그래도요! 그 말을 들으니 내 로맨스 소설도 약간은 다시 생각하게 되네요."

"소설 이야기가 나와서 말인데요,《잃어버린 것들의 동물원》이요. 평소 작가님 스타일과는 너무 다르던데요! 너무나 좋아요!"

"고마워요! 에마, 당신 입으로 들으니 더 고맙네요. 하지만 사실 모두 남편 덕분이에요. 남편이 틀에 박힌 스타일에서 벗어나야 한다고 해서 다른 걸 시도해봤죠. 우린 서로가 가장 좋아하는 책과 드라마를 읽고 보자는 데 동의했어요. 남편은 SFF를 좋아했고, 난 로맨스를 좋아했죠."

아모라는 충동적인 작가였다. 그녀는 소설을 쓰기 전에 미리 줄거리의 개요를 잡거나 계획을 짜지 않았다. 그녀에게는 많은 중견 작가와 새내기 작가가 간절히 원할 만한, 이야기에 대한 타고난 재능이 있었다.

"어쨌든 난 〈바바렐라〉¹⁶를 좋아해서 그 이야기를 〈월-E〉하고 엮으면 어떨까 생각했죠. 그랬더니 로맨스가 자연스럽게 나왔어요."

《동물원》은 〈바바렐라〉와 전혀 달랐지만, 아모라의 말을 듣고 나니 비슷한 점이 보였다. "하지만 아모라, 난 공상과학

---

16 〈Barbarella〉, 1968년 개봉한 공상과학 영화.

소설에 경험이 없어요."

"나도 알지만 당신이 내 소설들을 아니까, 당신 말고는 이 일을 믿고 맡길 사람이 없다고 생각했어요."

회의실 문이 쾅 소리와 함께 열리더니 킵이 벌겋게 상기된 얼굴로 씩씩대면서 나왔다. 그는 프루퍼 가까이 에마가 서 있는 걸 보고 깜짝 놀랐다. 에마와 눈이 마주치자 다가가야 할지, 그냥 자리를 피해야 할지 몰라 망설였다. 에마는 킵이 고민하지 않도록, 자기 휴대폰을 가리키며 영상 통화 중임을 알렸다. 그가 고개를 끄덕이고는 자리를 피했다.

에마가 아모라에게 다시 관심을 돌렸다.

"방금 누구였어요?"라고 아모라가 물었다.

"우리 편집장이요."

"그분 기억나요. 무서운…." 그러다가 갑자기 뭔가를 깨달은 듯, 화면에 보이는 아모라의 얼굴이 창백해졌다. "그분이 출판사에서 SFF 책들을 작업하죠, 맞죠?"

에마는 자기도 모르게 히죽히죽 웃고 나서, 화면에 비치는 자기 모습이 어색해 보이자 그냥 고개만 끄덕였다.

"제발, 제발, 부탁이에요. 그 사람이랑 일하게 하지 마요. 이제야 간신히 슬럼프에서 벗어났단 말이에요."

에마는 그런 생각은 해본 적도 없다고 말하려 했지만, 그렇게 말한다면 거짓말일 것이다. 실제로 그 문제를 생각했었으나 자존심 때문에 행동으로는 옮기지 못했을 뿐이다.

그녀가 더 나은 편집자였다면 벌써 원고를 킵에게 넘겼을 것이다. 아모라는 자기 경력에서 최고 소설이 될 작품을 어떻게 다룰지 아는 편집자를 만날 자격이 있었다. 브렌트가 이 소설에 대해 알게 되면(에마가 예산을 받고 제작 일정을 조율하려면 곧 이 소설에 관한 제안서를 보내야 한다는 점을 고려해보면 불가피한 일이다), 어쨌든 원고를 킵에게 넘기게 할 것이다.

"제가 할 수 있는 일이 있을지 알아볼게요, 아모라." 그녀는 지킬 수 없는 약속을 또 하고 말았다. 정말로 이 못된 습관을 버려야 한다.

그 약속은 아모라를 진정시키는 듯 보였지만, 에마의 걱정을 누그러뜨리지는 못했다.

3. 출판업자

장르 소설은 특정한 장르를 구성하는 다양한 장식으로 꾸며진 소설이었다. 스파게티 웨스턴[17]에는 술집과 말과 청부살인자들이 나왔다. 로맨스는 로맨틱한 첫 만남이 등장하며 해피엔딩을 보장했다. 공상과학 영화에는 색다른 과학이나 과학적으로 보이는 마법이 등장했다. 판타지에는 요정과 오크와 마법이 나왔다.

《잃어버린 것들의 동물원》은 로맨스 판타지의 모든 리듬이 살아 있었으나, 에마는 자신이 어떻게 다루어야 할지 모르는 요소들이 있다는 걸 인정해야 했다. 그녀가 인식조차 못 하기 때문에 잡아낼 수 없는 모순은 말할 것도 없었다.

하지만 에마가 할 수 있는 게 하나도 없다면 아모라는 어떻게 할 것인가?

그래서 에마는 스스로 문제를 해결하려고 제안서를 보내기 직전에 브렌트에게 갔다.

그녀는 6년간 이 회사에서 일해왔다. 나름의 경험도 있었

---

17   1960~1970년대 이탈리아에서 제작한 미국 서부 시대 배경의 영화.

고, 많은 작가와 작업하며 베스트셀러를 만들었다. 아모라 로메로와의 계약을 이끈 것도 그녀였다.

게다가 문학적 대결에서도 여러 번 킵을 이겼다(그가 곧바로 따라잡아 승부가 원점으로 되돌아오긴 했지만).

그녀의 자리에서 반대쪽 구석에 있는 사장의 집무실까지 긴 거리를 걷는 동안 에마는 머릿속에서 논거를 조직적으로 세우면서, 싸우지 않고 아모라를 킵에게 넘겨주지 않아도 될 시나리오를 구상했다.

첫째, 여기서 근무하던 첫해에 아모라와 계약한 후로 작가와 편집자의 탄탄한 관계를 유지해왔다. 둘째, 아모라의 스토리텔링과 집필 과정을 다른 누구보다 잘 알았다. 셋째, 아모라에게 본인이 좋은 작가이자 스토리텔러라고 확신시키고, 아모라의 요구에 맞는 도서 제작 과정을 개발하는 데 오랜 시간이 걸렸다. 넷째, 아모라가 슬럼프에 빠질 때마다 도울 방법을 배우려고 정신 건강을 관리하는 세미나에도 참석했었다(에마자신도 치료가 필요했다. 팬데믹과 그 이후의 대통령 선거가 모두에게 힘든 시기였으니까).

킵은 자기 작가들에게 무자비했다. 그는 고압적인 자세로 거리를 두면서, 에마가 일하는 방식과 전혀 다르게 작가들과 확고부동한 관계를 유지했다. 그는 아모라를 정신적으로 망가뜨려서 상심하고, 불안하고, 패배감에 휩싸인 상태로 에마에게 돌려보낼 것이고, 소설은커녕 두 단어조차 이어 붙이지 못하게 만들 것이다.

물론 킵이 들을 수 있는 반경 내에서는 이미 생각해둔 논거를 큰 소리로 말하지 않을 작정이었다. 첫째, 킵은 에마가 장르 소설에 관한 닐 게이먼[18]의 에세이를 참고했다는 것을 즉시 알아차릴 것이다. 둘째, 에마의 논거는 킵에게, 그리고 킵이 작가들을 다루는 방식에는 솜방망이 같은 잽에 불과할 것이다. 그들의 라이벌 관계가 아직은 그렇게 옹졸한 지경까지 추락하지 않았다. 셋째, 에마의 논거는 킵의 면전에서 그가 더 나은 편집자라는 사실을 인정하는 것과 마찬가지인데, 그건… 짜증 나는 일이었다.

둘은 달라도 너무 달랐다. 그녀는 이걸 잘했고, 그는 저걸 잘했다. 그들의 라이벌 관계가 뭔가 증명한 게 있다면, 둘 다 책을 차별하지 않는다는 것이었다. 에마는 자기 직업이나 그간 읽고 편집했던 책의 질과 관계없이 로맨스 소설을 좋아했다. 킵의 공상과학 소설에 관한 선호도 마찬가지였다.

하지만 브렌트의 집무실 안에 킵이 있는 걸 알자마자, 그녀는 기가 죽어버렸다. 그래서 두 남자에게 간신히 보일 정도로 살금살금 안으로 들어가면서, 머릿속으로는 둘 사이에 불

---

18   Neil Gaiman, 《샌드맨》 시리즈로 유명한 SFF 작가.

쑥 끼어들지 말지를 고민했다. "아모라가 지금껏 쓴 소설 중 가장 위대한 원고를 방금 보냈어요!"라고 발표할 때, 뭘 하고 있었든 둘이 하던 일을 멈추기 바라면서. 아니면 그냥 기다려야 하나 생각했지만 그들이 너무 진지하게 대화하는 듯해서 엿들으면 안 될 것 같았다. 그러자 엿듣고 싶은 충동이 걷잡을 수 없이 커졌다.

"원치 않으면 하지 않아도 돼, 킵. 우린 이해할 거야." 그녀는 브렌트가 말하는 소리를 들었다.

킵이 오랫동안 대답이 없자, 그녀는 킵이 밖으로 뛰쳐나갈 거라고 생각했다. "난 하겠다고 말했어, 브렌트. 그 걱정은 하지 마. 대신 회사의 미래를 걱정하라고."

"난 항상 회사를 걱정해, 킵." 브렌트가 막 한숨을 깊이 내쉰 듯 힘없이 대답했다. "삶이 대체로 정상으로 돌아오면 우린 팬데믹 이전처럼 다시 책을 팔 수 있겠지만, 본사를 설득하기가 쉽지 않아. 올해를 버티기 위해선 대박 날 작품이 필요해."

"브렌트, 출판계에 대박은 없어. 네가 나보다 더 잘 알겠지만, 난 이번 일을 실험할 기회로 여겨야 한다고 생각해. 본사는 이미 우리가 실패하리라고 예상하는데, 우리가 또 잃을 게 뭐야?"

"그렇게 무모한 건 너답지 않아"라고 브렌트가 말했다.

킵은 어깨를 으쓱하며 말했다. "내가 잃을 건 또 뭐겠어?"

브렌트가 킵의 상사여서, 가끔 에마는 둘이 어린 시절부터 절친이라는 걸 잊어버렸다. 아마도 그래서 브렌트가 킵을 편집자로서 가장 아끼고, 사무실에 있는 다른 누구보다도 더 많이 킵에게 속마음을 털어놓을 것이다. 그들에게는 역사가 있었다. 둘은 직장 밖에서도 진정한 친구였다.

하지만 둘은 동갑으로 보이지 않았다. 옷을 잘 차려입는 브렌트는 손바닥 안에 세상을 쥔 남자의 분위기를 풍겼다. 반면에 킵은 훨씬 느긋하고 편안해 보였다. 마치 책과 소설과 함께 괴짜답게 살도록 내버려둔다면, 세상에 성가신 일이 하나도 없는 사람 같았다. 실제로 킵은 에마보다 다섯 살이나 많지만, 에마랑 동년배처럼 보였다.

"어차피 우리가 폐업한다면, 모두의 주목을 받으며 멋지게 나가는 게 낫잖아." 그녀가 킵의 마지막 말을 듣고 있을 때, 브렌트가 거기 서 있는 에마를 알아보았다.

"에마, 숨어서 뭘 하고 있나?"라고 브렌트가 말하며, 깍지 낀 손을 내려놓았다. "이리 오게."

킵이 돌아보았고, 그녀가 지나칠 때 그의 등이 곧게 펴졌다. 그는 뭔가를, 아마도 기발한 농담을 던지려고 입을 벌렸다가 여기가 어딘지를 기억하고는 마음을 바꾼 것 같았다. 그들은 둘의 옹졸한 라이벌 관계를 남들 앞에서는 절제하는 무언의 규칙이 있었다.

킵이 자리에서 일어나 벽 쪽의 소파로 옮겨 앉은 것으로 보아, 브렌트에게 퍼붓는 집중 공세가 아직 끝나지 않은 듯했다. 그녀는 킵이 떠난 자리를 차지하고는 두 남자를 번갈아 힐끗거렸다. 한 명은 그녀의 등을 보고 있고, 다른 하나는 그녀 앞에 있으니, 두 남자가 새로운 직원을 평가하는 위협적인 상사처럼 보였다. 자리를 피해달라고 부탁할까 생각했지만, 그건 노골적으로 패배를 인정하는 것 같았다. 또한 그녀가 집무실에서 나간 후에 브렌트가 킵에게 털어놓을 가능성도 있지 않은가?

"뭐지, 에마?" 브렌트가 그녀를 생각의 늪에서 끄집어내면서 물었다. 그는 약지에 낀 결혼반지를 돌리고 있었다. 금속 부분에 다이아몬드가 하나 박힌, 덩굴 스타일의 두꺼운 백금 반지였다.

"아모라 로메로가 오늘 원고를 보냈습니다, 사장님." 그녀는 준비해둔 논거를 기억하려 했지만, 머릿속은 닐 게이먼, 스파게티 웨스턴, 아모라의 정신 건강 문제 등 이상한 생각들로 뒤죽박죽돼버렸다.

"당연히 좋겠지?" 브렌트가 덧붙여 물었다. "무슨 문제라도 있나? 안 좋아?"

"아닙니다. 사실 아모라의 경력상 최고의 소설입니다. 이 원고를 거절한다면 바보죠."

"그렇다면 도대체 뭐가 문제인가?" 브렌트가 조바심 내며 질문했다.

"SFF 로맨스 소설입니다, 사장님." 에마가 대답했다.

"그렇다면 알레그리에게 줘." 브렌트가 말했다.

"안 돼요!" 에마는 생각할 겨를도 없이 거의 소리를 질렀다. 계획했던 모든 논거와 모두 진술이 그렇게 창밖으로 내던져졌다. 그녀는 머릿속에서 손바닥으로 얼굴을 가렸다.

에마는 목 뒤쪽으로 내리꽂히는 킵의 시선을 느꼈다. 그녀가 싫어하는 게 있다면, 그건 패배를 인정하는 것이자, 자신이 무능하고 부족하므로 어떤 일을 성취할 능력이 없음을 인정하는 것이었다. 그래서 그냥 털어놓았다.

"저는 알레그리가 아모라와 일을 잘할 것 같지 않아요. 여태껏 아모라가 저를 신뢰하도록 열심히 노력해왔는데, 알레그리는 아모라를 무너뜨릴 거예요." 그녀는 마지막에 깊은숨을 몰아쉬고 나서야 너무 빨리 말을 쏟아냈다는 걸 깨달았다.

이때 킵이 목소리를 높였다. "내가 일부러 작가들에게 못되게 구는 게 아니란 걸 알잖아? 개인적인 감정은 없다고. 난 그냥 내 일을 할 뿐이야."

에마는 적대적인 에너지가 뿜어져 나오리라 기대하며, 잠시 그를 힐끗 보았다. 그러나 그의 눈에서 보인 건 실망과 죄책감이었다. 그녀가 자신을 내내 그런 식으로 보아왔다는 사실에 놀란 것 같았다. 그녀는 의자에 몸을 기대고 있던 브렌트를 향했다.

"사장님은 베스트셀러 작가가 쓴 원고를 원했고, 우리에겐 하나가 있어요. 우리 출판사에 최고의 수익을 안겨준 작가의 작품이죠. 제 부탁은 아모라를 제게서 뺏어가지 말라는 것뿐이에요. 아모라는 절 믿고 있고, 알레그리는 알지도 못해요." 그리고 그녀는 관에 마지막 못을 박는 것처럼 덧붙였다. "아모라는 이 작품을 저와 작업하고 싶다고 부탁했어요."

브렌트는 자리에서 움직이지 않았지만, 트레이에 핀으로 박힌 곤충을 유심히 관찰하듯 갈색 눈으로 그녀를 꿰뚫어 보았다. "킵이 SFF 소설에는 더 경험이 많잖아, 에마."

"제게는 아모라와 작업한 경험이 있어요."

"크리스마스 연휴 전에 이 책을 출판하겠다고 약속할 수 있나?"

에마의 턱이 떡 벌어졌다. 그녀는 원고를 편집하면서 그 장르를 연구할 계획을 세워놓았는데, 그건 보통 책들보다 더 많은 시간이 필요하다는 뜻이었다. 게다가 그녀는 보통의 작업 스케줄보다 더 빨리 다른 책을 제작하겠다고 이미 약속한 바 있었다.

브렌트는 물어보기도 전에 답을 알았다. 에마는 본사가 수익을 결산하는 시기 내에 이 책을 내놓지 못할 것이다.

"에마, 어떻게 해야 하는지 알고 있잖나." 브렌트는 죽어 가는 새를 둥지에 내려놓듯, 미안한 기색은 없지만 상냥하게 고개를 끄덕이며 말했다. 그는 책상에 몸을 숙인 후, 이미 펼쳐져 있던 원고를 읽으려고 아이패드를 집어 들었다. "킵에게 이메일 보낼 때, 내게도 보내주게. 나도 그 원고를 읽고 싶으니까."

"하지만 아모라가 원하는 건 어떻게 해요?"

"아모라가 자네를 믿는다면, 자네가 믿는 사람을 믿는 법도 배울 수 있을 걸세." 브렌트는 아이패드에서 눈을 떼지 않으면서 사실상 둘 다 묵살했다.

그녀는 휙 하고 몸을 돌려 킵을 찾았다. 그는 벌써 일어나서 기다리고 있었다. 무엇을 기다리는지는 알 수 없었다. 이런 상황이 벌어질 때 그는 한마디도 하지 않았다. 킵이 이 일을 너무 가볍게 여기는 것 같아 그녀는 더 짜증이 났다.

에마는 더 이상 아무 말도 하지 않고 밖으로 뛰쳐나갔다.

4. 이별의 기술

아모라에게 그 사실을 알리려고 작성하는 이메일은 너무 나도 연인과의 이별 편지 같았다.

대부분의 로맨스 소설에는 주인공과 애정 상대가 외부 압력이나 본인들 선택으로 헤어져야 하는 이별 장면이 반드시 있었고, 그들은 각자가 없는 삶에 적응하려 애썼다. 둘의 앞날은 늘 암울했다. SFF 소설이라면 일반적인 주인공의 여정에서 '영혼의 어두운 밤'이라고 비유될 만한 장면이 여기에 해당한다.

에마가 이메일에 쓴 말들은 모아놓고 보니 일관성 없는 진부한 이야기처럼 느껴졌는데, 어쨌든 이별도 사실 그런 방식으로 진행되었다. 이별이라는 중대한 삶의 결정에 관해 상대를 기분 좋게 하려고 의미 없는 말들을 주고받지만, 그래도 듣고 나면 가슴 아픈 말인 건 틀림없었다. '네가 아니라 내가 문제야.' '지난 6년은 즐거웠어.' '난 너한테 맞는 사람이 아닌 것 같아.' '넌 틀림없이 더 좋은 사람을 만날 거야.'

일단 전송 버튼을 누르고 나자 일하고 싶은 의욕이 사라졌다. 마감이 기다리고 있지만 에마는 퇴근해 집에 가려고 짐을 챙겼다.

문으로 가는 길에 킵을 지나쳤는데, 킵은 에마를 다시 돌아보더니 뒤쫓아왔다.

"어이, 앤 엘리엇.[19]" 킵은 갑자기 그녀와 나란히 복도를 걸으며 말했다. 그녀를 내려다보고 있는 그는 진청색의 코스미어[20] 셔츠를 입고 있었다. 셔츠 가격의 두 배에 달하는 배송비를 주고 해외 직구로 구매한 셔츠라고 했다. 괴짜 인증.

"이메일은 이미 보냈어, 알레그리." 그녀는 멈추거나 돌아보지도 않고 대답했다.

자신의 공격에 에마가 언짢아하지 않아 놀란 듯 킵은 잠시 멈췄다가, 종종걸음으로 쫓아와 그녀를 위해 유리문을 열어주려 했다. 하지만 손잡이에 둘의 손이 동시에 닿는 바람에, 한 명은 밀고 다른 한 명은 당기면서 문은 그대로 닫힌 상태가 되었다.

에마가 노려보자, 킵은 깜짝 놀랐다. 직접 마주한 그는 매우 겁이 많아서, 며칠 전 그녀가 목격했던, 작가에게 소리치던 남자와는 영 딴판이었다. "나한테 원하는 게 뭐야?"라고 에마가 물었다.

"네가 내게 화나 있다는 인상을 받았어, 에마." 킵은 여전

---

19   Anne Elliot, 제인 오스틴의 마지막 작품인 《설득》의 여주인공.
20   SFF 작가 브랜던 샌더슨(Brandon Sanderson)이 작품 속에서 만든 가상 우주.

히 문손잡이를 잡은 채 대답했다.

"내가?" 그녀는 일부러 뺨을 부풀리면서 활짝 웃었다. "화나지 않았어. 내가 왜 화를 내겠어? 내가 방금 너한테 중도 포기하고 잠수할 위험이 가장 큰 작가를 보냈는데. 나랑 아홉 권이나 같이 작업한 작가를 말이야. 내가 왜 화를 내겠어?" 마지막 말은 거의 으르렁거리듯 들렸다.

킵은 단서를 찾듯 그녀의 얼굴을 빤히 바라보았다. 그의 얼굴도 혼란스러운 생각과 감정이 뒤섞인 퍼즐 같았다. "내가 그 프로젝트를 거절하면 어떻게 되지?"

"이미 메일을 보냈어, 킵." 에마는 문을 열려고 손잡이를 흔들었지만, 킵이 굳건히 붙잡고 있었다. 그 과정에서 헐렁한 괴짜 셔츠 아래 탄력 있고 놀랍도록 큰 그의 팔 근육이 불룩거렸다.

"아직 되돌릴 수 있잖아. 보낸 지 한 시간도 안 됐으니까."

"아마도 브렌트가 메일을 읽었을 거야. 당연히 너도 벌써 읽었겠지."

"브렌트는 내가 처리할게."

그녀는 울음이 터질 것 같았기 때문에 이번에는 더 절박하게 문손잡이를 흔들었다. 킵에게 우는 모습을 보여주고 싶지 않았다.

"네가 이겼어, 킵! 꺼져버려!" 그녀는 더 세게 더 끈질기게 문을 흔들었지만, 킵이 놓아주지 않았다.

"무슨 얘기를 하는 거야?"

에마는 그의 넓은 어깨 너머를 보고서야 자신들이 직장 동료들의 관심을 끌고 있음을 알아차렸다. 그녀는 한숨을 내쉬며 말했다. "야. 네가 나보다 괜찮은 편집자라고. 너 말고는 아무도 아모라의 새 원고를 제대로 해낼 수 없을 거야. 이제 만족해? 네가 이겼다고."

"하지만 아모라는 널 신뢰해. 아모라가 새로운 편집자에게 쉽게 마음을 열지 잘 모르겠어. 특히 자기가 무서워하는 사람에게는."

에마의 미간에 주름이 잡히며, 그녀는 그를 향해 눈을 가늘게 떴다. 아모라와 나누는 대화를 들었나? 그녀는 문손잡이를 놓았다.

"브렌트가 옳았어. 아모라가 날 믿는다면, 내가 믿는 사람도 신뢰하는 법을 배울 거야."

"넌 정말 나를 믿어, 에마?"

그녀가 어깨를 으쓱했다. "나한테는 선택의 여지가 없잖아, 안 그래?"

킵은 그녀가 나갈 수 있게 문손잡이에서 손을 뗐지만, 엘리베이터가 있는 로비까지 그녀를 따라 나왔다. 그녀는 재빨리 엘리베이터 버튼을 눌렀으나, 문 위에 나타난 숫자를 보니

엘리베이터는 그녀가 있는 층에서 너무 멀리 있었다. '빨리! 빨리! 빨리 오라고!'

"기다려, 에마."

그녀는 크게 한숨을 내쉬고 어깨를 축 늘어뜨린 후, '별거 아니기만 해봐'라는 표정으로 그를 향해 몸을 돌렸다.

"이 문제로 내 마음이 편치 않아."

"무슨 얘기를 하고 싶은 거야, 킵?" 그녀가 낮은 목소리로 짜증을 내며 물었다. "난 너무 좋아. 최고의 작가를, 절대적으로 나를 신뢰하며 작업하도록 그토록 공들여온 작가를, 그녀를 망가뜨릴 게 뻔한 편집자에게 넘겨줬으니까. 단지 내가 작가를 상대하기에는 실력이 부족하기 때문에. 네가 이겼어, 킵. 받아들인다고. 네가 더 나은 편집자야. 그러니까 날 좀 혼자 내버려둘래?"

킵은 오늘 아침 프루퍼 옆에서 통화 중이던 그녀를 봤을 때처럼 선택의 갈림길에 선 듯 망설였다. 그는 둘 사이의 거리를 좁힐지, 야생 여우를 발견한 토끼처럼 그녀에게서 도망쳐야 할지 고민하는 것 같았다.

자기도 모르게 감정이 폭발해 당황한 에마는 킵에게서 얼굴을 돌렸다.

물론 때마침 걸려 온 전화는 이 어색한 상황에서 벗어날 완벽한 핑계가 되었다. 가방에 손을 넣고 뒤져서 휴대폰을 찾은 그녀는 발신자를 보지도 않고 전화를 받았다.

"여보세요, 자기야, …미안해, 엠스. 아직 이름 부르는 게
익숙하지 않아서. 어쨌든 네가 전화받으니까 너무 기분 좋다."

"닉, 지금은 통화하기 곤란해."

"이번 주말에 저녁이나 같이 먹을까 하고 전화했어. 그냥
친구로 말이야. 우리, 친구는 될 수 있다고 네가 말했잖아, 그
렇지?"

"닉, 아직은 만나는 게 어색할 것 같아."

"그러지 마… 알겠어. 난 그냥….."

"생각은 해볼게, 알겠지?" 엘리베이터 위 숫자를 보니 사
무실 바로 위층에 섰다. "나, 가야 해, 닉." 그녀는 닉이 대답하
기를 기다리지 않고 전화를 끊었다. 그리고 고개를 들었을 때,
아직도 거기 서 있는 킵을 보고 깜짝 놀랐다.

"남자 친구야?" 그가 불쑥 내뱉었다. 침을 삼키는 그의 목
젖이 위아래로 움직였다.

에마가 대답했다. "전 남친. 저기…, 미안해, 어… 그렇게
너한테 퍼부은 거. 난 그냥… 아모라를 잘 부탁해."

"아니야… 나는… 음… 네가 왜 속상한지 이해해." 그는
글을 쓰고 펜을 쥐느라 굳은살이 박인 가는 손으로 목뒤를 누
르면서 말했지만, 둘 다 자리를 뜨지는 않았다. "도움이 필요
하면 난 언제든 여기 있어… 그러니까, 그 원고 말이야. 네 남

자 친구 문제는 아니지만. 하지만 그 문제도 도움이 필요하면 얼마든지." 그는 실수를 깨달았는지 눈을 질끈 감고 입술을 꽉 깨물고는, 다른 말 없이 사무실 쪽으로 돌아갔다.

그 반응은 정말로… 어색했다.

"고마워." 에마가 텅 빈 복도에 대고 말하자마자 엘리베이터 문이 열렸다.

5. 경쟁자와 악당

완벽한 경쟁자는 주인공과 정반대의 목표를 지닌 사람일 때가 많았다. 그들은 꼭 나쁜 사람이라고 할 수는 없지만, 주인공이 목표에 도달하지 못하게 막았다.

악당은 사악한 존재들이었다.

이를테면 실내 사이클 같은 것. 코치가 진부하고 알아들을 수 없는 격려의 말을 훈련 조교처럼 외치는 동안 에마는 거의 한 시간쯤 사이클 위에서 페달을 굴렸다. 여자들만의 날을 갖자는 건 제이니의 아이디어였다. 밤늦게까지 작업한 뒤 화창한 토요일 오전에 소울사이클[21]을 타자는 것이었다. 제이니는 점심 전에 핫요가 수업까지 둘의 이름으로 신청해놓았다.

"다음에는, 여자들의 날에 뭘 할지 내가 고를래." 헐떡이면서 말하는 에마의 땀에 젖은 손이 자전거 핸들에서 연신 미끄러졌다.

제이니는 힘들어 보이지도 않았다. "내 새 남친이 누군지 네가 보고 싶다고 했잖아."

---

21 몸과 마음과 영혼을 강화하도록 만들어진 고강도 실내 사이클 운동.

"이걸 굴리면서 어떻게 그런 생각을 할 수 있어?"

"그거야 쉽지. 내 남친은 저 섹시한 선생님이야!" 제이니는 선두 자전거에 있는 코치를 향해 턱을 앞으로 까딱거렸다.

잠시 페달 구르기를 멈춘 에마의 다리가 후들거리기 시작했다. "코치가 네 남자 친구야?"

제이니는 사이클을 멈추지 않았다. "아직은 아니야." 드디어 헤어라인을 따라 땀이 송골송골 맺힌 얼굴로 그녀가 짓궂은 눈빛을 번뜩이며 말했다. 제이니도 땀 흘리는 걸 보자, 에마는 숨을 고르려고 잠깐 멈춘 것에 마음이 한결 가벼워졌다.

"그거 알아? 입장이 반대라면, 넌 성범죄자 취급을 당할거야."

제이니는 눈을 부라리며 말했다. "여보세요. 성 정체성 간의 힘의 역학이 아직은 이성애자 남성에게 유리하게 기울어져 있거든요. 나는 내 성적 취향을 기꺼이 인정하는 데다가, 자신에게 성적 주도권을 부여하는 사람도 나야. 어떤 남자가 날 성적 욕망의 대상으로 대한다면, 인간으로서 내 가치는 손상되겠지. 하지만 반대로 내가 어떤 남자를 성적 욕망의 대상으로 대한다고 해도, 사회에서 이성애자 남성의 지위는 꿈쩍도 하지 않아."

"넌 페달을 굴리면서 어쩜 그렇게 말을 많이 할 수 있어?"

"저 뒤에 숙녀분들, 페달 굴리는 게 안 보이네요!" 코치가 앞에서 다른 자전거들 너머로 제이니와 에마를 쳐다보면서 소리쳤다.

에마는 다시 페달을 굴렸지만, 안간힘을 써도 다른 사람들 속도를 따라잡지는 못했다. 제이니는 약간 더 빨리 페달을 굴릴 뿐이었다.

"그거야 식은 죽 먹기지"라고 제이니는 대답하며 드디어 속도를 내어 페달을 굴렸지만, 에마는 운동보다 말을 많이 하는 데서 힘이 나오는 게 아닐까 하는 생각이 들었다. "난 섹시한 코치한테 좋은 인상을 심어주려고 애쓰는 중이거든."

"그렇구나"라고 대답하며 에마는 수업이 끝날 때까지 남은 10분간 그저 살아남으려고 기를 썼다. 그녀는 왜 페달을 두 시간쯤 굴린 것 같은 기분이었을까? 정말이지 이 실내 사이클은 사악한 물건이었다.

∾∾∾

세 시간 후, 각각 한 시간짜리 소울사이클, 핫요가와 바벨 수업을 받은 후 타월을 두른 채 샤워실을 나온 에마는 몸이 젤리가 된 것 같았다. 바닥에 떨어지면 철퍼덕하고 퍼질 것 같은 젤리.

그녀는 로커 앞에 놓인 벤치에 앉아서 휴대폰을 찾아 가방을 뒤졌다. 오늘 아침 이후로 휴대폰을 확인하지 못했다. 몇 통의 다른 이메일과 함께 알림에 뜬 아모라의 이름을 발견한 에마는 속이 아려왔다.

「이메일 봤어요. 정말 이 소설이 당신 능력 밖인가요?」라고 아모라가 물었다.

에마는 갈팡질팡하는 바보처럼 보이지 않으려면 어떻게 답장해야 할지 알 수가 없었다. 그녀는 괜찮은 편집자였고, 소설의 로맨스 부분은 잘 이해했다.

제이니는 몸에 목욕 가운(물론 본인이 헬스장에 목욕 가운을 가지고 왔으니까)을 두르고, 은발 머리에는 타월을 두른 채 샤워실 밖으로 나왔다. "뭐야? 표정이 캣쇼[22]에서 돈을 엄청나게 잃은 사람 같네."

"고양이한테 건 돈을 엄청나게 많이 잃었지"라고 말하며 에마는 여전히 휴대폰에 대고 인상을 찌푸렸다. "아모라가 문자를 보냈어. 내가 할 수 있는 한 그녀를 킵에게 보내지 않겠다고 약속했거든."

"오, 세상에. 중도 포기하고 잠수할 위험이 큰 작가를 킵에게 보냈다고? 왜? 아모라는 로맨스 작가 아니야?"

"그랬지. 하지만 새롭게 장르를 혼합한 그녀의 원고가 로

---

22   품종별 기준에 가장 가까운 고양이를 심사하여 상을 수여하는 대회.

맨스면서 하드코어 공상과학 소설이야. 그래서 브렌트가 결정을 내렸지.”

“작품을 놓고 싸울 수도 있었잖아. 킵은 너한테 양보했을 거야. 당연히.”

“그럴 수도 있었지만, 난 원고를 위한 최고의 선택이 뭔지를 인정할 만큼 성숙한 어른이라…” 그녀는 말을 끊고, 갑자기 뭔가를 깨달았는지 눈을 가늘게 뜨고 의심스럽게 제이니를 보았다. “그게 무슨 말이야? 킵이 당연히 양보할 거라니?”

“그러니까, 킵이 겉보기에는 사람도 때려눕힐 것처럼 생겼지만, 사실은 여린 사람이라고.” 제이니는 공모하듯 에마를 보면서 미소 지었다. “왜? 넌 어떻게 생각했는데?”

에마는 킵을 그런 식으로 생각해본 적이 없었다. 열린 문을 잡아줄 때 팔 근육이 불끈불끈하던 모습으로는. 책을 읽을 때 이마가 주름지던 모습으로는. 미소를 참을 때조차 뺨에 드러나는 보조개나 항상 풍기던 책 냄새 같은 건 확실히 생각해본 적이 없었다.

지금 당장 미워해야 하는 남자에 대해 그렇게 구체적인 것들이 기억나면서도, 실제로 미워하는 마음이 들진 않자, 에마의 눈이 휘둥그레졌다.

“안 돼! 나를 또 엮지 마. 남자라면 지긋지긋해. 아직 닉도 정리를 못 했다고.”

"닉? 너희 다시 만나는 거야?"

"아냐! 우린 원만하게 관계를 끝냈어. 어젯밤에 실수로 전화를 받았더니, 이제는 오늘 밤 같이 저녁을 먹자고 하잖아."

"그래서?"

"우리 둘이 오늘 밤에 같이 저녁 먹기로 한 거 아니야?"

"좋은 답이야. '친구보다는 음탕한 여자가 우선'이지."

"원래 제대로 된 표현은 '애인보다 친구가 우선'이라고 알고 있는데."

"오늘 밤은 아니야. 우린 오늘 밤 최대한 100퍼센트 음탕한 여자가 될 거니까. 말이 나와서 얘긴데…." 그녀는 에마의 운동 가방을 집더니 안을 뒤졌다. "오늘 뭐 입을 거야? 갖고 있는 옷 중에 제일 노출이 심한 옷이면 좋을 텐데." 그녀는 인상을 찌푸리며 《코렐라인》[23]에 등장하는 검은 고양이 캐릭터 패턴의 베이지색 팬티를 꺼냈다. "정말로 이걸 이따 입을 거야? 남자랑 자게 되면 어떻게 하려고, 어?" 에마가 제이니의 손에서 속옷을 뺏으려고 했지만, 제이니는 에마의 손이 닿지 않게 팔을 길게 뻗었다. "노팬티면 더 섹시하겠지만… 어쩌면 고양이 팬티가 귀엽다고 생각할지도 모르겠네…." 그녀는 팬티를 에마에게 넘겨줬다.

---

23   《Coraline》, 닐 게이먼이 쓴 동화. 애니메이션으로도 제작되었다.

"다른 남자랑 벗고 있지는 않을 거야."

"왜? 거기 간달프 상황이라도 벌어진 거야?" 제이니가 에마의 수건 아래를 보려고 몸을 기울이자, 에마가 곧바로 수건을 붙잡았다.

"'간달프' 상황이 무슨 뜻이야?"

"너도 알 텐데…." 제이니는 〈반지의 제왕〉에서 이안 맥켈런[24]의 대사를 흉내 냈다. "너희는 절대 못 지나가!"

에마가 노려보자, 제이니가 웃으면서 머리의 수건을 풀어 머리카락을 토닥이며 말렸다.

제이니가 머리를 말리는 짬을 이용해, 에마가 다른 알림을 읽고 있을 때 브렌트에게서 전화가 왔다.

"킵이 《동물원》 프로젝트를 못 하겠다고 하는군."

"저한테 아모라 작품을 다시 주시는 거예요? 왜요?"

"아니야. 킵에게 안 된다고 말했어. 난 여전히 킵이 그 프로젝트를 맡았으면 하네. 킵은 자네 둘이 미리 편집본에 합의한 다음에 자네가 아모라와 연락을 취하는 타협안을 내놨네."

에마는 말문이 막혔다. 그녀는 브렌트가 이 문제에 대해 단호하게 나오리라고 예상했지만, 킵은 약속대로 '브렌트를 처리'해냈다.

---

24   영화 〈반지의 제왕〉에서 간달프 역을 연기한 배우.

"감사합니다, 사장님." 그녀가 대답했다.

"나한테 감사할 필요 없네. 자네가 킵하고의 작업 과정을 아모라에게 설명하게. 책을 확실히 일정 안에 출간해내기만 하면 돼, 알았나? 그리고 아모라와 약속을 잡게. 계약 문제를 설명하고, 프로젝트에 관해 초기 의견도 제시하고 싶으니까."

"네, 사장님." 에마가 전화를 끊고 휴대폰을 내려놓았다.

"로또라도 당첨된 표정인데, 누구랑 통화한 거야?"라고 제이니가 물었다.

"브렌트. 사장님이 나한테 《동물원》을 돌려줬어. 킵이랑 같이 작업하는 조건으로."

"이야, 그거 타협안이구나, 그렇지? 어쨌든 나쁜 놈은 아니었어."

"누가? 브렌트가? 아니면 킵이?"

제이니는 씩 웃었지만 대답하지 않았다. "브렌트가 주말에 일하는 게 나는 왜 놀랍지 않을까?"

"왜?"

"사장님 와이프가 지난달에 애를 낳았잖아."

"글쎄, 우린 연말에 일자리를 잃게 될지도 몰라. 우리 일자리를 지키려고 뼈 빠지게 일하는 거라고 난 생각해."

"고맙다, 엠스. 여자들의 날에 약간의 비관론이 필요하다는 걸 상기시켜줘서."

"내 성격 알면서."

"그래도 오늘 밤 나랑 놀 거지?"

"물론이지. 이젠 축하할 이유가 생겼잖아."

제이니는 옷을 갈아입으러 탈의실로 들어갔다.

에마는 문학적 논쟁이라는 구실로 장황한 비난이 길게 나열된 킵과의 채팅창을 열어, 메시지를 입력하기 시작했다.

「고마워, 위트.」[25] 문을 잡고 있을 때 괴짜 셔츠가 그의 팔에 얼마나 꽉 끼었는지를 떠올리며 문자를 시작한 에마는 「초기 편집본에 관해 조만간 얘기 좀 할까?」라고 덧붙였다.

곧 답문자가 왔다. 「물론이지, 호이드.[26] 난 일주일 내내 매일 사무실에 있을 거야.」

---

25   SFF 작가 브랜던 샌더슨의 《미스트본》 시리즈와 《스톰라이트 아카이브》
     시리즈의 등장인물.

26   '위트'와 동일 인물이다.

6. 비탄에 빠진 소녀[27]

세상에는 다양한 특징, 다양한 버전, 다양한 체형과 형태, 다양한 이름과 성격을 지닌 괴짜들이 있다. 그들이 지닌 공통점은 가장 좋아하는 것에 대한 두드러진 열정인데, 보통 그 대상은 가장 도움이 필요한 순간에 함께 있던 것이었다.

에마에게는 책, 로맨스, 판타지, 공상과학, 잡지, 문학 작품과 시 등 손에 넣을 수 있는 모든 것이었다. 그녀는 아버지가 가족을 영원히 떠나버린 후 학교에서 외로울 때마다 《낸시 드루》, 《해리 포터》, 《엔더스 게임》[28]에 의존했다. 닉과의 사이가 좋지 않을 때는 《트와일라잇》, 《그레이의 50가지 그림자》, 《아웃랜더》[29]에 의지했다. 어머니의 병중에 너무 외로울 때는 제인 오스틴,[30] 브론테 자매들,[31] 에밀리 헨리[32]에게 의지했다. 에마는 엄마에게 작별 인사를 하거나 껴안거나, 마지막으로

---

27 벨기에 화가 제임스 엔소르(James Ensor)가 그린 작품명으로, 원제는 〈The Damsel in Distress〉.

28 《Nancy Drew》, 《Harry Porter》, 《Ender's Game》.

29 《Twilight》, 《Fifty Shades of Grey》, 《Outlander》.

30 Jane Austen, 《오만과 편견》의 작가.

사랑한다고 직접 말할 기회조차 없었다. 사람들이 데려간 후, 엄마는 다시 돌아오지 못했다. 엄마는 그렇게… 떠나버렸다.

그런 이유로 그녀는 진정한 책벌레가 되었다.

물론, 그녀의 작은 아파트는 개방된 벽마다 책꽂이가 있고, 책으로 쌓은 탑이 바닥 전체에 흩어져 있었다. 세 마리 고양이는 미로에서 길을 찾는 햄스터처럼 책으로 쌓은 탑 사이를 누비며 다녔다.

그녀는 도시의 야경이 내려다보이는 통유리 창을 향해 배치된 책상 위에 노트북을 놓고는, 사무실에서 입던 외출복과 신발을 벗고 가장 편안한 팸버베이(무릎까지 내려오는 엄청나게 큰 흰 셔츠)로 갈아입었다. 셔츠의 앞면에는 레이와 카일로 렌 **33**이 등장하는 마지막 〈스타워즈〉 영화 포스터가 프린트되어 있었다. 너무 많이 입는 바람에 색이 바래서 추바카 프린트가 오른쪽 가슴 위에 갈색 얼룩처럼 남았다. 닉이 어떤 행사(그는 음악가였고, 밴드의 리더 싱어였다)에 갔다가 그 셔츠를 받아왔는데, 여기다 두고 간 이후로 까맣게 잊어버렸다. 그는 에마만큼

---

31 《제인 에어》를 쓴 샬럿 브론테(Charlotte Bronte), 《폭풍의 언덕》을 쓴 에밀리 브론테(Emily Bronte), 시인이자 소설가인 앤 브론테(Anne Bronte)를 가리킨다.

32 Emily Henry, 베스트셀러 로맨스 소설로 유명한 미국 작가.

33 〈스타워즈〉의 주요 등장인물들.

괴짜스러운 물건에 빠지지 않았다.

에마는 욕실에서 콘택트렌즈를 뺀 다음 크고 둥근 금속 테두리의 안경을 꼈다. 음식을 가지러 맨발로 냉장고로 가서는 냉장고 채우는 걸 또 까먹었음을 깨달았다. 그건 에마가 직장에서 일하는 동안 엄마가 대신 해주던 일이었다. 엄마가 삶에서 완전히 사라지기 전까지는 당연하게 여겼던 것 중 하나였다. 그러다 갑자기 약간 목이 메이면서, 빈 냉장고를 보고 눈물을 글썽이는 자신이 바보처럼 느껴졌다. 그녀는 흰 빵 한 덩이가 담긴 봉투를 꺼내, 한 조각을 꺼낸 다음 조심스럽게 봉투를 단단히 밀봉해서 냉장고에 다시 넣었다. 고양이 웬트워스(회색과 검은 줄무늬), 나이틀리(오렌지색 얼룩점이 있는 흰색), 다아시(칠흑 같은 검은색에 파란 눈)가 느릿느릿 걸어와 그녀의 다리 사이로 살금살금 움직이며 미친 듯이 야옹거렸다. 주인을 봐서 행복하거나, 아니면 밥을 주러 주인이 드디어 집에 와서 행복한 것 같았다. 어느 쪽인지는 절대 알 수 없었다. 고양이는 그냥 고양이니까. 그녀는 문과 부엌 조리대 옆에 놓인 고양이들 밥그릇에 세 줌의 건식 고양이 사료를 놓았다. 그러고는 고양이들 옆에 쭈그리고 앉은 채, 고양이들이 사료를 허겁지겁 먹어 치우는 모습을 보면서 서글프게 흰 빵 한 조각을 야금야금 먹었다.

출판사가 직원들에게 적어도 일주일에 한 번은 사무실에

출근하라고 요구하기 시작하면서, 일과를 급격하게 바꾸자 고양이들은 한동안 에마에게 골이 나 있었다. 아니면 팬데믹 봉쇄 조치가 해제되면서 더 자주 자기들끼리 내버려둔 데 대해 고양이들이 집사에게 매우 강한 반감을 느끼는 것 같기도 했다. 그녀는 집에 왔을 때 살아 있는 생명체가 기다리는 게 좋았다.

에마는 이런 일과의 변화가 알레그리에게는 틀림없이 더 컸을 거라고 생각했다. 그는 안티폴로[34]에 살면서도 매일 사무실로 출근하는 책임을 떠맡았다. 그녀는 내내 그가 왜 그랬는지 이해할 수 없었다. 기름값이 월급의 많은 부분을 차지할 게 틀림없었다! 하지만 그는 중간 관리직이니, 기름값에 그렇게 신경 쓰지 않을지도 모른다.

노트북 옆에 놓인 탁자 위에서 휴대폰 불빛이 반짝이는 걸 힐긋 본 그녀는 휴대폰을 열었다.

「시무룩한 건 그쯤 해두지, 벨라 스완.[35] 내가 이메일을 보냈어」라고 킵이 메시지를 보냈다.

「난 시무룩하지 않았어, 호빗.」하지만 당연히 그녀는 시무룩했다. 무엇에 홀려서 답장에 다른 문자를 덧붙여 보냈는지

---

34   마닐라 외곽의 도시.
35   《트와일라잇》의 여주인공.

는 몰랐다. 어쩌면 외로웠는지도. 아니면 약간 통제 불가능한 감정이 들었을지도. 아니면 혼자라고 느끼고 싶지 않았는지도 모른다. 「그리고 난 캣니스 에버딘[36]에 더 가깝지, 예언자 피츠쉬벌리.[37]」

「여전히 시무룩한걸.」 그가 대답했다. 「난 피츠보다 호빗이 더 좋아. 피츠는 항상 얻어터지잖아. 나쁜 징조야.」

「그러라고 말한 건데.」

「못됐군. 내가 머나먼 왕국으로 쫓겨나면, 탈출했을 때 너희 고양이들이 폭동을 일으키는 걸 도울 거야.」

에마는 책상 앞에 앉아서, 로빈 홉을 언급한 킵의 말에 활짝 웃으며 고개를 흔들었다. 그녀도 고양이들이 자신에 대항해서 음모를 꾸미고 있다고 생각한 적이 있었고, 가끔은 고양이 말고 강아지를 입양했어야 했나 생각했었다.

그녀는 이메일을 열어 '동물원_초기 구상.doc'이라는 워드 문서를 첨부했다. 브렌트에게도 메일로 보냈다.

"좋아, 알레그리. 넌 내 작가랑 얽혀 있으니 나랑도 얽힌 거야." 그녀는 자신에게, 자기 말을 듣고 있을지도 모르는 고양이들에게 중얼거렸다. 그녀는 머리카락을 틀어 올려 빵 모

---

36   《헝거 게임(The Hunger Games)》의 여주인공.
37   미국 작가 로빈 홉이 쓴 판타지 모험물 《Fool's Assassin》의 주인공.

69

양으로 묶고, 등 뒤에서 브라의 훅을 풀어서 소매로 브라를 빼 낸 후, 일에 뛰어들었다.

그녀는 킵만큼 파일을 체계적으로 정리하지는 않았는데, 이 워드 문서가 그 증거였다.

그녀는 삶의 모든 면에서 질서와 균형 있는 느낌을 확립 하는 걸 좋아했다. 그렇게 하면 문제가 생겼을 때 관리하고 조 정할 수 있는 변수들이 보였다. 킵은 자기 일에 더 통제적인 접근법을 취했다. 그는 프로젝트를 배정받으면 아주 초기부터 규칙과 지침과 한계를 세웠고, 아이디어 단계부터 제작 이후 까지 모두에게 자신과 같은 태도를 유지하기를 기대했다. 만 약 둘이 작가라면, 그녀는 정원사나 펜서[38]였고, 그는 건축가 나 플로터[39]일 것이다.

하지만 킵이 에마의 신경을 거스르는 점은 그가 책 편집 을 하고 있지 않을 때 나타났다. 킵은 근무 중이 아닐 때는 삶 의 모든 것에 명랑 쾌활한 태도를 보이면서 최대한 논쟁을 피 했다. 회사 MT 때, 킵은 물류팀 매니저(여가 시간에 역기를 드는 건장한 남자였다)와 1, 2등을 결정짓는 경기에서 맞붙었는데, 경기 결과가 모두 킵에게 달려 있었다. 그러나 그는 양해를 구

---

38 개요 없이 즉흥적으로 글을 쓰는 작가.
39 어느 정도 윤곽을 세워놓고 글을 쓰는 작가.

하고 자리를 떠서 저녁 식사 시간까지 돌아오지 않았다.

킵은 이길 수 있다고 확신하지 않으면 경쟁을 하지 않았다. 오직 좋아하는 것들을 위해서만 싸웠는데, 그게 바로 책이었다.

그녀가 킵의 편집본을 자세히 살펴보는 데 꽤 시간이 걸려서, 노트북에서 고개를 들었을 때는 두 시간이 훌쩍 지나가 있었다. 옆에 놓인 노란색 패드에는 킵의 편집본에 관해 그녀가 휘갈겨 쓴 메모와 생각들이 적혀 있었다.

킵의 편집본을 보고서 그녀가 느낀 가장 큰 적신호는 마법 시스템을 더 잘 담으려면 이야기 구조를 완전히 정비해야 한다는 그의 제안이었다.

알레그리의 메모 중 하나에 이런 말이 있었다. 「본 소설은 스토리텔링의 부속물처럼 느껴지는 로맨스 리듬을 억지로 강요한다. 작가가 특정한 장면을 앞으로 옮기고 일부를 뒤로 바꾸면 스토리가 더 좋아질 것이다. 그녀는 스스로 가상의 마법 시스템이라는 규칙을 확립하려 하면서, 오히려 극적 긴장감을 구축할 기회를 날려버리기도 했다.」

그녀는 다음과 같이 시작하는 답장을 작성하기 시작했다. 「하지만 연인 관계가 이 이야기의 핵심이잖아, 알레그리. 그게 아모라가 가장 잘하는 부분이고….」

자정이 되어서야 답장을 완성해서 전송했다. 그녀는 어떻게 아모라에게 이 편집 방향을 전달할지 앞이 막막했다. 아모라가 신경쇠약으로 무너져 완전히 포기하지 않으면서도 그녀를 다독여 수정하게 할 방법이 떠오르지 않았다.

작가들과 함께 작업하는 건 고양이를 모는 것과 같았다. 어떤 고양이는 너무 섬세해서 주변에서 몸이라도 움찔거리면 주인을 할퀼 수 있었다. 어떤 고양이는 주인이 자기 관심을 받을 만하다고 느낄 때까지 무시했다. 그런가 하면 너무 다정해서 잠시라도 주인을 혼자 내버려두지 않는 고양이도 있다. 고양이마다 섬세한 균형을 찾고, 그들과 신뢰를 확립하는 것이 에마가 작업하는 비결이었다.

그런 이유로 그녀는 일부 작가에 대해 내려진 어떤 결정을 놓고 경영진과 논쟁해야 했다. 그녀는 작가의 이익을 보호하려고 최선을 다했다. 뉴욕이나 런던에서라면 그건 틀림없이 출판 에이전트가 할 일이지만, 어쨌든 그녀는 여전히 출판사에 고용된 몸이었다. 고용된 월급쟁이로서 실직할 위험을 무릅쓰지 않으면서 작가들을 최대한 보호하기 위해 할 수 있는 일을 할 뿐이었다.

그녀는 아모라와의 이번 일이 가장 위태로운 상황 중 하나가 될 거라고 느꼈다. 이 일로 받을 스트레스를 생각만 해도 두드러기가 날 것 같았다.

'넌 이 일로 스트레스받지 않을 거야, 에마. 넌 수년의 경험이 있

는 프로 편집자야. 동요하지 않고도 이 일을 처리할 수 있어.'

눈을 감고 이번에는 해변에 있는 자신을 상상했다. 해변을 따라 달리는 그녀의 발이 젖은 모래에 푹푹 빠졌다. 그때 그녀의 진정한 사랑이 팔을 벌린 채 그녀를 향해 달려오는데, 그가 이상하게도 〈반지의 제왕〉 셔츠를 입고 있었다.

눈을 번쩍 뜬 그녀는 의자에 몸을 털썩 기대고 앉았다. '그건 대체 뭐였지?'

그녀는 머리를 흔들어 잔상을 떨쳐내면서 이제 자야 할 시간이라고 생각했지만, 지난 2년간 불면증으로 고생하는 중이었다. 그녀는 어리석은 뇌에게 자라고 설득하면서 천장을 빤히 쳐다보며 시간만 낭비했다.

그래서 3월에 출간할 책의 폴더를 펼쳤다. 차라리 일이나 하는 편이 나을지 모른다.

물론 불면증은 왜 잠들 때까지 휴대폰으로 SNS를 폭풍 스캔해야 하는지 스스로를 납득시킬 최고의 핑계이기도 했다. 게다가 아직 확인하지 못한 메시지들이 있었다. 몇몇은 일자리를 제안하는 스팸 메시지와 대출 문자, 신용카드 결제 금액을 상기시키는 문자였다. 제이니에게서는 둘이 외출했던 밤에 집에 데려간 남자를 지나치게 자세히 묘사한 문자가 수천 건 들어와 있었다. 킵하고 문자를 주고받던 채팅창 바로 아래에 닉에게서 온 읽지 않은 메시지가 보였다.

「오늘 저녁 식사는 어때? 네 사무실로 갈게.」

「금방이면 돼, 맹세할게.」

「쇼핑하러 그 건물에 갔다가, 네가 저녁 먹을 시간을 잠깐 낼 수도 있겠다는 생각이 들었어.」

「네가 너무 늦게까지 일하느라 가끔 끼니를 거른다는 게 기억났거든.」

「지금 사무실 로비야.」

두 개의 메시지가 닉에게서 들어왔다.

「네 공동 편집자가 네가 일찍 퇴근했다고 알려줬어.」

「집이야? 가는 길에 음식을 포장해 갈게.」

「그러지 마!」 그녀는 간신히 답장을 보냈다. 에마는 열쇠를 움켜쥔 채 손에 잡히는 대로 신발을 신고 아파트 밖으로 달려 나갔다. 하필이면 빨래하러 가는 날 신는, 닳아빠진 네온 그린 색 고무 플립플롭이었다.

그녀가 사무실 건물 1층에 도착했을 때, 회전 유리문에서 나오는 닉이 보였다. 물론 그도 봤을 것이다. 물론 우주가 이 완벽한 타이밍을 지시했을 것이다. 그녀가 숨죽이고 있을 때, 머릿속이 텅 비었다. 무슨 생각으로 이렇게 달려 나온 거지? 고작 추레한 통 넓은 바지를 입고서? 뭘 하려고 했었지? 닉이 아파트에 오는 걸 몸으로 막으려고? 아파트 건물에는 그럴 때를 대비한 경비가 있다! 전 남친이 그녀보다 훨씬 덩치가 크고 키가 크다는 사실은 말할 필요도 없다.

곧바로 그녀를 알아본 닉은 그 자리에 얼어붙은 듯 서서, 둘 사이가 아무것도 변하지 않았다는 듯 미소 지었다. 그녀를 끌어당겼던 그 편안하고 익숙한 모습을 보니 가슴이 저릿하게 아팠다. 마치 태양과 끊임없이 밀고 당기는 천체와 행성, 달과 소행성들 같았다. 그는 검은색 반소매 셔츠를 입고 있었는데, 어깨 끝에 가깝게 소매를 접었으며, 아래에는 어두운색 청바지 차림이었다. 매끈하게 뒤로 넘긴 머리카락은 아침에 일어났을 때 손가락으로 빗어 넘기기만 한 듯 공들이지 않아 보이는 자연스러운 스타일이었다. 그는 공격에 대비하듯 행동했다. 두꺼운 팔은 잔뜩 긴장된 상태였고, 손은 공처럼 말아 주먹을 쥐었으며, 얼굴은 노려보는 표정이었다. 감히 그를 쳐다보는 불쌍한 모든 인간에게 경고를 날리는 것 같은 표정이었다. 에마만 빼고. 닉은 에마에게는 뜨거운 칼로 잘라 녹아내린 버터 같았다. 닉은 착한 여자랑 사랑에 빠진 나쁜 남자였고, 에마는 그를 더 좋은 쪽으로 바꿔놓아야 했던 착한 여자였다. 그러다 에마는 그게 자기가 할 일이 아님을 깨닫고 닉과 완전히 헤어졌다. 어떤 설명도, 서두도 없었다. 그녀를 위해 그가 노력하고 바뀌리라는 어떤 기대도 없었다. 그냥 단칼 같았다. 음, 닉이 여기 와 있으니 그렇게 단칼이라고 할 수는 없지만.

닉이 팔 뻗으면 닿을 정도의 거리로 가까워지자, 그녀가 한 걸음 물러났다. 그녀가 움찔할 때, 그도 동작을 멈췄다.

"집으로 가, 닉." 원래 의도했던 톡 쏘는 뉘앙스가 조금도 느껴지지 않는 부드러운 어조였다. 그녀가 그의 눈을 똑바로 보지도 못한 채 말했다. "아직 만날 준비는 안 됐어."

닉이 몸을 움직여 그녀의 손을 잡으려 했지만, 그녀는 물러나며 꼭 쥔 손을 몸 뒤로 감췄다.

"제발, 에마. 너무 보고 싶었어."

그녀는 눈물을 삼키면서 같은 말이 입 밖으로 나올까 봐 입술을 깨물었다. 그녀를 그에게 끌어당기는 중력의 힘이 다시 작용하면서, 예전으로 돌아가라고 하는 것 같았다. 그와 헤어진 지는 그리 오래되지 않았으니까. 겨우 6개월밖에 지나지 않았다. 삶 전체에 영향을 미친 사람을 잊는 건 어려웠고, 너무 어려워서 그를 떠났을 땐 그녀의 삶에 큰 구멍이 생겼다. 엄마가 떠나버린 공간 옆에. 그녀는 마음이 찢어질 듯 아플 때도 그에게 의지할 수 없었다. 그들은 한때 같이 추락했지만, 지금은 하늘 위에서 다른 궤도를 따라 이동하는 두 개의 유성 같았다.

"제발, 닉, 난 시간이 필요해…." 눈물이 눈가에 맺혀 그렁그렁했다. 그녀의 머릿속 도서관에서 책꽂이와 칸들이 무너지고 있었다. 통제력이 손가락 사이로 미끄러져 나가자, 그녀의 마음이 동요했다.

"에마?" 회전문을 막 통과해 나온 한 남자가 말을 걸었다.

닉이 자기 어깨 너머로 킵을 힐끗 봤지만, 다시 초점을 에마에게 옮겨 더 가까이 끌어당기려고 그녀의 팔뚝을 잡았다. "너희 집에서 얘기하자, 부탁이야"라고 그가 초조함을 드러내며 절박하게 애원했다.

"집에 간 줄 알았는데." 킵이 에마 옆에 서서 말하며 닉과 그녀를 번갈아 보았다. 에마는 수치심에 킵의 눈을 마주 보지 못했다. "내가 보낸 파일에 네 코멘트가 필요해. 브렌트가 내일 아침에 보고 싶다고 하네."

자기가 이미 했던 일, 제어해냈던 일을 떠올리자, 그제야 에마는 혼란스러운 정신 상태에서 벗어날 수 있었다. 그녀는 팔에서 닉의 손을 밀쳐내고 뒤로 물러났다. "집에 가, 닉. 난… 할 일이 있어."

킵은 앞으로 나와 에마와 닉 사이에 자리를 잡았다. "여기 별일 없는 거죠, 형씨?"

닉이 이를 악물었다. 그녀를 향해 남겨두었던 부드러운 태도는 온데간데없어지고, 그 자리에는 한때 그녀가 사랑했던 나쁜 남자만 남았다. 그 순간 에마는 우리 안에 갇힌 배고픈 사냥개처럼 공격성을 드러내며 킵을 노려보는 닉이 소란을 피울까 봐 걱정되었고, 닉에게 제발 그러지 말라고 눈빛으로 애원했다.

"헤어졌어도 친구가 될 수 있다고 말했잖아, 에마. 네가 약속했잖아"라고 말하며 닉은 자리를 박차고 가버렸다.

그녀는 손으로 얼굴을 가렸다. 눈물이 떨어지지 않게 하려고, 약점과 통제력이 부족한 모습을 이곳 직장에서 공동 편집자인 킵에게 보이지 않으려고, 머릿속 도서관이 뒤죽박죽 섞이지 않게 하려고. 그녀는 가슴속 응어리가 매듭처럼 팽팽하게 당겨져 속이 울렁거리는 듯했고, 죄책감이 느껴지면서 감정을 걷잡을 수 없어졌다.

"에마?" 킵이 말을 걸자, 에마는 손에서 얼굴을 떼고 고개를 들었다. 그의 시선은 진지하고 사려 깊고 강렬했으며, 원고에서 특히 어려운 편집본을 작업할 때처럼 눈썹 사이의 골이 깊어졌다. 동정이나 죄책감의 흔적은 없었다. 그저… 걱정스러운 시선이랄까?

"난 괜찮아." 그녀는 그가 묻고 싶을 것 같은 질문의 방향을 바꾸려고 애써 노력하며 대답했다. "아까 코멘트 보냈어." 그녀는 자리를 떠야 했다. 댐이 무너져서 그녀 자신도 무너져버리기 전에 집으로 가서 이불 밑에 숨어야 했다.

"나도 알아. 코멘트 봤어." 그가 말하며 거리의 좌우를 살폈고, 경사진 길을 따라 걷는 사람들을 돌아보았다. "내가 집까지 바래다줄게."

"그럴 필요 없어. 우리 아파트는 바로 저기야"라고 그녀가 말하며 옆으로 갈라지는 샛길을 가리켰다. "난 비탄에 빠진 소녀가 아니야." 그녀가 분위기를 가볍게 하려고 덧붙여 말했다.

"나도 알아." 그는 돌돌 만 교정쇄가 밖으로 튀어나와 있는 배낭을 고쳐 매면서 말했다. "우연히 너하고 방향이 같은 것뿐이야, 버터컵 공주님.[40]" 그러고는 그녀의 아파트 쪽으로 향하자, 에마도 순순히 그를 따를 수밖에 없었다.

마음속 응어리가 풀리는 것 같았다. "〈프린세스 브라이드〉는 거의 로맨스라고 볼 수 없는데…."

"의견 차이를 인정하고 싸우지 말자고, 버터컵." 그가 목 뒤를 손바닥으로 누르며 말했다. 그녀는 그의 얼굴을 보려고 턱을 옆으로 기울여야 했다. 그도 그녀처럼 하루 중 대부분 시간을 원고 위에 몸을 구부리는 걸 고려하면, 큰 덩치에도 자세가 곧았다. "하지만 사랑 이야기이긴 하니까, 어떤 장르로든 분류해야 하잖아."

"그럼, 물론이지. 이니고 몬토야.[41]" 그녀는 조롱하듯 눈을 굴리며 말했다. 조금 전까지 분명히 가슴을 후벼 파던 아픔을 벌써 잊어버린 걸 깨달으며.

"에마, 개인적인 질문 하나 해도 돼?" 아파트 건물 로비로

---

40 영화 〈프린세스 브라이드(Princess Bride)〉의 여주인공.
41 〈프린세스 브라이드〉 속 허구 이야기에 등장하는 가상 인물.

가는 길에 그녀는 죄책감에서인지 몇 분간 입을 다물었는데, 그때 그가 말했다.

에마는 입술을 꾹 다물었지만, 연애사에 관한 질문은 피하겠다고 마음먹고 고개를 끄덕였다.

"지금 입고 있는 건 뭐냐? 왕 괴짜야." 그가 한쪽 눈썹을 아치 모양으로 올리면서 그녀를 보고 멍하니 물었다.

음, 꽤 김빠지는 질문이었다. "뭐라고?"가 그녀가 생각할 수 있는 현명한 답이었다. 그녀는 가슴 앞에 팔짱을 끼면서 옷 아래 브라를 입지 않았던 것을 떠올렸다.

그는 안경 너머로 눈을 가늘게 뜨고는 그녀 셔츠의 갈색 얼룩 프린트를 빤히 보았다. "그거 추바카야?"

"이건 내 잠옷이야!" 굴욕감을 느낀 그녀는 가만히 선 채 의도했던 것보다 두 데시벨은 높게 소리쳤다. "아깐 패닉 상태였다고!"

그가 웃으면서 고개를 돌려 아파트 건물의 유리문을 가리켰다. "이게 너야, 그렇지?"

그녀는 여전히 가슴 앞에 팔짱 낀 채 그를 외면했다. "맞아, 이게 나야"라고 말하며 그녀는 문을 향해 걸었다.

"사무실에서 봐, 캣니스." 그가 떠나려고 몸을 돌리며 말했다.

그녀는 그를 쫓아갔다. "킵, 기다려!"

"뭔데, 에마?"

"고마워…"라고 말하자 전에는 한 번도 본 적 없던 미소를 그가 지었다.

'허. 킵이 저렇게 웃을 수 있다는 걸 누가 알았겠어? 정말. 진짜.'

"잘 자, 버터컵 공주님." 그는 이번엔 그녀가 건물 안으로 들어가기를 기다리며 말했다.

"잘 자, 호빗."

엘리베이터 문이 닫히기 직전, 그녀는 둘이 왔던 길로 돌아가는 킵을 어렴풋이 보았다.

7. 거래

에마는 삶이 소설처럼 깔끔하게 구성되었으면 좋겠다고 생각했다.

발단-전개-결말의 3막 구조라면 좋겠다고. SFF 소설의 영웅 이야기든, 로맨스 소설이든.

자신에게 일어나는 사건들을 소설 속에 필요한 리듬으로 분류할 수 있다면, 에마의 삶은 훨씬 더 쉬웠을 것이다. 그렇다면 이야기가 어떻게 끝나는지 예측할 수 있을 테니 말이다. 고양이를 입양했던 건 틀림없이 《하치코》나 《레이싱 인 더 레인》[42]과 같은 반려동물 이야기가 될 것이다. 하지만 가만히 생각해보니, 고양이는, 특히 그녀의 고양이들은 너무 버르장머리가 없었다. 닉과의 일은 문고판 소설이 될 만했다. 그해 입소문이 났던 어떤 소설 웹사이트의 글에서 각색된 소설. 착한 여자와 나쁜 남자가 사랑에 빠져 그가 둘을 위해 변화하는 이야기. 그건 확실히 소설이다. 사람들은 변하지 않는다. 철이 들고, 나이가 들수록 원래 모습으로 굳건히 굳어질 뿐. 엄마의

---

42   《Hachiko》, 《The Art of Racing in The Rain》.

죽음은 현대 문학이 될 것이다. 폐허를 딛고 일어나 사랑과 딸과 자신을 위해 모든 역경을 견뎌내는 한 여자에 관한 소설.

하지만 에마는 이 회의가 어떤 리듬인지 알 수 없었다. 브렌트는 책상 뒤에 놓인 의자에 기대어 있고, 킵은 에마와의 열띤 논쟁으로 인해 상기된 얼굴과 긴장된 자세로 서 있었다. 아무리 애써도 에마는 킵의 성난 자세에 필적할 수가 없었다. 이런 경우는 엄마 말고 아빠의 유전자를 물려받았더라면 좋았겠다고 생각한 몇 안 되는 사례 중 하나다. 그녀는 킵보다 키가 작은 게 싫었지만, 킵은 보통 남자보다도 훨씬 컸다. 그러니 에마는 킵에 비하면 엄청나게 작아 보였다.

알고 보니 킵이 그녀를 집까지 바래다줬던 날 밤은 무료 통행권 같은 것이었다. 하지만 킵이 변했다거나 적어도 그녀에게는 부드럽게 대한다고 생각하며 함께 농담을 주고받던 사람은 어디로 갔을까? 근무 중인 킵은 퇴근 후의 킵과 비교하면 항상 재수 없는 인간이었다.

그들은 《동물원》을 두고 옥신각신하는 중이었다. 어느 쪽도 이 특정한 원고를 어떻게 고칠지에 관한 자신의 태도를 굽히지 않았다. 물론 브렌트는 거의 항상 킵의 편이라 도움이 되지 않았다. 한편 아모라는 자기 소설과 관련해서는 오직 에마만 신뢰했다.

출판사는 이상한 곳이었다. 에마가 자기 일자리를 지킬

수 있도록 작가를 위해 싸우면서, 아모라가 계약을 파기하고 다른 출판사로 소설을 가져가지 않도록 상사와 싸워야 한다니. 만약 그런 일이 생긴다면, 어쨌든 에마는 직업을 잃게 될 것이다.

싸우든, 싸우지 않든 욕을 먹는 상황이었다.

에마는 이것이 아모라를 선동하는 사건[43]이 되거나 적어도 아모라가 원고를 회수하고 소설 자체를 아예 절필하게 되는 장면으로 이어질 사건이라고 생각했다.

이번 회의에서는 마침내 아모라를 앉혀놓고 원고 편집을 어떻게 할지 각자의 의견들을 하나씩 논의하기로 했는데, 오늘 아침까지 에마와 킵이 합의에 이른 것은 한 페이지뿐이었다. 반면 이 회의를 위해 둘 다 준비했던 나머지 50페이지에 대해서는 단호한 태도를 고수했다. 이것들은 절대 의견을 바꿀 수 없는 주요한 편집 지점들이었다.

《잃어버린 것들의 동물원》은 공상과학의 배경과 등장인물, 줄거리를 입은 사랑 이야기였다. 두 장르 모두 특정한 리듬이 있기에 모든 리듬이 서로 들어맞지는 않았다. 편집할 때마다, 살짝 풀린 실타래는 풀어야 하는 더 큰 실타래로 이어지

---

43   inciting incident, 이야기 초반에 주인공의 삶을 흔들어놓는 최초의 사건을 가리키는 문학 용어.

는 듯했다. 풀 때마다 계속 주어지는 문제 같았다.

"봐." 킵이 브렌트의 책상에 펼쳐진 원고의 한 페이지를 가리키며 말했다. "이 부분에서 아모라는 디셈버가 믿을 수 없는 서술자라는 걸 확고히 하고 있어. 관점이 두 개로 나뉜다면, 그걸로 작가가 성취하려는 게 뭐든 효과가 없을 거야."

물론, 에마는 킵이 그렇게 쉽게 이기도록 내버려두지 않았다. 그녀는 지난 2주간 이 주요 편집 지점을 두고 그와 필사적으로 싸웠다. "마이아의 관점을 너무 많이 걷어내면, 로맨스의 줄거리를 걷어내는 거야. 마이아의 챕터에서 감정적인 모든 리듬을 빼버리는 거라고! 그녀를 빼버린다는 건 디셈버의 인간성도 제거한다는 뜻이야!"

"하지만 소설의 주제와 관련된 논점은 그들이 인간성이 있는지 아닌지고, 그들이 지구에 한 일을 고려해볼 때 그들이 인간성을 지닐 가치가 있는지야."

"넌 소설의 근본적인 주제를 이해 못 하고 있구나!"

"말해봐, 내가 뭘 이해 못 하고 있지, 모랄레스? 이 소설의 근본적인 주제가 뭔데?"

"사랑이지!" 소리치고 나서야 그녀는 사무실이 얼마나 조용해졌는지를 깨달았다. 그래서 논점의 마지막 부분은 조용히 말했다. "그리고 사랑이 삶을 계속할 만한 충분한 이유가 되는지. 사랑하며 산 기억이 과연 인생을 살 만한 가치가 있게 하는지."

킵은 입을 떡 벌린 채 놀라서 할 말을 잃었고, 자세가 흐트러져 팔이 옆으로 뚝 떨어졌다.

"에마가 옳아요." 에마에게는 너무 익숙한 어떤 여자의 목소리가 문 쪽에서 들렸다. "그렇게 정확한 메시지를 전달하려고 했던 건 아니었어요. 난 그냥 이야기를 전하고 싶었지만, 에마가 내가 어디로 가고 있는지를 알아차렸네요. 에마는 나 자신조차 확신할 수 없을 때, 늘 내 마음을 읽어요."

"아모라!" 브렌트가 먼저 문으로 달려 나와 그녀를 테이블 앞쪽에 놓인 의자로 안내했다. "사무실까지 와주셔서 감사합니다. 아시겠지만, 이쪽이 편집장인 키플링 알레그리입니다. 작가님의 신작을 에마랑 함께 작업할 공동 편집자죠."

킵은 아모라에게 고개를 끄덕이며 의자 두 개 너머에 놓인, 책상을 마주 보고 있는 소파에 앉았다.

아모라는 마스크를 벗었다. "이번 소설은 편집자들과 직접 만나서 대화를 나누는 게 제일 좋겠다고 생각했어요. 평소에 쓰던 소설과 너무 다르니까요." 어깨 정도 되는 그녀의 곱슬머리가 찰랑거렸고, 형광등 불빛에 비친 날카로운 눈이 촉촉했다. 방을 두리번거리는 것으로 보아, 회의실에서 자기에게 관심이 쏠리니 불편한 모양이었다.

그녀의 의중을 알아차린 에마가 아모라의 옆 의자에 앉았다. "얼마나 들었어요, 아모라?"

"들을 만큼 들었어요. 제 원고가 형편없나요, 에마?"

"천만에요! 여태껏 쓰신 작품 중에서 최고예요"라고 에마가 대답했다.

"최고는 아닙니다." 킵이 무릎 위에 팔꿈치를 받치고 몸을 앞으로 구부리면서 말했다. "아직은요."

아모라는 에마를 쳐다보다가 킵에게 눈을 돌렸다. 에마는 아모라의 손을 잡고서 엄지손가락으로 토닥였다. 킵의 눈썹이 아치를 그리면서, 눈으로 제스처를 취했다.

"킵, 나중에 따로 얘기해…." 킵이 고개를 저으면서, 에마의 말을 끊고는 어둡고 이상한 눈빛으로 그녀를 노려보았다.

"아모라, 이 소설에는 많은 잠재력이 있지만, 우리가 작가님을 애지중지한다면 절대 성공하지 못할 겁니다"라고 킵이 말하며 이미 서 있는 에마와 아모라를 번갈아 보았다. "작가님이 최고의 작품을 창작할 수 있도록 우리가 돕게 해주세요."

에마는 피가 거꾸로 솟는 듯한 기분을 느끼며 킵을 노려보았다. 감히 어떻게 그녀의 방법이 충분치 않다고 에둘러 말할 수 있지? "네 작가가 너를 좋아하지 않는다고 해서, 내 작가 앞에서 나를 깎아내려도 되는 건 아니잖아, 알레그리."

자리에서 일어난 알레그리는 에마의 어두운 눈빛을 맞받아 쏘아보면서 가슴 앞에 팔짱을 꼈다. "내 말을 사적으로 받아들이지 마, 모랄레스. 내 방법은 모든 책과 작가에게서 최고를 끌어냈어."

"내 방법은 아니라는 거야?" 에마는 검지로 그의 가슴을 찌르며 따졌다. "지금 하는 말이 그거야?"

"내 말은 넌 머리를 사용해야 할 때, 가슴을 너무 많이 사용한다는 거야!"

"그래서 넌 로봇을 고집하는 거야? 너도 몰인정한 로봇이니까?"라고 에마가 비웃었다.

"봐! 넌 항상 이렇게 개인적으로 받아들이…."

"그만해!" 브렌트가 의자에서 일어나 아모라에게 티슈를 건네주면서 명령했다.

에마가 깜짝 놀라서 아모라와 눈을 맞추려고 쭈그려 앉았다. "작가님 작품 때문이 아니에요. 작품은 좋아요…."

"내 소설이 그렇게나 형편없어요?" 아모라가 손에 얼굴을 묻고 흐느끼면서, 입술 사이로 간신히 단어들을 내뱉으며 물었다.

"아니, 아니, 소설은 좋아요. 우리의 평소 편집 방식이 그런 거예요. 저번 중편 소설들도 어떻게 했었는지 기억나죠?"

"이건 지난번 책하고는 전혀 달라요, 아모라"라고 킵이 말했다.

에마는 자리에서 일어나 킵을 힘껏 밀쳤다. "넌 대체 뭐가 문제야?"

아모라도 자리를 박차고 일어났다. "알겠어요! 소설을 그냥 가져갈래요!"

에마와 킵은 깜짝 놀라 서로 비난의 눈길을 주고받았다.

"아모라, 이건⋯." 에마가 말하기 시작했다.

"아니, 에마. 알레그리 씨 말이 옳아요. 내 원고는 쓰레기예요."

"쓰레기는 아닙니다." 브렌트가 끼어들었다. "그랬다면, 우리가 출판하려 들지도 않았을 겁니다."

"날 막을 순 없어요. 아직 계약서에 사인도 안 했잖아요."

킵이 곁눈질을 하자, 에마가 그를 다시 밀치며 소리쳤다. "분위기 파악 좀 해, 이 얼간아!"

킵이 되받아치기 전에 브렌트가 목소리를 높였다. "둘 다 나가! 나가라고! 내가 로메로 씨와 단둘이 얘기할 테니."

킵은 자리를 박차고 나가기 전에 에마를 한 번 더 음울한 눈빛으로 노려보았다. 에마는 나가는 길에 아모라의 어깨를 토닥이면서 입 모양으로만 '미안해요'라고 말했다. 마치 그 한마디가 문제를 해결할 수 있다는 듯.

킵과 에마는 사무실 구석진 곳에 있는 브렌트의 집무실에서 가장 가까운 테이블에 앉아 서로를 노려보았다. 적당한 동기만 주어진다면, 에마는 테이블 위로 작은 손을 뻗어 킵의 목에 두르고는 항복할 때까지 조를 수도 있을 것 같았다.

회사는 사무실의 구조를 더 현대적이고 디지털화된 작업 시스템에 맞게 리모델링했는데, 처음 그 계획이 제안되었을 때는 바보 같은 소리라고 생각했다. 디지털 친화적인 혁신을 도서 출판과 같은 전통 산업에 적용하다니 말이다.

이제 개방적으로 바뀐 사무실 구조는 〈헤이팅 게임〉[44] 스타일의 눈싸움을 하면서 둘이 마주 보고 대결할 경기장을 제공할 뿐이었다. 이 시합에서 그녀는 지고 있었는데, 직장 동료에게 받는 눈길과 그의 뺨에 무심히 등장하는 보조개에 정신을 뺏겼기 때문이었다. 에마는 킵과 자신이 사장은 말할 것도 없고, 출판사의 베스트셀러 작가 앞에서 싸우는 소리를 모두가 들었으리라고 확신했다.

반대쪽에 앉은 킵은 에마의 관심에도 평온해 보였다. 가

---

44 〈The Hating Game〉. 라이벌인 남녀 회사원 간 이야기를 다룬 로맨틱 코미디 영화.

슴 앞에 낀 팔짱을 테이블 위에 내려놓고서, 자기가 이기고 있는 걸 안다는 얼굴로 그녀를 보고 있었다.

"아모라 앞에서 나를 모욕할 필요는 없었잖아, 이 왕재수야." 에마는 의자 뒤로 몸을 기대고서 킵의 자세를 흉내 내며 마침내 눈을 깜빡였다.

"이번 일을 너무 개인적으로 받아들이지 않으면 모욕적이지도 않을 거야"라고 말한 뒤 킵은 한숨 쉬며 고개를 흔들었다. "하지만 네 말이 맞아. 내가 선을 넘었어. 너를 깎아내리지 말았어야 했어."

에마는 다시 킵과의 논쟁을 예상하며 입술을 뗐지만, 킵이 너무 빨리 패배를 인정하니 할 말을 잃어버렸다.

제이니가 "킵은 너한테 양보했을 거야. 당연히"라고 했던 말은 뭐였을까?

그때까지는 깨닫지 못했지만, 그는 항상 그래왔다. 에마가 언제든 폭발할 수 있을 정도로 속을 뒤집어놓더니, 결국 김 빠지는 결말로 화를 눈 녹듯 사라지게 해야 직성이 풀리는 듯했다. 그녀의 속을 뒤집은 다음, 화를 풀게 하려면 언제, 무슨 말을 해야 하는지 정확히 아는 것 같았다.

"네가 하는 모든 일에 열과 성을 다하는 게 나쁘다는 건 아니지만, 자신을 위한 여지도 남겨둬야지. 게다가 다른 사람들이 열과 성으로 스스로 채울 여지도 남겨둬야 해. 너 자신을 산산조각 내면서 모든 문제를 해결할 순 없다고."

그녀는 인상을 쓰면서, 킵과의 강렬한 눈싸움을 계속했다. 속으로는 킵의 이 말이 일반적으로 아모라의 원고나 작품, 어쩌면 닉과의 관계를 넘어 더 많은 걸 의미한다는 생각이 들었지만, 입 밖으로 꺼내지 않았다. 감동받았다는 걸 알려서 그에게 만족감을 선사하지는 않을 생각이었다. "그런 면에서 우린 둘 다 멍청하구나."

"동의해."

"아모라는 공격을 잘 받아들이지 못해." 그녀는 가슴속 응어리를 완전히 풀고 의자에 기댄 채 머리만 살짝 돌려 브렌트의 집무실을 훔쳐보았다. "이번엔 글길 막힘을 극복하는 데 오래 걸렸어. 아모라는 장르 소설을 쓰기 때문에, 스스로 정말 좋은 작품을 쓰고 있다고 생각하지 않아."

"장르는 독자들이 서점에서 어디로 가야 할지를 알려주려고 만든 자의적인 구분일 뿐이야. 그게 작품의 질을 규정하지도 않고, 독자들이 어떤 책을 좋아할지를 좌우하지도 않아"라는 킵의 대꾸에 에마의 입술 끝이 올라갔다. "닐 게이먼의 글을 인용했구나."

"다른 표현으로 옮긴 것에 가깝지. 버터컵." 그도 사무실 안을 훔쳐보았다.

에마는 책을 읽듯 그의 마음을 읽으려고 빤히 보았다. 킵은 그녀보다 훨씬 경험 많은 편집자고, 그녀도 그걸 인정하지만, 그렇다고 해서 그녀가 자기 일을 모르지는 않았다. 그녀는 계속되는 괴짜 책벌레의 싸움에서 그를 따라잡을 수 있었다. 하지만 그 라이벌 관계를 너무 진지하게 여기는 쪽은 그녀뿐일지 몰랐다. 킵은 닉과의 대면에서 그녀를 도왔고, 프로젝트를 그녀에게서 뺏으려고도 하지 않았다. 심지어 브렌트와 담판 지어 이 프로젝트를 공동 편집하라는 허락을 받아냈다.

사실 그가 담당 작가들에게 혹독하게 군다고 그녀가 말했을 때, 킵은 상처받은 것 같았다.

그녀는 둘의 하찮은 라이벌 관계를 너무 심각하게 받아들였을 수 있다. 학교 운동장에서 싸우는 애들처럼 치고받지 않아도 이 원고를 함께 작업할 방법이 있을지 모른다.

"만에 하나 우주의 기적이 일어나 아모라가 우리에게 소설을 넘겨준다면, 우린 협력할 더 나은 방법을 찾아야 해."

이번에는 그가 어깨의 긴장을 느슨하게 풀고, 팔짱 낀 팔을 풀고, 그녀를 향해 부드럽게 미소 지으며 그녀에게 즐거움을 안겼다. 그런 다음 자기만족의 의미로 활짝 웃었는데, 그걸 본 에마는 강한 끌림을 느꼈다. 빌어먹게도, 볼 때마다 매번. "여전히 내 도움이 필요해?"

"너무 우쭐대지 마, 알레그리." 그녀는 눈을 흘기며 대답했다. "하지만 네 전문 지식이 필요하다는 건 인정할게. 아모라는 훌륭한 작가지만, 가끔은 머릿속 생각에 너무 깊이 빠져 있거든. 특히 새로운 걸 시도할 때는. 하지만 컴포트존에서 벗어날 때 아모라는 빛이 나. 내가 뭘 잘하는지는 알고 있으니까, 그녀에게 최고의 편집자를 붙여주지 않으면 민폐만 끼치는 셈이라고 생각했어. 그러니까 네가 여전히 이 작품을 함께하고…."

"할게." 그가 에마의 말을 중간에 자르면서 뜸 들이지 않고 대답했다.

그녀는 자기 말을 끊은 킵을 나무라면서, 동시에 통제권을 되찾아오려고 검지를 올렸다. "대신 조건이 있어."

"말만 해."

"첫째, 네 모든 편집본은 나를 거쳐야 하고, 아모라에게 직접 말하면 안 돼. 넌 아모라에게 겁을 주는데, 그래 봤자 작가가 더 빨리 쓰는 데 아무 도움이 되지 않거든."

"좋아."

"둘째, 너한테 로맨스가 뭔지를 철저하게 분석해줄게. 그래야 내 편집이 어디서 왔는지를 네가 더 잘 이해할 테니까."

"내가 맞혀볼게. 다음엔 너랑 사랑에 빠지면 안 된다고 말할 거지?"

에마는 턱을 앙다물면서 킵을 노려보았다. 그녀는 자리에서 일어나 갈 태세를 취하며 말했다. "이 조건을 진지하게 받아들이지 않는다면⋯."

"좋아!" 킵이 일어나 테이블 너머에서 손을 뻗어 그녀의 손목을 잡고는 부드럽게 당겨 자리에 앉혔다. "하지만 너한테 SFF가 뭔지를 철저하게 분석하게 해준다면. 그래야 내 편집이 어디서 왔는지 네가 더 잘 이해할 테니까."

에마는 의심스럽고 흥미로운 눈빛으로 눈을 가늘게 뜨고 킵을 살펴보았다. 나쁜 아이디어였지만, 그녀는 이것이 스토리 아크[45]에 극적 긴장감을 주는 원천이 되리라는 느낌이 들었다. 젠장, 그녀는 둘 사이의 이 거래 전체가 로맨틱 코미디에 나오는 한 대목처럼 느껴졌다. 하지만 에마는 책 애호가고, 책은 한 번도 그녀를 실망시키거나 거짓말하지 않았다. 그래서 더 나은 판단이 아님에도, 아니 더 나은 판단이라서 그녀는 "좋아"라고 대답했다.

---

45 story arc, 드라마나 만화, 비디오 게임 등에서 여러 에피소드에 걸쳐 줄거리가 이어지는 것.

8. 마법

킵의 첫 번째 수업은 마법이었다.

그는 둘이 《동물원》의 이야기 구조에 관해 논할 때 더는 언급할 일이 없도록, 마법 시스템이 무엇인지, 이야기 구조에서 어떻게 작동하는지를 에마에게 설명하려 했다.

"여기 어떻게 마법이 있을 수가 있어? 이건 공상과학 소설인데!" 그가 '마법의 법칙' 운운하며 그녀의 편집본에 여러 차례 퇴짜를 놓자, 그녀가 따져 물었다.

"마법은 현실 세계에서는 불가능한 일을 가능하게 만드는 거야." 킵이 프루퍼에 파일을 로딩하면서 말했다. "정신력을 사용해서 이 펜을 구부리고 싶다고 해보자고." 그가 펜을 그녀의 얼굴까지 들어 올리며(그러는 동안 셔츠 소매가 위로 올라가 그의 탄탄한 팔이 드러났다), 검지와 엄지로 쥐고 흔들었다. "네가 실제로 마법을 사용한다면, 만질 필요도 없이 펜이 고무줄처럼 구부러질 거야. 네가 톱 같은 도구를 사용한다면 기술을 사용하는 거지."

에마는 풀 죽은 얼굴로 그를 향해 미소 지었다. 그러나 머릿속에 떠오른 바보 같은 계획을 실행하고 싶어 안달인 눈빛으로 두꺼운 검은 속눈썹 위로 그를 올려다보았다.

"마법이나 기술 없이 구부리는 방법을 알아." 에마는 펜을 움켜쥐고는 플라스틱 몸통을 구부리려 힘쓰다가 결국 두 동강 냈다. 스프링이 튕겨 나가고 잉크로 채워진 빨대에서 잉크가 쏟아지면서 왼쪽 손바닥에 검은 얼룩을 남겼다. "봐, 그냥 힘만 쓰면 되잖아." 그녀는 잉크 방울을 손에서 털어냈다. "잉크도 많이 필요하긴 하네." '좋아, 이건 완전히 어리석은 계획이었어.'

"그건 속임수지. 게다가 사실은 펜을 구부린 게 아니잖아. 부러뜨렸지." 그는 주머니에서 흰 손수건을 꺼내면서 다른 손을 그녀에게 내밀었다. 그 반응에 깜짝 놀라면서 그녀는 잉크로 얼룩진 왼손을 내밀었다.

"난 논점을 알아듣게 설명하려던 거였어"라고 킵이 말하며 손수건으로 그녀의 손바닥을 닦아주려고 가까이 다가갔다.

그의 손이 손바닥에 닿기 직전에 그녀가 손을 빼내며 말했다. "안 돼! 손수건에서 잉크가 안 지워질 거야!"

킵이 혀를 차면서 그녀의 손을 다시 쥐고는 손바닥에서 잉크를 부드럽게 닦아냈다. "그래 봤자 손수건이야." 에마가 움찔하며 아파서 앓는 소리를 내자 그가 멈췄다. 킵이 그녀의 손을 너무 얼굴 가까이 끌어당기는 바람에, 사실상 그녀의 손가락 끝에 대고 숨을 쉬고 있었다. 그의 혀가 아랫입술을 따라 미끄러질 때, 살짝 벌어진 입술 끝에 자기 손가락이 너무 가까이 있어서 에마는 왜 몸을 움츠렸는지조차 잠시 잊어버렸다. "피도 나잖아." 킵이 에마의 손바닥에서 작은 플라스틱 조각을 빼내자, 갑자기 날카로운 통증이 돌아왔다. 킵은 주머니에서 작은 에틸알코올 병을 꺼내 경고도 없이 그녀의 손바닥 위에 소독약을 뿌렸다.

이번에는 에마가 욕을 퍼부었다. "젠장!" 그녀는 그의 손 아귀에서 손을 빼내려고 용썼지만 실패했다. "날 벌주는 거야, 돌로레스 엄브릿지?[46]"

그는 아직 그녀의 손바닥에 남은 희미해진 잉크와 피를 닦아내다가 잠시 고개를 들어 한쪽 눈썹을 치켜올리며 물었다. "뭐 때문에, 해리 포터? 마법을 믿지 않는다고?" 그는 손수건을 치우더니 손을 다시 살펴보았다. "가서 비누하고 물로 씻어. 남은 잉크가 빠질 거야." 하지만 그녀의 손을 놓지는 않았다. 대신 그는 고개를 젖히고 그녀와 눈이 마주칠 때까지 온 세상이 슬로 모션으로 돌아가듯 그녀를 보았다. 그러는 동안 둘은 여전히 손을 잡고 있었다. 그가 크고 거친 손을 그녀의 작은 손 위에 포갰고, 그의 온기가 팔을 타고 올라가 그녀의 심장까지 다다르자, 에마는 온몸이 열기로 폭발할 것 같았다. 그는 손을 꼭 쥔 채, 두꺼운 검은 테 안경 너머로 시선을 그

---

46   《해리 포터》 시리즈에 나오는 엄격한 교수이자 장학관.

녀의 눈에서 떼지 않았다. 숨이 차는 듯, 그는 입술을 벌렸다가 다물었다가 다시 벌렸다.

에마는 자기도 모르게 한참 동안 몸을 앞으로 기울였다가, 별안간 뭘 하려 했었는지 깨닫고는 말했다. "화장실에 가야겠어."

그는 목을 가다듬더니 뜨거운 석탄이라도 되는 양 그녀의 손을 놓아버렸다. "맞아, 그래야지. 감염되기 전에." 그가 갑자기 몸을 돌리자, 그녀는 그가 상기된 얼굴을 감추려는 건지, 프루퍼가 멈춰서 조금 전에 로딩했던 페이지의 교정쇄가 출력되지 않기 때문인지 궁금해졌다.

～～～

그녀는 탁 트인 사무실 공간에서 그들이 함께 앉아 있던 테이블로 돌아와, 둘 다 사용하거나 필요하지 않았던 교정쇄, 인쇄물과 서류 더미들을 가운데 두고 킵과 마주 보고 앉았다.

"그래서, 음… 마법이 뭐 어떻다고?"

그는 확인하고 있던 교정쇄 더미에서 고개를 들고 물었다. "뭐? 뭐라고? 무슨 마법?"

"네가 마법에 관해 말하고 있었잖아. 그러니까… 아까 그러기 전에…." 그게 뭐든 간에.

"그래, 맞아. 마법과 마법 시스템에 관해 말했지. 《동물원》의 마법 시스템은 제대로 작동하기 힘든 규칙을 따르고 있어서, 아모라가 세운 규칙에 따르면 마이아와 디셈버가 마법을 사용할 때 일관성이 없어."

"나는 이 설정에서 마법이 뭔지 아직도 이해가 안 돼. 본래 마법은 한계가 없는 거 아니야? 규칙을 세우고 한계를 정한다면, 그건 마법이 아닌 게 아닐까?"

"오, 아서 C. 클라크[47]와 아이작 아시모프도 비슷한 말을 했지. '불충분하게 발전한 기술은 마법과 구분되지 않는다', '마법이 규칙을 지키고 한계를 존중할 때, 더는 마법이 아니다. 그건 색다른 기술일 뿐이다'라고. 즉, 마법과 과학은 스토리에 따라 더 과학에 가깝거나 판타지에 가까울 수 있다는 의미일 뿐이야."

"그래서 너는 이 소설의 마법 시스템 안에서 일관성만 있으면 된다는 거야? 그거야?"

"그 이상이지. 아모라는 마이아와 디셈버가 이야기 내내 마주치는 몇 가지 주요 장애물을 해결하려고 마법을 사용해. 그러느라 스토리 구조를 불만족스럽게 만들어놨어." 그는 그들 사이에 놓인 파일 더미를 뒤지더니 비교적 깨끗한 종이 한

---

47   Arthur C. Clark, 영국 공상과학 소설 작가이자 미래학자.

장을 찾아냈다. 종이를 가로질러 선을 하나 그리고는, 선의 양 끝에 각각 '소프트'와 '하드'라고 썼다. "브랜던 샌더슨은 나한 테 역대 최고의 SFF 작가인데, 그는 SFF 환경에서 세계관을 형성하고 마법 시스템을 만드는 마법의 3대 법칙을 널리 알렸 어. 샌더슨의 첫 번째 법칙은, 마법으로 갈등을 해결하는 작가 의 능력은 독자가 언급된 마법을 얼마나 잘 이해하는지와 정 비례한다는 거야." 그는 '하드'라고 표시된 끝을 가리켰다. "마 법이 여기에 가까울수록, 그 법칙은 더 많이 적용될 거야." 그 는 '소프트'라고 표시된 끝을 가리키며 말했다. "마법이 이 지 점에 가까울수록, 엄격한 규칙의 세트를 설명할 수도 없고, 따 르지도 않는다는 뜻이니까, 스토리에서 문제를 해결하는 데 덜 사용돼야 할 거야."

킵이 샌더슨의 법칙을 계속 설명할 때, 그녀의 정신은 그 가 얼마나 근육질인지에 집중되어 있었다. 에마는 그를 괴짜 안경을 끼고 괴짜 셔츠를 입는, 6년간 회사에서 봤던 사람 중 가장 얼빠진 듯하면서도 사랑스러운 미소를 짓는 SFF 소설 괴 짜로만 알고 있었다. 그러나 킵은 봉쇄 조치 전과 많이 달라 보였다. 예전보다 괴짜 셔츠 안 근육들이 탄탄해졌다. 그녀는 주니어 편집자 직책에 면접을 보러 왔을 때 회사 로비에서 그 를 처음 봤던 때가 기억났다. 그는 당시 주니어 편집자일 뿐이 었고, 그녀를 면접했던 사람은 당시 편집장이던 릴리였다.

에마는 그날 《프린세스 브라이드》를 읽고 있었는데, 릴리가 사무실에 돌아오기를 기다리면서 그 엄청나게 두꺼운 판타지 소설을 면접장에 가져온 걸 후회했다. 릴리와 함께 도착한 킵은 기이하게도 사무실로 들어오기 전에 에마와 어색한 눈싸움을 벌였다.

그녀는 둘의 바보 같은 게임이 그때 시작됐다고 생각했다. 그녀가 고용된 다음 날 킵이 에마에게 책과 영화 중 어떤 버전의 《프린세스 브라이드》가 더 좋냐고 물어봤기 때문이다.

"듣고 있냐, 브리짓 존스?" 그가 에마의 눈앞에 손을 흔들었다. "여보세요, 듣고 있냐고, 브리짓 존스?"

그녀는 눈을 가늘게 뜨고 그를 노려보면서 물었다. "방금 나를 멍청하다고 한 거야?"

"헤이, 브리짓 존스는 멍청한 거랑 거리가 멀지." 킵이 자신의 인용에 자랑스러운 듯 말했다.

"와우. 네가 로맨틱 코미디 중독자인 줄은 몰랐네"라고 말하며 에마는 그가 갈겨 쓰던 종이를 살펴보았다. 거기에는 SFF 작품 속 이름들이 줄줄이 나열되어 있었다. 저렇게 많이 쓰는 동안 킵이 얼마나 근육질인지를 내내 생각했단 말이야?

"뭐? 난 로맨틱 코미디를 좋아해. 그리고 그걸 인정하는 게 창피하지 않아." 킵이 고개를 흔들고는 교정쇄로 다시 눈을 돌리며 말했다.

그 말에 그녀가 웃음을 터트렸다. "〈브리짓 존스의 일기〉는 좋은 영화야. 그냥 무작위로 그게 머릿속에 떠올랐을 뿐이잖아."

킵은 어깨를 으쓱했다. "난 내가 좋아하는 것들이 좋아. 그건 그렇고, 오늘 또 밤샐 거야?"

"어떻게 알았어?"

"책 전체를 기계에 로딩해놨잖아. 네가 화장실 간 동안 종이가 떨어졌더라고. 잠깐." 그녀가 일어나려 하자 그가 막으며 말했다. "내가 이미 종이를 채워두고 네 파일도 다시 로딩했어. 내일 아침은 돼야 끝날 테니 넌 집에 가."

"아니야. 있어야 해. 중간에 멈추지 않는지 확인해야지. 저 기계가 얼마나 골칫덩이인지 너도 알잖아. 어쨌든 난 근처에 사니까 괜찮아. 넌 집이 멀지 않아? 네가 집에 가야겠네."

"아니, 내일 아침에 디자이너들이 오자마자 작업할 수 있게, 오늘 밤에 검토를 끝내놓고 싶어. 내가 일하면서 기계를 살펴볼게."

그녀는 킵에게 인상을 찌푸리며 말했다. "그냥 인정하시지. 우리 소지품을 기웃거리면서 사무실 여기저기에 이상한 짓을 하려고 혼자 있겠다는 거 아니야?"

그는 2 더하기 2는 5라는 이상한 수학 문제를 푸는 사람처럼 그녀 얼굴을 빤히 바라보면서 히죽히죽 웃었다. "내가 어떤 이상한 짓을 한다고 생각하는 거야, 사이코?"

"나야 모르지. 스테이플러를 모조리 숨긴다거나, 여자 화
장실에 큰일을 볼 수도 있고. 발가벗고 뛰어다니거나 모든 사
무실 의자에 노팬티로 앉을지도 모르지."

"그래, 그래. 발가벗고 뛰어다니고, 노팬티로 사무실 모든
의자에 앉아볼 거야. 물론 네가 제일 좋아하는 의자부터 시작
해서." 그는 그녀의 의자를 가리키며 말했다. "바로 저거."

"못됐네"라고 말하면서 그녀는 입을 벌리며 웃음과 하품
이 섞인 이상한 소리를 냈다.

킵이 참으려 했지만 참지 못하고 웃음을 터트렸다. "집에
가, 모랄레스. 몰골이 말이 아니야."

그녀는 깜짝 놀라는 시늉을 했다. "진짜 못됐어!" 그는 그
녀가 소지품 챙기는 걸 지켜봤다. "정말 가도 돼? 프루퍼에 또
문제가 생기면 메시지 보내. 내가 달려와서 고칠게."

"말은 정말 고맙지만, 15년 된 프루퍼는 내가 완벽하게 다
룰 줄 안다고. 집에 가. 비탄에 빠지면 문자 보낼 테니."

"그럼 나를 버터컵이라고 불러." 그녀는 가방을 어깨에 메
고서 머뭇거리며 문과 그녀가 떠나기를 기다리는 킵을 번갈아
보았다. "인쇄가 끝나면 교정쇄는 바구니에 놔둬. 내일 아침에
내가 자를 테니까."

"자르는 건 내가 아닐걸. 아마 유령일 거야. 아니면 정신

력만 사용해서 자를 수도 있지. 마법처럼."

그녀는 눈을 흘기며 하품했고, 킵에게 손을 흔들었다. "잘 있어, 호빗."

"잘 가, 버터컵." 유리문 밖으로 그녀가 걸어 나가는 걸 보며 킵이 말했다.

다음 날 아침, 에마의 교정쇄는 깔끔하게 잘리고 페이지별로 정리되어 테이블 위에 올려져 있었다.

마치 마법처럼.

9. 로맨틱한 첫 만남

주인공들의 로맨틱한 첫 만남에는 예술과 과학이 있었다.

어떤 면에서 로맨틱한 첫 만남은 두 심장의 서사시가 시작되는 결합이었다. 연인이 마침내 서로에게 끌려서 세상이 끝날 때까지, 불가피하게 항성계의 태양이 소멸할 때까지, 그들의 삶이 궤도를 따라 돌기 시작하는 지점이었다.

에마는 6년 전 처음 닉을 보았을 때, 그걸 확실히 느꼈다. 닉은 가죽 재킷을 입고 바까지 오토바이를 타고 온 나쁜 남자였다. 바는 사무실에 할 일이 산더미같이 쌓인 에마에게는 갈 일이 없는 곳이었다. 그는 담배를 피우며 술을 마시면서, 음악에 빠져 댄스홀에서 빙빙 돌며 춤을 추고, 사람들에게 몸을 비비고 있었다. 반면에 에마는 디제이에게 다가가려던 제이니에게 떠밀려 무대 앞 댄스홀로 나갈 수밖에 없었다. 댄스홀을 가로질러 둘의 시선이 마주쳤고, 그날 밤 너무 인사불성이라 둘 사이에 무슨 일이 일어날지 볼 수 없던 사람들의 블랙홀 안에서 그들의 몸이 만났다. 바로 빅뱅이었다. 그렇게 닉과 에마의 은하계라는 새로운 은하계가 탄생했다.

반면에 로맨틱한 첫 만남은 앞으로 일어날 일에 대한 가능성일 뿐이었고, 그 뒤에 다가올 삶과 반드시 일치하지는 않았다. 그것이 지난 6년간 에마가 뼈에 깊이 새긴 교훈이었다.

그럼에도 닉과의 첫 만남은 예술과 시와 과학이 하나로 합쳐진 만남이었다.

제이니가 귀여운 헬스장 코치랑 만들어내려 하는 이 첫 만남은 제이니에게는 아주 즐거워 보이는 경험이었지만, 적어도 에마에게는 고문처럼 느껴졌다.

가만히 생각해보니, 당연한 인과응보겠지만, 킵 알레그리와 대단히 힘든 한 주를 보낸 후에 즉흥적으로 이 크로스핏 수업을 수강한 것이야말로 신체적으로 자신에게 가하는 고문에 딱 들어맞는 것 같았다. 오늘 이후로는 추레한 팸버베이를 입고 집 책상에 편안하게 앉아 있는 것보다 크로스핏을 흔쾌히 선택하는 일은 없을 것이다. 그녀는 애초에 왜 이걸 하겠다고 동의했는지 기억나지 않았다.

"왜 나한테 이걸 시키는지 다시 말해줄래, 제이니? 기억이 안 나서 그래. 뇌까지 죽어버린 것 같아." 에마가 저녁 수업이 끝난 후 고통스럽게 헐떡거리며 물었다.

"넌 내면에서 너를 갉아먹고 있는 게 분명한 그 긴장감을 좀 덜어야 해, 엠스." 제이니가 제자리에서 조깅하며 말했다. 반면 검은 고무 패드가 깔린 바닥에 누워 있던 에마는 일어나 걸음을 떼려다가 다리가 풀려 다시 누웠다. 수년간 땀으로 젖었을 매트 따위는 안중에도 없었다. 그녀는 아예 매트와 한 몸이 되었다. "내가 네게 바에서 만난 낯선 남자랑 자든지, 크로스핏을 하든지 선택하라고 했잖아. 자, 우리가 여기 있네." 그녀는 마지막 부분을 활짝 웃으며 말했고, 헬스장을 가리키면서 과시하듯 손을 흔들었다. 얼굴은 우쭐한 표정이었고, 눈빛은 '네가 선택했잖아'라고 말하듯 반짝거렸다.

"다른 걸 할 수도 있었잖아. 보드게임 카페가 다시 유행한다던데. 방 탈출 카페도"라고 에마가 말했다. "그리고 난 그 정도로 스트레스를 받지는 않은 것 같아. 이걸 원할 만큼은 아니라고." 킵과의 작업은 예상보다 더 즐거웠다. 그녀를 힘들게 하는 건 마감과 그녀가 너무나 좋아하는 일자리가 곧 없어질지도 모른다는 두려움이었다.

에마는 몸의 근육 하나하나가 앉지 말라고 비명을 지르는데도 똑바로 앉았다. 운동 전에 깔끔하게 묶었던 포니테일이 어지럽게 헝클어지고 땀에 젖어 끈적한 얼굴과 등과 어깨에 들러붙었다.

제이니는 분홍과 초록으로 색만 다른 커플 물병을 집어서, 초록색 병을 제이니에게 내밀었다. "네 절친으로서, 나에게는 네가 확실히 그 정도로 스트레스받고 있다고 말할 의무가 있어." 그녀는 자기 물병으로 물을 마시더니, 코치와 눈을 맞췄다. 코치는 바쁘게 장비 더미를 선반에 놓다가 제이니를 보고는 마음을 뺏긴 듯 눈에 띄게 활짝 웃었다. "너하고 알레그리는 사무실에 있는 모두를 실망시켰어."

에마는 신음하며 눈을 흘겼고, 팔뚝으로 눈을 가리면서 바닥에 다시 드러누웠다. "다시는 그러지 않을 거야, 제이니."

"아니긴 뭘. 여태껏 넌 수신함에 도착한 원고를 놓고 한 번도 불평한 적이 없었어. 사실상 처음부터 다시 써야 하는 원고조차…."

에마는 눈을 여전히 가린 채 친구를 향해 말했다. "그건 비밀이어야 해, 제뉴어리 플로레스!"

"그러든지! 요점은 넌 어떤 일도 거절하지 않는다는 거야. 넌 원고가 아무리 나빠도 불평하지 않아. 게다가 네게 이것저것 요구하는 100여 명의 작가에게도 불평한 적이 없어. 그냥 일이 끝날 때까지 책상에 앉아서 속 끓이고 있었다고. 네가 그런 사람이니까. 넌 문제를 해결해 내고, 네 일을 처리하지. 하지만 《동물원》은? 네가 그냥 제정신이 아니라서 그랬을까? 절대 아닐걸."

에마는 눈에서 팔을 떼고 친구를 노려보았다. 콘택트렌즈가 살짝 옆으로 삐뚤어져서 눈알이 건조해지기 시작했다. 제이니는 자기가 보낸 추파에 제대로 반응하는 코치에게 눈썹을 깜빡거리고 있었다.

"《동물원》은 내 경력상 최고의 원고니까!"라고 말하며 에마가 벌떡 일어나 앉자, 제이니가 돌아보았다. "게다가 브렌트가 하는 말 너도 들었잖아, 우리가 잘리지 않으려면 그 작품이 성공해야 한다고!"

"아니, 내 생각에는 알레그리 때문인 것 같아. 그가 너를 평소보다 더 열받게 했으니까." 제이니는 공모하는 듯한 눈길로 에마를 내려보며 씩 웃었다. "네가 해결 못 하는 문제를 다른 사람이 할 수 있다는 사실 때문에 열받는 거잖아." 제이니는 일어나 절친이 일어날 수 있게 손을 내밀었다. 에마는 그녀가 내민 손바닥을 가만히 노려보면서, 머릿속으로는 고통을 감내하며 꼭 일어나야 할지 곰곰이 생각했다. "인정해, 에마. 넌 자기만족을 위해 너무 심하게 경쟁하고 있어."

지난주 에마와 킵은 《동물원》을 놓고 서로 으르렁거리면서, 천천히, 그리고 대부분 시간을 각자의 50페이지짜리 편집본을 고통스럽게 줄여서 어떻게든 앞뒤가 맞는 하나의 파일로 압축했고, 그걸 온라인 드라이브로 옮겨 공유했다. 지난 2주간 그들은 사무실에서든, 화상 회의나 이메일로든, 문자 메시지나 채팅 혹은 전화 통화로든 장소를 불문하고 싸웠다. 둘 다 공유 파일에 만족하지 않았기에, 편집본을 아모라에게 보내기로 한 날짜에서 벌써 일주일이나 늦었다. 그들은 오늘 마지막으로 결론을 내리기로 되어 있었고, 그래서 그녀가 이번 주에만 다섯 번째 편안한 집을 떠날 수밖에 없었다. 그들은 결국 또 싸울 것이다.

게다가 시기상으로도 둘 다에게 최악의 시기였다. 킵은 그달 말에 인쇄소로 넘겨야 할 서머 코미콘 책들이 있었고, 에마는 밸런타인데이에 나올 책들을 마무리 짓는 단계에서 막바지 교정 작업하고 있었다. 연달아 5일간 그들은 사무실에 출근해 아침부터 늦은 밤까지 일했다. 음식 먹을 때와 화장실 갈 때만 일을 멈췄고, 진이 다 빠졌을 때는 서로를 노려보기만 했다. 그들은 피곤했고, 긴장했고, 분노했다. 둘 다 언제 폭발해도 이상하지 않은 화약고인 게 당연했다. 에마와 킵이 정말로 사무실을 함께 날려버리기 전에 그녀의 절친이 이를 막은 것이었다.

하필이면 그게 왜 크로스핏이어야 하냐고? 빌어먹을.

에마가 뾰로통한 얼굴로 친구 손을 잡자, 제이니가 너무 빨리, 확 그녀를 잡아당겨 일으켰다. 에마가 내지른 고통스러운 비명이 텅 빈 헬스장을 울렸다.

"이건 네 잘못이야, 제이니." 에마는 욱신거리는 허리를 두드리며 말했다. "게다가 난 그 정도로 경쟁심이 강하지 않아. 그냥 문제를 미해결인 채로 놔두는 게 싫은 것뿐이야. 그러면 몸이 근질근질하니까."

하지만 친구의 관심은 더 이상 그녀에게 있지 않았다. 그들의 코치는 장비를 만지작거리는 걸 그만두고 드디어 제이니에게 다가올 용기를 냈다.

이건 에마가 절친을 위해 해결해줄 수 있는 문제였다. "그럼, 난 확인해야 할 교정쇄가 더 있어서 사무실에 가볼게." 물론 발록[48]의 화신도 다시 《동물원》에 관해 논하려고 에마를 기다리고 있었지만, 친구에게 그 이야기는 하지 않을 것이다. 코치가 다가오자, 제이니는 에마의 손을 붙잡아 꼭 쥐면서 말없이 눈으로만 '고마워'와 '사랑해'를 말했다.

"내일 봐, 제이니." 그녀는 친구의 어깨를 토닥인 후 다리를 절뚝거리며 걸어갔다. 한 걸음 내디딜 때마다 아파서 눈물이 나려는 충동을 억누르고, 킵과의 회의를 두려워하면서. 제이니와 코치의 설레는 첫 만남과 달리, 킵과의 만남은 설레지 않을 것이다.

어쩌면 킵과 다시 얼굴을 맞대고 싸우느니 크로스핏을 하는 게 더 낫겠다고 생각했지만, 사무실에 도착하자 마음이 바뀌었다.

퇴근 시간이 지난 후였다. 이미 다들 퇴근해서 프루퍼 근처에 덩그러니 놓인 그녀의 노트북만 빼고는 텅 비어 있었다. 그러나 프루퍼가 꺼져 있었다. 제이니가 그녀를 끌고 가기 전에 파일을 로딩해두었지만, 바구니가 비어 있었다.

---

48 《반지의 제왕》 시리즈 중 중간계에 있는 강력한 악마.

그녀는 기계 아래와 위, 뒤까지 살펴봤지만 아무것도 없었다. 교정쇄가 인쇄되지 않았나? 그녀는 책상으로 향했고, 거기에 자르고 분류하여 노트북 옆에 깔끔하게 놓인 교정쇄를 발견했다. 이번에도 그의 짓이었다. 교정쇄를 재단하는 데 재미라도 붙였나?

노트북 화면 위에 포스트잇이 붙어 있었다.

'아무도 만족하지 않아. 그러니 좋은 타협안인 게 틀림없어. 내가 너한테 양보한 거야, 티리온 라니스터.[49] – K.'

그녀는 완전히 불만족스럽지는 않다고 생각했다. 이번에도 마음의 응어리가 조금 풀린 기분이었다. 에마를 놀라게 하는 이런 킵의 행동은 이제 습관이 된 것 같았다. 그래서 에마는 마음속 응어리가 아닌 실제 근육이 뭉치고 뒤틀리는지만 신경 쓰면 됐다.

---

49 〈왕좌의 게임〉에 나오는 왜소증 캐릭터.

10. 밸런타인데이

에마는 밸런타인데이가 킵에게 로맨스 수업을 하기에 더 없이 좋은 때라고 생각했지만, 공교롭게도 시기가 묘하게 겹치니 오싹해졌다. 하필이면 밸런타인데이라니. 자존심 있는 도서 편집자라면 누구나 그 문제를 다시 생각했을 것이다. 그녀는 속으로 생각했다. '정신 차려! 밸런타인데이에 로맨스 수업이라고? 너무 상투적이잖아, 헉!'

대신 그녀는 그날 밤 열릴 밸런타인데이 도서 출간 행사를 준비하는 제이니를 도우러 사무실로 갔다. 행사의 주제는 무도회였고, 에마가 여러 달 동안 작업했던 네 권의 신간 도서가 주인공이었다. 제이니는 통화하고, 문자 보내고, 채팅하고, 태블릿에 메모하고, 인턴과 고용된 알바생들에게 지시를 내리느라 혼자서 분주했다. 반면 에마와 킵과 제시는 선물 주머니 안에 책과 상품, 엽서를 채워 넣고 있었다. 디자인팀은 행사 장식으로, 물류팀과 회계팀은 재고 정리로 바빴다. 많은 이가 행사장으로 떠날 준비를 하고 있었다.

"지금 제가 움파룸파[50]가 된 것 같아요." 제시가 완성된 선물 주머니를 상자 안에 담으면서 말했다. 제시는 유니버시티

벨트[51]의 대학 중 한 곳을 막 졸업했다. 제시의 악센트는 특이해서, 그녀를 따라 하려던 에마는 나이 든 사람처럼 혀가 꼬였다. 제시는 착했지만, 젊음과 동반되는 맹목적 열정과 순진한 낙관주의를 아직 떨쳐내지 못한 Z세대였다. 바로 에마가 가장 좋아하는 세대였다.

"이 업계에서 버티려면, 한 번에 다섯 가지 일을 처리하는 데 익숙해져야 해, 꼬마야." 킵이 테이블 위에 줄지어 놓인 선물 주머니 안에 책을 떨어뜨리며 말했다. "책을 볼 여유가 없는 나라에서 전통적인 출판업은 해변에 스웨터를 입고 가는 거랑 같아. 멋져 보일 수는 있지. 햇볕에 화상을 입지 않게 해줄 수도 있지만, 엄청 불편한 건 확실해."

"움파룸파 대장의 말은 듣지 마, 제시"라고 말하며 에마가 킵을 노려보며 고개를 흔들었다. 킵은 어깨를 으쓱했고, 그가 움직일 때마다 책을 나르는 팔 근육이 불끈불끈했다. "필리핀 사람들은 책을 읽어. 그렇지 않았다면, 우린 수년 전에 다 실직했을 거야."

"하지만 내년에 우리가 그렇게 되지 않을까요?" 제시가 상자를 테이프로 붙이면서 물었다. "두 선배님이 그 원고로 좋

---

50   《찰리와 초콜릿 공장》에 등장하는 작은 요정.
51   마닐라에 위치한 대학 밀집 지역.

은 결과를 내지 못하면요?"

에마와 킵은 상대에게 대답하라고 재촉하는 눈길을 주고받았다. 에마는 일주일도 전에 아모라에게 편집본을 보냈으나 아직 답을 듣지 못했다. 사무실에는 쥐 죽은 듯한 고요가 내려앉았었다. 원고 수정본에 관해 곧바로 피드백을 받지 못하는 게 다반사지만, 아모라에게 아무 말도 듣지 못한 채 하루하루가 지나면서 에마는 초조해졌다.

"원고 하나만 중요한 게 아니야, 꼬마야. 우리가 만드는 모든 책이 최종 결과에 매우 중요해." 에마가 오랫동안 답을 하지 못하자 킵이 대답했다. "게다가 우리가 해내지 못한다고 해도, 우리가 그럴 거라는 건 아니지만, 우리 대부분은 책 만드는 게 좋아서 여기 있잖아, 그렇지 않아, 모랄레스?"

대답할 겨를도 없이 에마는 로비에서 해바라기 한 다발을 들고 다가오는 배달 기사에게 정신이 팔렸다.

"에마?" 그녀를 눈으로 좇던 킵은 배달 기사가 꽃을 그녀에게 전해주는 모습을 보았다.

제이니가 기사에게 달려가서 "저희 꽃 배달 안 시켰어요!"라고 소리치며 막으려 했다. 킵은 그 장면에 등을 돌린 채 책을 선물 주머니 안에 넣는 데 집중했다.

"이건 에마 모랄레스 씨에게 온 꽃입니다." 배달 기사는 멍하니 꽃을 받아 든 에마에게 관심을 돌리며 말했다. "닉 씨가 보내셨어요."

"그가 뭘 원하는 거야?"라고 제이니가 물었다. 그녀는 에마가 갑자기 뚱한 표정을 짓자, 에마에게서 꽃을 받아 쪽지를 읽었다.

에마가 쪽지를 읽는 동안, 제이니가 꽃을 배달 기사에게 돌려주었다. "반송해주세요. 우린 그거 필요 없어요."

'친구 사이에 꽃은 괜찮지? 행복한 밸런타인데이 보내, 엠스. ─ 닉'이라고 쪽지에 쓰여 있었고, 그걸 본 에마는 번개 치듯 혈관에 피가 들끓는 것 같았다. 제시는 에마를 자리에 앉혔다. 에마는 꽃이 그녀에게서 멀어져 사무실 밖으로 옮겨지는 모습을 멍하니 보고 있었다.

"제시, 인턴들한테 이 상자를 밴으로 옮기는 걸 도와달라고 해." 제이니가 에마 옆 의자를 당기며 말했다. 제시는 시키는 대로 했고, 제이니는 에마의 떨리는 손을 움켜쥐고서 "빌어먹을 놈"이라고 말했다. 제이니는 주변 사람들을 기분 좋게 하려면 뭐라고 말해야 하는지 항상 알고 있었다. 이 상황에서 "빌어먹을 놈"이라고 말하는 것 말고 적절한 반응은 없을 것이다. 그러는 동안 휴대폰과 태블릿이 끊임없이 울리면서 에마를 거슬리게 했다.

제이니는 절친을 위해서라면 모든 일을 포기할 준비가 되어 있는 것 같았지만, 에마는 제이니가 해고당할 짓을 하기 전

117

에 막았다. "난 괜찮아, 제이니. 행사장에 가봐. 나는 여기 남아서 일 좀 하다가 집에 갈게."

그녀의 절친은 믿을 수 없다는 듯 에마를 빤히 쳐다보았지만, 알림음이 이제 벨소리로 바뀌었다. "내일 이 얘기 꼭 하겠다고 맹세해."

에마는 제이니의 손을 꼭 쥐었다. "물론이지. 난 법적으로 너한테 모든 걸 말할 의무가 있으니까, 맞지? 이제 가"라고 말하며 그녀는 부드럽지만 단호하게 제이니를 쿡 찌르며 의자에서 일어나게 했다. 제이니는 걱정스러운 눈빛으로 한 번 더 에마를 보다가, 에마를 위해 모든 것을 포기하는 자아에서 에마에게 친구가 필요할 때 자리를 뜨는 자아를 분리하는 듯했다. 마침내 제이니는 내키지 않는 몸을 끌고 모두에게 밖으로 이동하라고 지시 내리며 떠났다. "다들, 이걸 끝내버립시다!"

에마는 무릎 위에 쪽지를 올려둔 채 혼자 남겨졌는데, 닉의 익숙한 글씨체를 보니 속이 메스꺼웠다.

"나는 꽃다발 선물하는 게 싫더라." 킵이 마지막 책을 마지막 주머니에 넣은 후, 상자에 포장하며 말했다.

"뭐라고?" 에마가 멍하니 킵을 보았다.

"줄기에서 꽃을 한 송이 꺾으면, 꽃이 죽기 시작하잖아"라고 말하며 그가 상자를 집어서 로비로 옮겼는데, 그 와중에 셔츠가 올라가 살짝 속살이 드러났다. 그의 셔츠는 《레드 라이징》의 홍보용 팬 증정 셔츠로, 검정 바탕에 빨강과 금색 프린트가 되어 있고, 'Live for more'[52]라는 어구가 진홍색으로 선명히 새겨져 있었다. "연인한테 보내는 메시지로 '너를 너무 많이 사랑해. 네가 나 없이 사느니 차라리 내 품에서 죽었으면 좋겠어'라는 말보다 더 공격적인 메시지는 상상도 할 수 없으니까."

"좋아, 알레그리. 넌 여자한테 뭘 줄 건데?"

"살아 있는 게 제일 좋지. 화분에 담긴 식물이나, 아니면 선인장도 좋고."

에마가 "정말 로맨틱하네"라고 대답을 마치기도 전에 그가 걸어가버렸다.

그녀는 쪽지의 날카로운 끝부분이 거의 다 나왔던 손바닥의 상처를 깊이 파고들고 나서야 구겨진 쪽지를 손에 꼭 쥐고 있었다는 걸 깨달았다. 그녀를 정말로 불안하게 했던 건 꽃이 아니라 그걸 보낸 사람과 그 뒤에 숨겨진 의도였다. 닉이 쪽지에 쓴 말이 진심이란 걸 알았지만, 닉에 관한 모든 것이 그러하듯, 그의 행동에는 어둡고 사악한 뭔가가 숨겨져 있었다. 닉은 하루하루 자신을 갉아먹으며 사는 생물체였고, 사귀는 내내 그녀는 그가 쓰러질 때마다 도와야만 했다. 둘의 관계는 에

---

52 '더 많은 것을 위해 살아라'는 뜻이다.

마에게 큰 피해를 주었고, 그녀는 마침내 관계를 끝내고 나서
야 간신히 그 사실을 알아차렸다. 닉은 그녀가 포기해버린 풀
리지 않은 문제였다. 닉은 어떻게 풀어야 할지 그녀가 알지 못
했던 미제였다. 닉은 에마가 익사할 것 같은 기분이 들자, 그
냥 버려두고 온 문제였다.

"음, 다들 갔네"라는 킵의 말에, 생각에 잠겨 있던 에마는
정신이 번쩍 들었다.

에마는 꿈에서 깬 듯 텅 빈 사무실을 둘러보다가 기계적
으로 일어나서 퇴근할 준비를 했다. 그녀는 책상 위에 쪽지를
떨궈두고 두 테이블 건너에 있는 물건들을 챙기러 말없이 움
직였다.

"이런 날에는 편집자가 다른 직원들한테 걸리적거리지 않
게 물러나 있는 게 제일 좋지"라고 말하며 킵은 자기 소지품을
챙기면서 몰래 구겨진 쪽지를 힐긋 본 다음 그녀에게 다가갔
다. "내 생각에는 오늘이 로맨스 수업을 하기에 딱인 것 같은
데, 제인 오스틴."

그녀는 자기가 제대로 들었는지 확신이 들지 않아 멍하니
그를 보다가 곧 큰 소리로 웃었다.

"어쨌든 밸런타인데이이니까." 그녀가 대답했다.

≈≈≈

"그러니까 로맨스는 사랑 이야기야." 그들이 공항 주차장에 도착하자 에마가 말했다. 속으로는 킵이 어디에서 '수업하고' 싶은지 물었을 때 여기로 오겠다고 한 결정을 이미 후회하고 있었다.

"그건 나도 알아, 버터컵." 킵이 공항과 밤하늘로 이륙하는 비행기들이 한눈에 보이는 최적의 장소로 후진해서 들어가며 말했다. "그보다 더 신뢰 갈 만한 말을 해봐."

에마는 눈을 흘겼지만 이번에는 장난 섞인 눈빛이었다. 킵은 차를 타고 오는 내내 조용했는데, 오늘은 평소답지 않게 그의 태도가 적대적으로 느껴지지 않았다.

"모든 로맨스는 사랑 이야기지만, 모든 사랑 이야기가 로맨스는 아니야"라고 에마가 말했다.

"설명해봐." 킵이 글로브 박스에 손을 뻗자, 그의 손이 그녀에게서 1인치 정도로 가까워졌다. 그는 박스에서 견과류, 말린 베리, 말린 채소로 구성된 트레일 믹스[53]가 담긴 지퍼백을 꺼냈다. 그러고는 봉지를 열어서 그녀에게 내밀었다.

에마가 역겨운 표정으로 그걸 멀뚱히 쳐다보자, 그 모습

---

53 작은 크기의 시리얼, 건조 과일, 견과류 등이 혼합된 스낵.

에 킵이 웃음을 터트렸다. "먹어봐. 한번쯤은 건강에 좋은 음식을 먹는 게 너한테도 좋을 거야."

"내가 매일 뭘 먹는지 네가 어떻게 알아, 호빗?"

"지난주에 네가 5일 연속 컵라면이랑 밀키웨이[54] 초코바를 먹는 걸 봤으니까, 버터컵."

"알겠어, 하지만 개인적인 거리를 좀 두자고, 험버트 험버트.[55]" 에마는 트레일 믹스를 그에게 밀치며 말했다.

"다행히." 그가 지퍼백을 자기 무릎에 놓고 다시 글로브 박스에 손을 뻗었다. 그의 샴푸 향이, 하루 동안 일한 뒤 그의 체취와 섞인 머스크와 민트 향이 에마의 코끝에 퍼졌다. "여기 초코바도 있지." 그가 밀키웨이 초코바를 건네자, 그녀가 그의 손에서 홱 낚아챘다.

"네가 건강 집착남인 줄 몰랐네." 에마가 초코바를 한 입 깨문 후에 말했다.

그의 손은 트레일 믹스 안에 있었다. "여친이랑 헤어진 후에 그렇게 됐어."

에마 입에서 탄성이 새어 나왔다. "여자 친구가 있었어?" 그녀는 초코바를 입으로 밀어 넣다가 거의 소리를 질렀다.

---

54   초콜릿 브랜드.
55   소설 《롤리타(Lolita)》의 남자 주인공.

어느 정도는 기분이 상한 듯, 어느 정도는 즐거운 듯 킵이 인상을 찌푸렸다. "그렇게 놀라지 마! 나도 직장 밖에서의 삶이 있다고."

그녀는 초코바를 깨물며 말했다. "넌 사무실에서 정말 많은 시간을 보내잖아. 사실상 거의 사는 거나 다름없지. 그런데 언제 데이트할 시간이 있었어?"

"솔직히 말하면, 일부는 그게 문제였던 것 같아." 킵이 한숨과 함께 의자에 몸을 기대며 그녀에게서 시선을 피했다. "여친이 다른 사람이랑 사랑에 빠졌어, 아니, 내가 일하느라 바쁠 때 전 남친과 다시 사랑에 빠졌다고 하는 게 맞겠네."

그들이 함께 일하는 내내 킵이 그녀에게 했던 말 가운데 이게 최고의 뉴스였다. 그가 연인과 이별했다는 걸 누가 알았겠나?

"여친을 되찾으려고 했어? 그 후에는 어떻게 지내?"

"그러려고 했지만, 여친이 깔끔한 이별이란 걸 분명히 했지. 실제로 우리는 친구가 됐어. 그래서 여친의 첫째 아이의 니농**56**이 되기로 했어." 그는 휴대폰을 꺼내서 엄마 품에 안긴 갓난아기 사진을 보여주었다. 에마는 엄마의 약지에 끼워진 결혼반지를 힐긋 보았다. 금속 부분에 작은 다이아몬드들이 박

---

56 대부를 의미하는 타갈로그어.

힌, 덩굴 스타일의 백금 반지였다. 그녀는 반지에 사로잡혀서 그 디자인을 전에 어디서 봤는지 기억하려 했지만, 휴대폰 사진을 들여다보는 킵의 얼굴에서 아쉬워하는 표정을 보고는 정신이 흐트러졌다. 그게 슬픈 느낌의 아쉬움인지 에마가 정확히 간파하기 전에 표정은 이내 사라져버렸다. "어쨌거나, 우린 여기서 뭐 할 거야?" 그가 휴대폰을 다시 주머니에 찔러 넣으며 물었다. "이 거창한 로맨스 수업을 하러 어디 다른 곳에 가는 거야? 이거 〈카사블랑카〉 같은 상황인가?"

"〈러브 액츄얼리〉[57]에 가깝지. 처음에 제안했을 때는 좋은 아이디어 같았는데, 지금은 다른 생각이 들기 시작했어."

"하지만 우린 이제 막 주차장에 도착했다고, 버터컵."

"내가 완전히 빈털터리라, 비행기를 타거나 공항 안에 들어가겠다고 비행기 표를 살 수는 없다고, 호빗."

"우린 현실 로맨스에는 별로 재능이 없는 것 같아, 그렇지 않아, 버터컵?" 그는 멋쩍게 웃으며 말하면서, 뭔가 다른 말을 꺼낼 용기를 내려는 듯 손가락으로 운전대 위를 두드렸다. 하지만 대신 그는 "좋아, 수업 내용이 뭐야?"라고 물었다.

"해피엔딩. 로맨스는 항상, 진짜로 항상 해피엔딩이 있는 사랑 이야기야."

---

57   〈Love Actually〉.

"〈시애틀의 잠 못 이루는 밤〉, 〈웨딩 싱어〉, 〈크레이지 리치 아시안〉은 로맨스고, 〈카사블랑카〉는 사랑 이야기지만, 로맨스는 아니다?"[58]

"맞아!" 그녀는 잠시 그를 호기심 어린 시선으로 빤히 보았다. "네가 로맨틱 코미디를 그렇게 많이 본다니, 아직도 놀랍다니까."

"로맨스 소설을 편집하는 법은 모를 수도 있지만, 난 로맨스에는 절망적으로 재능이 없나 봐."

"그 정도로 절망적이진 않아. 여자 친구도 있었잖아."

"전 여친이지. 내가 얼마나 절망적인지 너도 곧 알게 될 것 같은데, 안 그래?" 마지막 부분을 말하는 그의 목소리가 잦아들었다. 원래는 입 밖으로 꺼내서 말할 의도는 아니었지만, 중간에 자기도 모르게 튀어나오는 바람에 어쨌든 말을 끝내려던 사람처럼.

그녀는 킵이 실패한 과거의 연인 관계를 언급해서 당황한 게 틀림없다고 생각했기 때문에, 그 말에 신경 쓰지 않았다. "어쨌든." 그녀는 어색해지기 전에 그 주제에서 벗어날 의도로 이상한 억양으로 말했지만, 의도와 달리 결국 어색해져버렸

---

58 〈Sleepless in Seattle〉, 〈The Wedding Singer〉, 〈Crazy Rich Asians〉, 〈Casablanca〉.

다. "이게 결말을 더 앞으로 옮길 수 없는 이유야. 그 지점에서는 디셈버와 마이아가 다시 만나게 될지 불분명하니까."

그는 다시 먼 곳을 보았다. 미간의 주름이 깊어지고, 마치 누군가 밧줄로 당기듯 자세가 긴장되고, 팽팽해 보였다. "그렇다면, 우주 정거장에서 다시 만나는 마지막 장면을 아모라가 보완해야겠군. 거기서 서로 만나는 장면으로 끝내기보다, 육체적으로 재결합하는 장면이 있어야 할 것 같아. 마지막 챕터 이후에 그들에게 무슨 일이 생겼는지 에필로그도 추가하고."

에마가 손뼉을 치며 동의했고, 얼굴까지 덩달아 환해졌다. "그래! 그거야! 이제야 알아듣네!"

킵의 입술 끝이 위로 올라가면서, 지난번 그녀의 심장을 쿵쾅거리게 했던 미소가, 냉소적이지 않고 진심에서 우러나오는 미소가 양쪽 뺨에 선명한 보조개와 함께 드러났다. 에마가 킵의 팔뚝을 두드리자, 그의 눈이 그녀의 손을 따라갔다. "이 수업이 서로의 작업 과정을 이해하는 비결인 줄 알았다면, 더 일찍 했었을 텐데. 그랬다면 서로 고민을 많이 덜었을 거야."

"내가 사랑과 로맨스에 대해 아주 기초적인 것만 이해해도 넌 너무 놀라는 것 같더라. 네가 진짜 나를 비정한 로봇이라고 생각했나 의심이 들기 시작해."

"장르 때문이 아니야. 너 때문이지. 넌 항상 힘들이지 않고도 너무 쉽게… 냉담하고, 소시오패스처럼 굴잖아. 심지어… 몸매까지 완벽하고."

"네가 무슨 말을 하는지 잘 모르겠지만, 내가 쉽게 하는 건 아무것도 없어. 너하고는 비교도 안 되겠지만. 넌 독립적이고, 네가 하는 일을 잘하지. 내가 아는 사람 중, 몸매까지 완벽한 사람이 있다면 그건 너야."

그녀는 얼굴이 달아오르는 걸 느꼈고, 확실히 벌겋게 상기된 뺨을 가리고 싶은 충동을 억눌렀다. "고마워." 별안간 모든 신경과 느낌 하나하나가 그의 팔뚝에 놓인 손으로 집중되어, 손을 떼자 돌 자루를 놓아버린 것 같았다. 둘은 다음에 무엇을 하고, 무슨 말을 할지 몰라 서로를 바라보기만 했다. 밖에서는 여기저기 이동하는 사람들을 태운 비행기가 하늘로 날아오르며, 요란한 굉음을 냈다. 그러는 동안 에마와 킵은 서로의 심장 고동 소리가 귓전을 울리고, 함께 있는 작은 공간에서 서로의 숨이 섞이고, 이 결합된 시간에 두 삶이 뒤얽힌 채로 가만히 있었다. 빅뱅이었다. 하나의 별이 폭발하고, 새로운 은하계가 탄생하고 있었다.

킵이 목을 가다듬으며 시선을 회피했다. "남자들도 로맨스를 좋아한다고, 버터컵. 로맨스가 여자의 전유물이던 시대는 지났으니까."

에마는 한숨을 크게 내쉬지 않으려 조심했다. 어색한 분위기를 깬 쪽이 자신이 아니라서 좋았지만, 한편으로는 그렇게 끝나버린 게 이상하게 실망스러웠다. "그건 로맨스에 대한 광범위한 지식으로 네가 너무나도 분명히 증명했잖아." 그녀가 장난스럽게 들리도록 애쓰며 대답했다.

"당연하지." 그가 운전대를 만지작거리다가, 그 위를 손가락으로 두드리다가, 강박적으로 트레일 믹스에 손을 뻗었다가, 마음을 바꿔 다시 운전대를 잡았는데, 이번에는 꽉 움켜쥐었다. 그러더니 그녀를 진지하고 두렵고 열정적이며 희망에 찬 눈길로 그윽하게 보았다. 마치 입 밖으로 다음 말을 꺼내려면 엄청난 에너지가 필요한 것처럼. "오늘의 해피엔딩은 우리 둘이 저녁을 같이 먹는 걸로 끝나지 않을까?"

그녀가 웃음을 터트렸다. "내가 잘 몰랐다면, 호빗. 네가 방금 데이트 신청한 걸로 생각했을 거야"라고 대꾸하면서 그녀는 그의 말이 평소와 같은 농담조가 아니었음을 너무 늦게 깨달았다.

"어쨌든, 밸런타인데이이니까, 버터컵 공주님"이라고 그가 진지하게 대답했다.

11. 깔끔한 이별

3월의 그날은 미국식 로맨스였다면 화창한 봄날에 해당했다. 태양이 모습을 드러냈고, 날씨는 따뜻했다. 햇살이 따가워 화상을 입을 듯한 여름날의 더위가 아니라, 차가운 방에서 덮는 따뜻한 담요의 부드러운 촉감 같은 시원한 날일 것이다. 긴 겨울잠에서 막 깨어난 모든 것에 생기가 넘치는 날. 봄은 새로운 시작, 새로운 삶, 새로운 사랑의 약속이었다.

그러나 필리핀의 이날은 몹시 더웠다. 에마는 남쪽에 새로 생긴 힙한 먹거리 골목에 있는 특이한 카페로 가면서, 무자비한 열대의 태양 아래서 꽃무늬 면 드레스가 젖을 정도로 땀을 흘리고 있었다. 카페는 커피에 고급스러운 이름을 붙이고, 검은 금속과 어두운 목재 인테리어와 장비들 위로 어둑한 백열등을 밝힌 그런 가게 중 하나였다.

이게 데이트라면 모든 게 너무나 로맨틱했을 것이다. 그러나 데이트가 아니었다.

들어가자마자 얼굴로 불어오는 에어컨 바람이 바깥의 열기를 즉시 앗아갔다. 얼굴의 땀이 말랐고, 이미 피부가 차가워져 땀에 젖은 옷이 더 차갑게 느껴졌다. 얼마 지나지 않아 추

129

위에 몸을 떨게 될 것이다. 그녀의 휴대폰이 제이니의 메시지로 쉴 새 없이 진동했다. 제이니는 에마가 살아 있는 걸 알 수 있도록, 1분에 한 번씩 업데이트된 소식을 보내라고 말했다. '호들갑 떨기는'이라고 에마는 생각했다. 제이니는 닉이 연쇄 살인범 같은 분위기를 풍긴다고 에마에게 말한 적이 있었다. 그것도 닉의 면전에서.

그녀는 절친에게 메시지를 보내려고 휴대폰을 열었다. 킵에게서 온 메시지를 보자, 만면에 미소가 퍼져나갔고, 가슴속에는 뭉클함이 밀려들었다. 「좋은 아침이야, 버터컵. 너 없는 아침은 사그라드는 새벽이야.」[59]

그들은 문학적인 농담을 주고받는 경쟁에서(이 시점에서는 솔직히 말해, 상대방이 책을 잘 알고 있다는 것과 게임의 진정한 승자가 없음을 둘 다 부인할 수 없었으므로) 누가 문맥과 관계없이 최고의 인용구를 대느냐의 게임으로 옮겨 갔다.

에마는 답장을 보냈다. 「나한테 좋은 아침을 빌어주겠다는 거야, 아니면 내가 원하든 원치 않든 좋은 아침이라는 거야, 오늘 아침에 네 기분이 좋다는 거야, 아니면 좋아야 하는 아침이라는 거야?」[60]

---

59   Morning without you is a dwindling dawn. 미국 시인 에밀리 디킨슨
     (Emily Dickinson)이 친구에게 보낸 편지에서 나온 인용구.

「아, 난 아침에는 정말 톨킨이 좋더라.」

「디킨슨의 명언을 어두운 인사말로 써먹다니, 호빗.」

「네가 좋아하는 거 알고 있거든, 버터컵」이라고 그가 반박했다. 그녀는 어쩔 수 없이 새어 나오는 함박웃음을 지으며 고개를 흔든 후, 휴대폰을 다시 주머니에 찔러 넣었다.

그녀는 닉을 곧바로 알아보았다. 높은 테이블 앞 바 스툴에 앉아 악보 바인더를 펼쳐놓은 그는, 뜨거운 커피를 옆에 놓은 채 악보를 보느라 고개를 푹 숙이고 있었다. 두 팔은 테이블 위에 올려놓고 팔짱을 낀 상태였는데, 팔이 불끈불끈 움직이면서 팔에 새긴 타투가 움직였다. 그는 마치 둘 사이의 중력을 감지하듯 올려다보았다. 그녀도 중력을 감지하고는, 머릿속으로 절반쯤 도망가고 싶었지만 도망가지 않았다.

에마는 맞은편 스툴에 앉으며 미소를 지었다. 그녀를 보자마자 닉은 내면의 딱딱한 부분이 부드러워져 미소로 답했다.

"네가 안 올 줄 알았어." 그가 앞에 놓인 책을 덮으며 말했다. "커피 마실래?" 그가 스툴에서 내려오려 했지만, 그녀가 막았다.

이제는 닉 앞에 앉아 있는 것이 이상했고, 한때는 밤하늘

---

60   J. R. R. 톨킨의 소설 《호빗》에 나오는 간달프의 대사.

아래 그의 차 후드 위에서 그에게 안긴 채 뺨을 가슴에 묻었으나, 그런 닉을 낯선 사람처럼 보는 것이 이상했다. 그때는 팬데믹 전에 타가이타이[61]로 즉흥 여행을 떠났던 밤이었는데, 그녀는 그날 밤 밤하늘에 떨어지는 별똥별을 보겠느냐고 닉에게 물었다. 그리고 닉은 그날 밤 에마에게 여자 친구가 되어주겠느냐고 물었다. 그래서 그녀는 "예스"라고 대답했다.

에마의 정신은 다시 카페로 돌아왔으나, 둘은 다음에 무엇을 할지, 어디서부터 시작할지, 왜 이 만남을 가지려 했는지 알 수 없었다.

"어떻게 지냈어, 에마?" 그가 거리를 두면서도 목소리에 아쉬워하는 어조를 더하여 물었다. 에마는 그 질문에 훨씬 더 많은 의미가, 한때 너무 쉽게 그의 입술에서 쏟아져 나왔던 더 많은 질문이 숨어 있음을 알았다.

"잘 지냈어, 닉." 에마는 닉의 눈길을 피하며 대답했다. 그녀는 왜 여기 왔는지가 기억났다. 깔끔한 이별. 킵이 전 여친과 했다는 그런 이별. 그녀도 할 수 있었다. 어쩌면 '깔끔한 이별'이 무슨 뜻인지, 아니면 킵에게 전 여친은 어떻게 그걸 해냈는지 물었어야 했을지도 모른다. 하지만 그랬다면 벌어진 상처에 소금을 문지르는 격이었을 것이다. 킵은 전 여친을 완

---

61   필리핀 북부에 위치한 피서지. 타알 화산과 호수 등으로 유명하다.

전히 잊은 것 같지 않았다. "넌 어떻게 지냈어?"라고 에마가 물었다. 마치 온라인과 공통의 친구들에게서 그의 삶을 힐끗 엿보지 않은 사람처럼.

그는 헤어진 이후로 살이 많이 빠졌고, 머리도 잘랐다. 닉은 밴드와 함께 공연했던 바에서 새로운 노래를 부르고 있었다. 곡들은 모두 신곡이었는데, 이별 노래, 사랑 노래, 혼란스러움을 표현한 노래, 분노의 노래들이었다. 헤어지고 한 달후, 그는 자신이 노래하는 바에서 일하던 바텐더 애비와 찍은 은밀한 사진을 게시했다. 그 후로 다른 사진을 게시하지 않았지만, 여자는 그를 언태그했고, 그런 다음에 친구 목록에서 삭제하기까지 했다.

닉은 에마에게 솔직하고, 진실하게, 성의를 다해 대답했다. 그들이 마지막으로 만난 지 몇 달이 지나지 않은 것처럼 느껴졌다. 동시에 둘 사이가 좋았던 때가, 그들이 헤어지지 않았던 때가, 무슨 일이 있어도 거의 매일 만났던 때가 너무 오랜 옛날 같았다. 그들이 서로에게 가했던 모든 고통이 일어나지 않은 것 같았다.

하지만 모든 일은 일어났다. 그들의 사랑은 서로의 삶을 낭비하기 전에 그녀가 끝내야만 했던 느리고 고통스러운 죽음이었다. 닉은 항상 자기를 위해 옆에 있어줄 연인이 필요했다. 하지만 에마는 닉과 그들 이외의 삶이 필요하고, 그래야 온전히 그녀가 될 수 있다는 걸 이해해줄 사람이 필요했다. 사랑하는 사람을 죽이는 방법은 여러 가지가 있어. 가장 천천히 죽이는 건 절대 사랑을 흠뻑 주지 않는 거야.[62] 게다가 그에게서 벗어나는 것도 그리 쉽지 않았다.

아마 전 연인 사이는 항상 그럴 것이다. 항상 여전히 불타는 불꽃이 있어서, 시간이 지나면서 사그라들긴 해도 절대 완전히 꺼지지 않는다. 그녀는 스스로 인정할 정도로 여전히 닉을 신경 썼다. 어쩌면 깔끔한 이별이란 둘 사이에 여전히 타다 남은 불꽃이 있음을 인정하는 것이고, 그걸 애정 어린 시선으로 돌아보면서 한때는 그 불꽃이 좋았고, 한때는 둘을 태워버릴 정도로 맹렬했다고 생각하는 것일지 모른다.

어쨌든 그녀의 삶에는 닉에게 여전히 말랑한 부분이 있었고, 그녀도 그걸 알고 있었다. 헤어진 후로 어떻게 지냈는지 그녀가 말할 차례가 되자, 모든 걸 털어놓았다. 어린 시절 소꿉친구가 몇십 년이 지난 후에 다시 만나 서로의 삶에서 벌어진 틈을 너무 쉽게 메우듯이.

"엄마 일은 유감이야, 에마." 닉은 테이블 건너로 손을 뻗어 그녀의 손을 잡으며 말했다. "너한테 내가 필요할 때 옆에 있어야 했어."

---

62   테일러 스위프트의 노래 〈High Infidelity〉의 가사.

놀랍게도 그녀는 닉의 손을 뿌리치지 않았다. "팬데믹이었잖아. 우리 모두에게 많은 일이 일어났어."

"그래도, 난 옆에 있어야 했어. 너를 위해. 너에게 그런 사람이 될 수 있었는데."

이번에는 에마가 그의 손을 뿌리쳤다. 그의 손안에 있는 바늘이 그녀의 피부를 찌르기라도 한 듯 갑자기 손을 빼냈다. "닉…."

"나도 알아, 안다고. 우리는 친구밖에 될 수 없잖아." 닉은 그 말을 하는 게 가슴 아픈 듯 깊이 숨을 들이쉬었다. "난 친구로 살 수 있어. 우린 연인이 되기 전에도 친구였잖아, 그렇지?"

이건 좋은 일이다, 그렇지 않은가? 헤어진 연인도 친구가 될 수 있잖아? 이건 그녀가 내내 바라던 것이었다. 그녀는 전 남친과 친구다. 킵이 전 여친과 친구인 것처럼. 깔끔한 이별. 음, 이 정도면 깔끔하지.

킵에 관한 생각은 그녀를 이 카페에서 벗어나 공항 근처의 붐비는 패스트푸드 식당으로 데려갔다. 데이트하기 좋은 식당들은 좌석이 없었기 때문이었다. 어쨌든 밸런타인데이였으니까. 그건 완벽한 데이트와 거리가 멀었고, 그들의 일과도 거리가 멀었다. 에마와 킵은 그날 밤 버거와 감자튀김을 놓고 책과 영화와 소설 이야기를 나눴다. 그녀는 얼굴에 피어나는 미소를 멈출 수가 없었다. 그 기억은 차가운 방에서 덮는 담요처럼 편안하고 따뜻한 종류의 기억이었다.

　"그래, 친구." 그녀는 다른 불이 내면에서 피어나, 아직도 거기 살면서 꺼지기를 거부하는 오래된 불씨를 압도하는 것을 느꼈다.

12. 시련의 길

"소설의 어느 시점에, 주인공의 패기는 시련을 맞지." 킵과 에마가 장애물 코스가 시작되는 지점 바로 앞에 모인 팀원들에게 합류할 때, 킵이 말했다.

그들은 시내에서 세 시간이나 떨어진 장애물 코스 경기장에 있었다. '세계 최대 장애물 코스 경기장'이라는 문구가 입구 위에 아치 모양으로 선명히 새겨져 있었다. 마야프레스가 합류했을 때, 같은 대기업 산하 다른 자회사의 대표 선수들이 대기 장소에 모여 이미 열기를 달구고 있었다. 뜨거운 여름 햇살마저 작열하여 모두의 피부를 갈색으로 그을리던 중이었다. 에마는 마야프레스의 저지 셔츠 소매로 이마의 땀을 닦아야만 했다.

그들이 여기 도착하기 전에 킵과 에마는 그날의 경기가 많은 부분 그들에게 달려 있음을 거의 잊어버린 채 서로에게만 관심을 두었다. 그들은 여기 오는 버스 안에서 대부분의 현대적 스토리텔링의 원형과 선도자로서 신화의 역할에 관해 토론을 시작했다. 그러나 어찌 된 영문인지 그들이 안전 장비를 갖춰 입을 때는 그 문제가 어떻게 단일 신화[63]가 일반적인 로맨스 스토리 아크에 적용되는지에 관한 논쟁으로 바뀌었다. 둘은 너무나 열띤 토론을 벌인 나머지, 고개를 들었을 땐 팀원들이 이미 장애물 코스의 출발 지점에 가 있었기 때문에 거기까지 달려가야만 했다. 당연히 킵은 가는 동안에도 계속 입을 놀렸는데, 무슨 이유에서인지 에마는 입이 유용하게 쓰일 다른 방법들을 생각했다.

킵이 밸런타인데이 이후로 몇 주 동안 두 번째 데이트 신청을 하지 않아서, 에마는 조바심이 났다. 그날 그들의 교감이 그냥 에마의 상상에 불과할 리는 없지 않은가? 킵이 그녀에게 관심 있는 것은 대낮의 햇살처럼 분명해 보였다. 그렇다면 킵의 마음이 바뀌었을까? 에마가 너무나 잘못된 문학적 인용구를 언급한 탓에 완전히 정나미가 떨어졌을까? 그날 그의 태도는 그저 친절일 뿐이었을까? 그녀가 스스로 결정한 이별에 대해 동정받느니 포크 겸용 숟가락으로 자해라도 할까 봐?

"로맨스는 애정 상대가 적대자의 역할을 떠맡는 형태로, 변형된 버전의 단일 신화 구조를 사용해. 애정 상대의 목표가 주인공의 목표와 반대된다는 면에서 그렇지. 그래서 그들이 함께할 수 없는 거야"라고 에마가 말했다.

"그렇다면." 킵이 덧붙여 말했다. "시련의 길에서 그들의

---

63   전형적인 영웅 이야기에서 주인공이 거치는 여정.

양립 가능성이 시험대에 오르는 셈이겠군. 완전히 정반대의 목표를 지닌 서로가 연인 관계를 시작한다면 어떻게 될지를 보여주는 리트머스 시험지처럼. 이 스토리 아크는 주인공들이 시련에서 살아남는 데 필요한 기술, 끈기, 자질과 미덕을 갖췄는지, 갖게 될지를 보여줄 수 있어야 해. 그래서 정말로 살아남는다면, 그들은 훨씬 더 복잡하고 어려운 미래의 장애물을 극복할 때 도움이 될 경험이나 도구를 얻을 거야. 그걸 주인공이 큰 자전거를 타기 전에 먼저 보조용 바퀴가 달린 자전거를 타면서 자전거 타는 법을 배우는 과정으로 생각하면…."

원을 그리며 옹기종기 모여 있던 제이니와 다섯 팀원 중 나머지 사람들은 일제히 킵을 노려보았다. 그들은 출판사를 상징하는 색으로 맞춘 저지 티셔츠를 입고 있었는데, 앞면에는 책 모양의 로고가 선명히 새겨져 있고, 뒷면에는 각자의 이름이 박음질되어 있었다. 킵은 에마만이 아닌 모두의 관심을 끌고 있음을 깨닫고는 입을 다물었다.

"그만 좀 해, 알레그리. 우린 계획이 필요하다고." 제이니는 모여 있는 한가운데에서 장애물 코스 지도가 있는 클립보드를 들고 말했다. 그녀는 어깨 너머로 다른 자회사들을 힐긋 보면서 자기 팀의 우승 가능성을 가늠하고, 인사과에서 이 행사를 위해 포섭하려고 설득했을 사람들을 생각해보았다. "항공사팀과 본사팀이 일을 낼 것 같은데."

에마는 많은 일을 할 필요 없이 생각하고 퍼즐만 풀면 되는 방 탈출 게임 같은 더 쉬운 게임을 요구했었다. 제이니는 어떻게든 그녀를 설득해서 대신 장애물 코스를 신청하게 했고, 사무실 전체에 지난 석 달간 자신이 에마와 주기적으로 서킷 트레이닝[64]을 해왔다고 떠벌리고 다녔다. 하지만 그건 사실이 아니었다. 에마는 제이니가 밀키웨이 초코바 한 봉지를 사주겠다고 약속할 때만 같이 갔다.

"너도 내가 책벌레인 거 알잖아, 제이니?" 에마는 인사팀 매니저인 티타 베스가 2주 전에 게임을 선택하라고 종용하러 왔을 때(그냥 왔다기보다 절뚝거리면서 다가왔을 때) 제이니에게 속삭였다.

"넌 젊고, 건강하고, 탄탄해." 제이니는 티타 베스가 들고 온 신청서를 에마에게 강요하면서 말했다. "어쨌든, 사무실에 있는 사람들 대부분보다는 탄탄하잖아."

에마가 신청서를 빤히 보기만 하자, 티타가 소심하게 미소 지으며 말했다. "자원할 사람을 다섯 명 채우지 못하면, 어쩔 수 없이 내가 뛰어야 해요." 그녀는 여전히 깁스한 무릎을 가리키며 말했다.

그래서 에마는 한숨을 쉬면서 신청서에 이름을 쓰고 참가

---

64 여러 종류의 운동을 휴식 없이 돌아가면서 수행하는 운동.

인원을 살펴보다가 자신이 제이니와 두 명 다음으로, 네 번째 팀원이란 걸 발견했다. 다른 두 명은 물류팀의 깡마른 중년 남자와 가슴에 힘줄 때마다 양복 버튼이 튀어나올 것 같은 영업팀의 건장한 Z세대 청년 산더였다. "한 명 부족한데요, 티타."

"내가 신청할게." 킵이 어디선가 튀어나오더니 편집하던 문서에서 고개도 들지 않은 채 말했다. 킵의 행동은 놀라운 일이었다. 그는 술이 걸려 있지 않으면 어떤 회사 행사에도 거의 참여하지 않았기 때문이다. 티타 베스는 좋아서 꺅 하고 소리 지르며 신청서를 킵에게 내밀었다.

"난 끝까지 완주하는 것조차 자신이 없어, 제이니." 에마가 같이 쓰는 테이블 건너편에서 작업 중인 킵을 힐긋 훔쳐보면서 말했다.

팀원들이 주고받는 대화의 소음 때문에 에마는 다시 현실로 돌아왔다. 그들은 배달 경로, 인쇄 일정, 창고 공간 등 이기는 건 고사하고 어떻게 이 코스를 완주할지만 빼고 거의 모든 주제에 관해 이야기했다. 제이니조차 팀원들에게 계획을 짜야 한다고 설득하기를 포기한 채 업무에 관한 더 편안한 주제로 휩쓸려갔다.

장애물 코스는 '팀워크를 장려하고, 협력을 육성하고, 시너지를 촉진하기(무슨 뜻인지는 모르겠지만)' 위해 고안되었다고 장내 아나운서들이 확성기를 거치며 변형된 목소리로 반복해서 설명했다.

조만간 에마는 제이니에게 대체 시너지가 무엇인지, 이 본사 거물들에게는 대체 시너지가 왜 그리 중요한지를 설명하게 할 생각이었다.

그녀는 장애물 코스 옆길에 놓인 텐트를 훑어보았다. 거기에는 고위 간부들이 게임을 보려고 모여 있었다. 브렌트는 모기업의 권력자인 CEO에게 쭈뼛쭈뼛 다가가서는 웃으며 경기장에 있는 출판사팀을 가리켰다. 에마는 그들이 사실 매우 적은 숫자의 직원 중에 간신히 결성해낸 출판사팀(팀원 중 많은 이가 이 장애물 코스를 완주하지 못할 것이므로)을 비웃는 것이 아니라, '시너지'라는 단어를 비웃고 있다고 상상했다(정말 바보 같은 단어니까).

젠장! 에마조차 완주할 수 있을지 자신이 없었다. 그러나 그녀는 절친에게 운동하라고 강요받아야 하고, 밀키웨이 초코바를 균형 잡힌 식단이라고 여기는 사람치고 꽤 건강했다.

장애물 코스를 본 에마는 그것이 겁쟁이들과 허약한 이들을 위해 만들어진 코스가 아니란 걸 알 수 있었다. 사실 장애물 코스를 보고 에마는 제이니가 어떻게든 꼬드겨서 함께 참여하게 했던 서킷 트레이닝과 고강도 F45 운동[65]이 생각났다. 차이점은 각각의 코스를 혼자서(서킷 트레이닝처럼) 하거나 짝을 이뤄(F45처럼) 완수하는 게 아니라 각 장애물을 팀원 세 명이 완수해야 하고, 다음 사람에게 차례를 넘겨주기 전에 모든 팀원이 연속으로 세 개의 장애물을 넘어야 한다는 것이었다.

기업조직 커뮤니케이션팀은 3이라는 주제가 본사의 30주년을 기념하려는 의도에 딱 들어맞는다고 했는데, 에마는 왜 자신들이 그것 때문에 고통받아야 하는지 이해할 수 없었다. 하지만 울트라 몸짱 운동선수들로 구성된 본사팀을 보고 나니 장애물 코스가 일부러 어렵게 만들어졌다고 생각하지 않을 수 없었다. 약골들을 걸러내려는 게 틀림없었는데, 그건 에마가 기꺼이 인정할 수 있는….

"이번 행사의 1, 2, 3등에게는 연말 크리스마스 파티 자금으로 쓸 현금을 상금으로 지급하고, 1등 팀의 참가자에게는 개별적으로도 현금 시상이 있겠습니다." 아나운서가 스피커를 통해 요란하게 발표했다.

새롭게 결심을 다진 에마는 장애물 코스를 다시 한번 보면서 정말로 꼼꼼히 살폈다. 그녀는 제이니와 함께 각 장애물 중 몇 개는 경험한 적이 있었다. 코스는 타이어 뒤집기, 철봉 계주, 진흙 기어가기, 경사진 벽 오르기, 타이어 휠 위를 달린 후 허들을 넘는 계주였다. 장애물 코스는 다섯 개밖에 없었지

---

65   호주에서 시작된 운동으로 45분 동안 최대 750칼로리를 소모하게 하는 기능성 운동.

만, 난제는 혹독하고 긴 운동을 연속으로 세 가지나 하는 내내 체력을 유지하는 것이었고, 동시에 모든 코스에서 다른 팀을 따라잡는 것이었다.

여기저기에서 모기업 산하 다른 자회사에서 나온 직원들이 자기 팀을 응원하면서 자기네 브랜드의 색으로 만든 깃발을 흔들었다.

어디선가 나타난 브렌트가 헉헉거리면서, 이 경기에는 호화로운 크리스마스 파티 이상의 것이 달려 있다고 팀에게 설명했다. 에마가 다시 생각에 잠긴 동안 브렌트는 경영진 텐트에서 여기까지 달려온 게 틀림없었다. 브렌트는 지금 그들이 좋은 인상을 남기면, 본사가 출판사의 재정 상태를 눈감아주면서 그들을 허접하고 하찮은 출판사로 여기고 넘어갈지도 모른다고 말했다. 그러면서 브렌트가 경기에 이기는 데 도움 안 되는 말과 제안을 늘어놓자, 제이니가 "이건 프로들에게 맡기세요, 영감님"이라고 사장의 의견을 무시하며 그를 원래 왔던 길로 돌려보냈다. 사장을 그렇게 비난하며 물리칠 수 있는 사람은 제이니밖에 없었다.

브렌트가 떠난 후 유령이라도 본 사람 같던 제이니는 모두의 관심을 작전 회의로 다시 끌어모았다. "좋아, 팀원들. 우린 어떻게 해야 이길 수 있을까?" 그녀는 물리학 문제의 쉬운 답을 기다리기라도 하듯 기대에 찬 눈빛으로 각자에게 미소를 보냈다. "더 쉽게 질문하면, 우린 어떻게 여기서 살아남을 수 있을까?"

"싸울 가치가 있기나 할까?" 킵이 갑자기 질문하자, 제이니가 노려보았다. 킵은 덧붙였다. "내 말은, 우리 경쟁 상대들을 좀 보라고."

에마와 킵은 눈길을 주고받았다. 킵은 정말로 게임을 될 대로 되게 내버려두고 싶었지만, 에마는 자신이 얼마나 긴장했는지를 킵과 팀원들에게 숨기려고 히죽히죽 웃었다. 킵이 고개를 옆으로 기울인 채 그녀를 의심스럽게 바라보자, 에마는 가짜로 꾸며낸 자신감이 얼굴에 잘 드러나지 않았음을 깨달았다.

에마는 혹시라도 경기에서 이기면 받게 될 상금을 유용하게 사용할 것이었다. 특히 내년에 실직한다면 말이다. 게다가 1년 사업권을 다시 얻어 축하하든, 아니면 멋지게 떠나든, 크리스마스 파티 자금으로도 사용할 것이다.

아무도 대답하지 않자, 제이니가 어깨를 으쓱하더니 말했다. "그렇다면 누가 어떤 장애물을 넘을지 제비뽑기해서…."

"안 돼." 킵이 모두 차렷 자세를 취하게 하는 '직장에서의 킵'의 목소리를 발동하며 말했다. "플로레스, 네가 가장 가벼우니까 코스의 맨 처음과 마지막 구간을 맡아야 해." 킵은 에마와 장애물 코스 지도를 번갈아 보면서 말했다.

모든 장애물은 각각 세 명이 수행해야 했고, 모든 팀원이 적어도 연속 세 번의 구간을 수행해야 했다. 장애물은 타이어 뒤집기(문제의 타이어는 제이니 키만큼 컸다), 철봉 계주, 진흙 기어가기, 경사진 벽 오르기와 달리기 계주였다. 킵은 모두의 강점과 약점을 살펴보고는 속도, 유연성, 힘, 민첩성, 지구력 등 팀원들의 장점을 살려 각자 더 유용하게 쓰일 수 있는 구간을 배정했다.

그는 얘기를 끝낸 후, 깜짝 놀란 팀원들의 얼굴을 쳐다보다가 에마에게 시선을 멈췄다. 에마는 그의 표정을 보자 심장이 멎는 듯했고 갑자기 목이 말랐다. "본사가 우리 출판사를 문 닫으려 한다면, 싸우지도 않고 물러나지는 않겠다는 걸 보여주자." 그는 한쪽 손을 내밀고 소리쳤다. "그렇지, 팀원들?"

"맞아!" 에마의 손이 킵의 손 위에 불쑥 올라가면서 킵의 손과 손가락의 딱딱한 관절을 눌렀다. 그녀는 손바닥으로 그의 손을 감싸 쥐고 싶은 충동을 느꼈지만, 나머지 팀원들의 손이 합류하자 마음을 접었다.

"가자, 마야프레스! 파이팅!" 제이니의 응원이 모두를 흥분시키자, 나머지 팀원들도 따라 말했다.

진흙 기어가기 코스에서 킵이 그물 밑에서 진흙 위를 기어갈 때, 튀어나온 팔 근육이 불끈불끈하고, 젖은 진흙 때문에 셔츠가 몸통과 엉덩이에 딱 달라붙은 모습을 에마는 경외하는 눈빛으로(그리고 노골적인 갈망의 눈빛으로) 바라봤다.

에마는 이런 킵의 모습을 한 번도 본 적이 없었다. 그는 책과 원고를 보며 등을 구부린 채, 두꺼운 안경 뒤에, 산더미 같은 책 샘플과 교정쇄 아래 몸을 숨긴 괴짜였다. 듣도 보도 못한 문학 작품을 인용하면서 세상에서 제일 괴짜 같은 말들을 횡설수설 늘어놓는 책벌레였다. 만약 킵이 판타지 소설의 등장인물이라면, 그가 아까 늘어놓던 단일 신화일 것이다. 만약 킵이 로맨스 소설의 등장인물이라면, 최고의 억만장자일 것이다. 이런 킵이 이기기 위해 시합에 참여했다.

젠장. 응원하는 군중의 소음 속에서 킵이 끙 하고 내는 신음조차 에마의 가슴속에 있던 불꽃을 달아오르게 했다. 그가 경사진 벽에 있는 그녀에게 합류하러 달려와 그녀가 킵과 산더를 위해 붙잡고 있던 밧줄 중 하나를 움켜쥐자, 그녀의 손 위로 그가 달고 온 진흙이 흘러내렸다. 그때까지도 그녀는 뭘 해야 하는지를, 즉 그들과 함께 벽을 올라야 한다는 걸 깨닫지 못했다.

산더가 먼저 오른 다음, 킵이 현실로 돌아오라고 에마에게 손을 흔든 후에야 그녀는 둘을 따라 벽을 오를 수 있었다. 경사진 벽의 반대편을 타고 땅에 첫 번째로 내려온 산더는 세 번째 장애물 코스를 완주했다. 그는 결승선으로 달려가서 나머지 팀원들이 자기 차례를 끝마치기를 기다렸다.

킵이 곧장 다음으로 내려와서 에마를 올려다보았다. 여전히 벽의 꼭대기에 얼어붙은 듯 서서 가파른 경사면을 내려다보는 그녀의 다리가 젤리처럼 흐물거렸다. 그녀를 바라보는 킵의 시선에는 천천히 내려와도 된다는 진심이 담겨 있었다. 하지만 어찌 된 영문인지 알아차릴 새도 없이 젖은 진흙 때문에 밧줄을 잡고 있던 손이 미끄러지면서 그녀는 바닥으로 빠르게 떨어졌다. 그녀는 킵의 진심 어린 얼굴이 혼란스러움과 두려움으로 찌푸려지는 것을 보았고 이내 눈을 감아 충격에 대비했다.

"에마!" 킵이 단단한 벽 같은 몸으로 그녀의 추락을 막았고, 에마에게 팔을 두른 채로 바닥으로 굴러떨어졌다.

에마가 다시 눈을 떴을 때, 그녀의 머리는 킵의 가슴에 있었다. 그가 일어나 앉으면서 그녀를 앉히고는 부상이 있는지 살피느라 미친 듯이 그녀의 머리와 팔과 몸을 훑어보았다. 그는 손바닥으로 에마의 얼굴을 감싸며 물었다. "괜찮아, 에마? 어디 다쳤어? 말해봐, 에마."

둘이 서로의 눈을 응시하고 있을 때 시간이 정지된 듯 느껴졌다. 세상의 소리가 그녀의 가슴과 손목, 귀에서 들리는 심장 박동 소리에 묻혀 하나도 들리지 않았다. 순간 그녀는 킵의 시선이 차가운 공기가 들어오고 나갈 때 벌어졌다가 천천히 다시 닫히는 그녀의 입술로 내려가는 걸 본 것 같았다.

끼익하는 소리를 내며 멈추었던 레코드가 갑자기 다시 재생되듯, 되감기 한 비디오가 다시 재생되듯, 사람들이 벽을 따라 그들 주변에 몰려들었다.

제이니는 둘의 관심을 끌려고 팔을 흔들었다. 킵이 주변을 둘러보더니 일어서서 에마를 일으켰다.

"그만두고 싶어?" 그가 '직장에서의 킵'의 목소리로 말하자, 그 어조에 담긴 힘이 그녀에게 앞으로 계속 나아가게 하는 분노와 욕망을 불어넣었다.

에마는 고개만 저었고, 킵은 에마의 손을 꼭 쥔 채 앞으로 달려 나갔다. 그는 그녀를 자기 속도에 맞춰 뛰게 하면서, 여러 색깔과 브랜드가 뒤섞인 경쟁자들을 번개처럼 지나쳐 달려갔다.

제이니는 달리기와 민첩성이 필요한 코스를 시작하면서 여러 차례 욕을 내뱉으며 소리 질렀다. 제이니가 셋 중 처음으로 결승선을 통과했다. 그동안 킵은 계속 최대한 가까운 위치에서 에마를 살폈고, 허들을 넘게 도왔다. 둘이 마지막 구간을 달릴 때는 그녀의 손을 잡고 뛰어 자신의 속도를 효과적으로 줄이면서 에마의 속도를 현저히 높였고, 결국 대부분의 사람을 앞지를 수 있었다. 둘은 결승선을 함께 통과했다. 달리는 속도가 줄어들 때, 킵은 에마를 껴안고 웃으면서 빙글빙글 돌았다. 전에는 절대 해본 적 없는 포옹으로, 로맨틱 코미디 영화에 나올 법한 장면이었다.

제이니가 자신도 함께 마지막 구간을 달렸음을 상기시키려고 목을 가다듬고 나서야 둘은 내키지 않는 듯 떨어졌다.

결국 그들 팀은 2등을 했고, 출판사는 연말 크리스마스 겸 폐업 파티 자금에 보탤 수 있는 상금을 받았다. 2등에게는 개별 현금 보너스가 없었지만, 에마는 전체 경주에서 우승한 것 같았다.

13. 추상

작가가 소설 안에서 복잡하고 추상적인 아이디어를 잊을 수 없고, 무시할 수 없으면서도 설교조가 아닌 방식으로 설명해야 할 때, 이야기 배경에 기초가 되는 장면으로 그 아이디어를 넣어서 써야만 했다. 글쓰기에는 계층 구조가 있었다. 한쪽 끝에는 추상성이 있고, 다른 쪽 끝에는 구체성이 있었다. 브랜던 샌더슨은 이 계층 구조를 '추상의 피라미드'라고 불렀다. 개념이 더 추상적일수록, 명료해지려면 더 많이 끌어내려야 했다. 샌더슨은 그걸 설명하려고 사랑이라는 개념을 사용했다. 사랑이야말로 다양한 사람에게 다양한 의미를 지니기 때문이다.

킵은 그녀에게 그 원리를 가르쳤다. 그는 샌더슨의 모든 유튜브 강의를 줄줄 외울 수 있을 만큼 많이 본 게 틀림없었다. 그의 입을 생각하면 가슴속이 뜨거워지면서 에마는 샤워하는 동안 벌거벗은 피부를 따라 흐르는 물줄기가 더 차갑고, 날카롭고, 집요하게 파고드는 것 같았다.

에마는 그날 있었던 장애물 코스 이후로 킵 생각을 멈출 수가 없었으므로, 지금 킵을 향해 느끼는 감정이 무엇인지를 골똘히 이해하려 했다. 진흙(그가 그녀를 잡고 만지고 부축하고 껴안고 돌았을 때, 그의 몸에서 전해진 진흙)이 몸에서 씻겨 빙빙 돌면서 배수구로 내려갈 때, 그녀는 자신이 느낀 감정은 확실히 추상적 개념이라고 결론 내렸다. 아니면 달리 뭐겠는가? 욕정이었나? 사랑의 열병이었나? 끌림이었을까? 너무 추상적인 그게 사랑이었을까? 아니면 최악으로 그 모든 것이었을까? 사랑일 리가 없지 않은가? 사랑이라기엔 너무 빠르고, 너무 로맨스 소설 같았다.

"에마, 네 전화기가 계속 울리고 있어." 제이니가 욕실 문 앞에서 소리쳤다. 제이니는 회사 행사가 끝난 후 너무 피곤해서 자기 집까지 운전할 수가 없다며 에마의 집에서 하룻밤 묵기로 했다. 도서 박람회 같은 큰 행사가 끝나면 자주 있던 일이었다. "그리고 택배 기사가 문 앞에 두고 간 온라인 쇼핑몰 택배를 내가 열었어. 속옷이네!"

"나 대신 전화 좀 받아줄래? 나 거의 다 끝났어." 에마가 안에서 소리쳤다.

"받기 싫어! 너도 받기 싫을 거야, 닉이거든."

그 말을 듣고 나니 닉에 대한 고민이 다른 생각들과 함께 무겁게 가슴속에 내려앉았다. 그녀는 샤워기를 끄고 몸에 타월을 두른 채, 욕실에서 나와 부엌 바닥에 물을 뚝뚝 흘렸다.

문밖에서 주인을 기다리던 고양이들이 하악질을 하고는

작업 테이블 아래 놓인 자기네 쿠션으로 달려갔다.

제이니는 침대 위에 느긋하게 앉아 자기 휴대폰으로 소셜 미디어를 스크롤하고 있었고, 협탁 위 에마의 휴대폰에서는 전화 수신을 알리는 불빛이 번쩍였다.

제이니는 남을 재단하는 눈으로 에마를 올려다보았다.

"그렇게 보지 마, 제이니." 에마가 자기 휴대폰을 집어 들면서 말했다. "네가 데이트한 남자들 나도 만나봤잖아."

"그 남자 중 아무도 진지한 관계인 사람은 없었어. 게다가 그 남자들 모두 나랑 헤어지고 몇 달 후에는 우리 사이가 끝났다는 걸 확실히 알았다고."

에마는 침대에 앉아 화면에 뜬 닉의 이름을 보면서 어깨를 축 늘어뜨렸다. 그는 또 친구 사이로 저녁을 같이 먹자고 조를 것이다. "넌 진지한 관계를 원한 적이 확실히 없었어?"

그 말에 제이니는 휴대폰을 내려놓았다. "내가 왜? 난 혼자서 잘 지내."

"넌 한 번도… 없었어?"

"뭐가?"

"두려운 적."

"뭐가 두려워?"

"혼자인 게."

제이니는 그 대답이 정말로 에마에게서 나왔는지 의심스

럽다는 듯 에마를 멍하니 바라보았다. "이게 다 무슨 얘기야, 에마? 왜 나한테 그런 걸 묻는 거야?"

"그냥… 난 지금까지 평생 혼자인 적이 없었잖아. 항상 엄마가 있었지. 이제 엄마는 돌아가셨고. 닉과는 6년이나 연인이었는데, 이제는 헤어졌으니까. 잘 모르겠어. 어떻게… 혼자살아야 할지."

"그러니까 너무 무서워질 경우를 대비해서 닉을 옆에 두겠다는 거야?"

"가끔은 내가 잘못된 결정을 내렸나 싶을 때가 있어, 제이니. 힘든 시기가 올 때 우린 사랑을 위해 싸우고, 사랑의 열병이나 애정이나 욕정이 사라진 후에도 계속 사랑을 선택해야 하지 않을까? 사랑이란 감정이 다 사라진 후에도 계속 서로를 택해야 하는 게 아닐까?"

제이니는 손으로 얼굴을 받쳐서 에마와 눈높이를 맞춘 후 의심스러운 눈길로 뚫어져라 봤다. "방금 그 말에 문제가 있다고 생각하지 않니?"

"무슨 문제?"

"네가 그 남자를 사랑하지 않는다면 그건 사랑이 아니야. 열병과 애정과 욕정은 사랑과 달라."

"하지만 난 여전히 닉이 신경 쓰여."

"그거면 충분해? 넌 닉이 사랑받고 싶은 대로 그를 사랑하지 않잖아. 이젠 아니잖아."

"그게 사랑이 아닌지 너는 어떻게 확신해?"

제이니가 어깨를 으쓱했다. "쉽지. 네 감정에 조금이라도 의심의 기미가 있다면, 그건 사랑이 아니야. 감정의 흐릿하고 추상적인 복사본이지, 진짜 감정이 아니라고."

"그게 사랑인지 아닌지는 어떻게 알아?"

제이니는 다시 어깨를 으쓱했다. "나도 그런 식으로 사랑에 빠져본 적이 없긴 한데. 난 그냥 알 것 같아. 그때가 되면 그 사랑을 붙잡으려고 뭐든지 할 거야."

에마의 손가락은 닉과 주고받았던 문자 창에서 키보드 위를 맴돌았다.

"그러지 마, 에마." 제이니가 자기 휴대폰을 다시 스크롤하면서 말했다. "그건 너한테나 닉한테, 아니… 킵한테도 옳지 않아."

에마가 탄성을 억누르며 말했다. "킵? 킵이 이 얘기랑 무슨 상관이야?"

이번에는 제이니가 똑바로 앉아 에마의 얼굴을 찬찬히 살피면서 거짓말이나 가식이 있는지 찾으려 했으나, 어느 것도 찾지 못했다.

"넌 정말 모르는구나?"라고 제이니가 물었다.

"내가 뭘 몰라?" 에마가 제이니의 어깨를 잡고 대답을 받아내려 했지만, 더 건강하고 튼튼하고 민첩한 제이니가 그녀의 손길을 피했다. 제이니는 바닥에 놓인 열린 택배 상자를 집어서 내용물을 침대 위에 쏟아부었다.

"굳이 비밀이라고 할 순 없지만, 넌 더 좋은 속옷이 필요할지 몰라. 만약의 경우를 대비해서."

에마는 닉의 메시지를 잊어버린 채 테이블에 휴대폰을 내려놓았고, 제이니에게서 상자를 빼앗아 문학 작품에 나온 고양이와 문학 작품 캐릭터처럼 옷을 입은 고양이가 프린트된 브라와 팬티들을 꺼냈다. "귀엽잖아. 이게 뭐가 문제야?"

"뭐가 문제가 아닌데?"

"얘네들은 날 웃게 해주잖아."

"그걸 보고 웃는 사람이 너만은 아닐 거야."

"이걸 누가 본다고 그래. 음, 너 빼고는 아무도 볼 일이 없을 텐데."

"내기할래?" 제이니는 에마가 이해하지 못하는 계획이라도 있는 듯 눈썹을 위아래로 씰룩거렸다.

14. 어리석은 짓과 터무니없는 소리

출판업계에서는 목표 출간일 전에 인쇄기가 전체 부수를 감당하지 못하는 경우만 아니라면 마감이 철칙이었다. 편집팀, 제작팀, 물류팀이든 사장이든 모두가 마감에 협조했다.

그래서 킵은 담당 도서들이 인쇄되는 과정을 감독하러 인쇄소에 가야 했다. 4월에 열릴 서머 코미콘에 선보일 책들의 마감이 코앞으로 다가왔다. 출판사에서는 시그니처 프루프[66]를 배송하고 확인하는 시간을 줄이려고 주말 동안 킵을 인쇄소 기숙사에 머물게 했다.

아모라가 《동물원》의 새로운 수정 원고를 지난주에 보냈지만, 둘 다 일주일 후에 편집본에 관해 얘기하기로 합의했으므로, 에마는 킵을 따라가는 게 일리 있다고 판단했다.

"정말 갈 거야? 그러면 주말에도 일해야 하는데." 킵이 아파트에 에마를 데리러 온 토요일 아침, 그녀를 조수석에 태우면서 내키지 않는 듯 말했다.

솔직히 말해, 킵과 함께 있을 수 있다면 주말 내내 일하는

---

66   인쇄기에서 나오는 견본으로, 이를 기반으로 책을 제작한다.

게 그다지 나쁘지 않았다. 주로 《동물원》 원고를 작업하겠지만, 웬만하면 그를 조금이라도 더 보는 게 싫지 않았다.

인쇄소 매니저는 에마가 오리라고 예상하지 못했기 때문에, 남자 기숙사에만 방을 준비해두었다. 킵이 입을 떼기 전에, 이를테면 그녀를 다시 아파트로 데려다주겠다고 제안하기 전에 에마가 대신 대답했다. "다른 사람들이 괜찮다면 같은 방에서 자도 괜찮아요." 그러고는 "우리가 꼭 한 침대를 써야 하는 건 아니잖아, 그렇지?"라고 킵에게 농담을 건넸다.

"로맨스에 나오는 수사법하고는 전혀 다르지." 킵은 에마가 가장 인기 있는 로맨스 수사법을 가르쳤던 때를 떠올리면서 대답했다.

인쇄소 기숙사는 검소하고 엄격했지만, 에마와 킵은 문가까운 쪽에 서로 마주 보고 놓인 침대를 각각 배정받았고, 따라서 욕실도 공동으로 썼다. 킵이 인쇄가 잘 진행되는지 살펴보러 갔을 때, 에마는 주로 방에 머물렀다. 처음에는 킵이 시그니처 프루프를 확인하고 돌아올 때마다 일하는 척했다. 사실 그녀는 일할 필요가 없었다. 그녀가 배정받은 로맨스 장르에서 다음 큰 업무는 9월 도서 박람회를 위한 작업이었고, 《동물원》의 최신 수정본도 이미 읽은 후 프로젝트를 위해 만든 공유 온라인 문서에 자기 의견까지 첨부해두었다.

하지만 킵의 세 번째 휴식 시간인 점심 무렵에는 에마도 가식을 포기한 뒤 문을 등지고 침대에 배를 깔고서 노트북으로 〈오만과 편견〉을 보고 있었다.

영화가 중반쯤 흐르고 마침내 앤 드버그[67]가 소개되는 순간, 귀에 자극적인 속삭임이 들려 목덜미에 닭살이 돋았다. "의리도 없이 게으름 피우기야, 미즈 베넷?[68]"

영화 화면에 정지 버튼을 누르고 어깨 너머로 킵을 본 그녀에게 아이디어가 떠올랐다. 정말로 어리석은 짓이자 터무니없는 소리였다.

에마는 도전장을 내밀며 말하기 시작했다. "어리석은 짓과 터무니없는 소리, 변덕과 모순은 나를 정말로 즐겁게 해서, 가능할 때마다 그것을 지니기도 하고, 비웃기도 해요."[69]

그녀는 킵의 입꼬리가 즐겁지만 망설이듯 올라가는 걸 보았고, 그의 오른쪽 무릎이 침대를 내리누르면서 그의 체중을 못 이긴 매트리스가 푹 꺼지는 걸 느꼈다. 그는 게임을 받아들이면서 다시 숨소리가 섞인 속삭임으로 대답했다. "겸손함을 보이는 것보다 더 기만적인 건 없죠. 겸손함은 경솔한 의견 표현일 때가 많고, 가끔은 간접적인 자랑이기도 하지요."[70]

---

67 다아시의 사촌으로 그녀의 어머니인 캐서린 드버그 부인은 두 사람을 결혼시키려 한다.

68 베넷은 〈오만과 편견〉에 등장하는 자매들의 성이다.

69 〈오만과 편견〉에서 엘리자베스가 하는 말.

에마는 킵이 몸을 기울이는 걸 느꼈다. 그의 몸이 너무 가까이 다가와 등에서 그의 열기가 느껴졌다. 숨이 찼고, 심장이 쿵쾅거려 말하기조차 힘들었다. "모든 성격에는 특정한 악을 행하게 하는 경향이 있는데, 그건 최고의 교육으로도 극복할 수 없는 타고난 결함이라고 저는 생각합니다."[71]

영화를 조금 전에 본 것이 다행이었다. 그녀의 머리는 길고 지루한 제인 오스틴의 인용구를 기억하기는커녕 이제 거의 제 기능을 못 할 지경이 되었다.

킵은 강렬하고 떨리는 숨을 들이쉬었고, 심장에 쏘는 총알과 같은, 관에 박는 마지막 못과 같은 대답을 내뱉었다. "당신은 즐거울 자격이 있는 여인을 즐겁게 하려는 내 허세가 얼마나 부족했는지를 알려주는군요."[72]

그 말에 에마는 몸을 재빨리 돌려 킵을 끌어당겼고, 그녀 위에 올라간 그가 온 체중을 실어 그녀를 내리누르며 침대에서 꼼짝 못 하게 하는 자세를 만들었다. 두 사람의 얼굴은 그녀가 살짝만 움직여도 입술로 그의 입술을 쉽게 찾을 만큼 가까웠다.

그녀는 감히 움직일 수도, 제대로 숨을 쉴 수도 없었다. 그

---

70 〈오만과 편견〉에서 다아시가 하는 말.

71 〈오만과 편견〉에서 다아시가 엘리자베스에게 하는 말.

72 〈오만과 편견〉에서 다아시가 엘리자베스에게 하는 말.

의 뺨에 닿는 그녀의 숨결이 내면의 불씨를 이미 과열된 몸을 타고 급속히 번지는 용암으로 바꾸어놓았다.

그녀는 아무것도 할 필요가 없었다. 그가 몸을 기울여 그녀의 입술에 순수하고 주저하면서도 두려움에 떠는 키스를 했다. 그러다 둘이 더 깊은 단계로 가기 전에 킵이 갑자기 몸을 떼고 자기 침대로 갔다. 둘의 몸이 떨어지는 장면은 종이가 둘로 갈라지듯 선명했다.

충격받은 듯 창백한 얼굴의 킵은 자기 침대에 앉아 휴대폰을 기계적으로 열었다. 그러고는 "점심으로 뭐 먹을래, 버터컵?"이라고 떨리는 목소리로 물었다. 그는 방금 키스하지 않은 사람처럼 행동하려 했으나 여의찮았고, 그 모습에 에마는 혼란스러워하며 침대에 누운 채 눈만 깜빡거렸다.

그녀가 벌떡 몸을 일으켜서 그를 노려보았다. "방금 그건 뭐였어?"

"뭐가 뭐였어?" 그가 얼굴을 붉히며 휴대폰에서 고개도 들지 않은 채 물었다. "졸리비[73]에서 시킬까? 아니면 더 고급 요리 먹을래?"

그녀가 단호하게 말했다. "킵, 왜 멈춘 거야? 아니면 왜 데이트 신청을 하지 않는 거야? 대체 왜?"

---

73 필리핀의 햄버거 전문 패스트푸드 체인점.

킵이 한숨을 쉬면서 휴대폰을 내려놓았다. "난 두려워."

"뭐가?" 그녀가 가슴 앞에 팔짱을 끼면서 물었다. "제인 오스틴이?"

그는 한동안 대답하지 않았지만, 정말로 하고 싶은 이야기를 눈으로 설명할 수 있기를 바라는 듯 그녀를 바라만 보았다. 그건 자신에게 대답을 강요하지 말라고 간청하는 눈빛이었다. 그녀가 더 강렬한 눈빛으로 쏘아붙이자 마침내 매우 긴 설명이 필요한 한 단어가 그의 입에서 흘러나왔다. "네가."

"그보다 더 단도직입적으로 설명해봐."

"에마. 내 마지막 이별은 충격적이었어. 그래서 난… 다시 그런 일이 생기면 감당 못 할 것 같아…."

그녀가 눈썹을 치켜뜨며 계속하라고 재촉하면서도, 조심스럽게 제스처를 취했다.

"…만약 내 마음을 찢어놓는 게 너라면 말이야." 킵은 그렇게 말하면서 눈길을 피했다.

그의 솔직함과 진심에 놀란 그녀의 팔이 옆으로 스르르 떨어졌다. 생각할 겨를도 없이 그녀는 킵에게 달려가 그의 어깨에 팔을 두르고 그의 얼굴을 가슴에 묻었다. 처음에 그는 두렵고 혼란스럽고 놀라서 경직된 자세로 가만히 앉아 아무 반응도 보이지 않았다가, 결국 손으로 그녀의 허리를 감싸서 잘록한 부분까지 미끄러뜨리며 자기 쪽으로 당겼다.

그녀가 그의 머리칼에 대고 얼굴을 비비자, 잉크와 종이와 땀과 뒤섞인 그의 머스크 체취가 그녀를 가득 채웠다. 에마는 지금 명확한 답을 듣지 못하면 그의 품에서 저절로 불타버릴 듯한 강한 욕구와 절박함이 느껴졌다. "네가 나한테 기회조차 주지 않는다면, 내가 네 마음을 찢어놓을지 어떻게 알아?"라고 그녀가 물었다. "네가 원하면 좀 천천히 가면 되잖아."

그는 한동안 대답을 고민했다. 그러고는 그가 그녀를 껴안고, 그녀가 보답으로 그를 껴안은 몇 분 후에 고개를 끄덕였다. 그 정도면 현재로서는 충분한 대답이었다.

15. 상투적 표현과 남용된 수사법

에마는 지난주에 그다지 좋지 못한 선택을 연달아 했다.

일과 삶의 균형을 원한다면 결코 지킬 수 없는 출간 계획을 또다시 약속했다. 고양이들에게 새로운 브랜드의 사료를 시험 삼아 주었는데, 고양이들이 싫어하는 바람에 미움을 샀다. 그래서 집에 돌아왔을 때 무슨 일이 벌어졌을지 두려웠다. 제이니에게는 다음에 새 버전의 F45 트레이닝을 받겠다고 약속했다. 광고대로라면 그 운동은 서킷 트레이닝의 변형되고 압축된 버전일 뿐이라고 했다. 에마는 그 말을 믿지 않았지만.

하지만 굳이 갈 필요가 없는데도 서머 코미콘에 가겠다고 한 선택은 후회하지 않았다. 킵이 거기 있었으니까.

에마는 《스톰라이트 아카이브》[74]의 최신 출간본을 빌리고 싶다는 핑계를 생각해냈다. 하드커버로 된 그 책은 천 페이지가 넘는 SFF 도서로, 에마의 두 팔로 겨우 들 수 있을 정도로 크고 무거웠다. 그녀는 출판사 부스 안에서 작가들이 앉아 사

---

74   《The Stormlight Archive》, 브랜던 샌더슨이 집필 중이고, 현재 5권까지 출간되었으며 총 10권으로 구성될 판타지 소설 시리즈.

인회를 했던 테이블 위에 책을 펼쳐놓은 채 읽고 있었다. 제이니는 사인회가 진행되는 도중이나 사이에 물류팀과 회계팀에서 온 직원과 교대하면서 행사 기획자와 이야기하러 자주 나갔다. 그녀는 계산대를 설치하고 재고를 채워 넣느라 분주히 부스 주위를 돌아다녔다. 이런 행사는 편집자들이 빠져주는 게 나았지만, 에마와 킵은 조금도 그럴 의사가 없었다. 도서 출간에 열정적인 킵에게 여러 달 동안 고생하며 작업한 작품이 드디어 팔리는 장면은 항상 너무 감격스러웠다.

에마는 킵이 모든 책의 전제를 설명하고 다른 책과 비교하면서 책을 팔 때, 그를 몰래 훔쳐보았다. 산더미처럼 쌓인 출판 의뢰 원고 가운데 보석 같은 이야기를 발견했을 때, 편집할 아이디어가 떠올랐을 때 번뜩이던 눈빛이 온종일 킵의 얼굴에 머물렀다. 그도 자주 그녀를 힐끔거리다가, 둘이 눈이 마주치면 미소 지었다. 그는 넘치는 에너지로 반짝거리는 전구 같았고, 그녀는 불꽃을 향해 달려가는 나방, 비 오기 전에 불빛을 향해 몸을 던지는 한 마리의 가모가모[75] 같았다. 그녀가 읽고 있던 책이 그들 세대에서 가장 위대하고 가장 야심 찬 SFF 소설일 수 있다는 사실은 중요치 않았다. 킵 자체가 단일 신화의 화신이었기 때문이다.

---

75 타갈로그어로 '작은 나방'을 가리킨다.

점심시간에 사람들이 한산해지자, 그는 에마 옆에 앉아 물을 마시면서 그녀가 읽던 페이지를 힐끔거렸다. 그의 목젖이 오르락내리락하는 모습을 넋 놓고 보던 그녀는 갑자기 자기도 목이 마른 것 같았다.

"네가 책을 천천히 읽는 건 알았지만, 여태 프롤로그도 다 못 읽었다니, 버터컵." 그가 그녀 앞에 놓인 책의 페이지를 넘기며 말했다.

그녀는 목이 메어오자 침을 꿀꺽 삼키면서 멍한 머릿속으로는 핑곗거리를 절실하게 쥐어짰다. 그가 너무 진지한 눈빛으로 바라보니 바보 같은 말은 하고 싶지 않았다. "그게…." 그녀는 시간을 벌기를 바라면서 목을 가다듬었다. "미안해, 호빗. 대출 기한이 있는 줄은 몰랐네."

"아니야. 원하는 만큼 보다가 줘도 돼." 그는 그녀의 목덜미에 손을 올리고는 엄지로 피부를 사랑스럽다는 듯 쓰다듬었다. "샌더슨은 식민지 정신을 비롯한 정신 건강, 성평등과 같은 오늘날 가장 중요한 이슈를 고전적인 SFF 수사법에 적용해 실험하고 있어. 《미스트본》[76]에서 그는 선택된 자와 어둠의 제왕 사이 힘의 역학을 반전시켜서, 선택된 자가 구원이 아닌 세상의 종말을 불러오게 했어."

---

76 《Mistborn》, 3부작으로 구성된 판타지 소설 시리즈.

"그게 요즘 SFF 소설의 트렌드 아니야? 널리 사용되는 수사법을 완전히 뒤집어서 끝까지 읽어야만 간신히 알아볼 수 있는 거. 이제 아무도 고전적인 SFF는 원치 않아"라고 에마가 말했다.

"하지만 나는 그게 SFF의 마법이라고 생각해. 뭘 얻게 될지 모르잖아. 누군가는 항상 실험하고 있어.《반지의 제왕》조차 당시에는 너무 남용되었던 수사법을 사용해서 프로도가 자기 운명을 직접 선택하게 했지. 최근 나오는 책에서 선택한 수사법은 선택된 자를 어둠의 제왕으로 만들어서 반전을 더 심화해.《듄》,《레드 라이징》이나 심지어《양귀비 전쟁》[77] 같은 작품에서."

"이거 SFF 특강이야?" 그녀가 눈을 가늘게 뜨고 그를 보면서 물었다.

"지금이 딱 좋은 때 같은데?" 그는 손가락으로 턱을 누르면서 곰곰이 생각하는 척하다가, 에마의 얼굴에 드러난 짜증스러운 표정을 보고는 히죽히죽 웃었다.

"그렇다면 이걸 어떻게《동물원》에 연결할 건지 말해봐.《동물원》은 뼛속까지 근본적으로 로맨스 소설인데."

"많은 SFF소설이 전쟁, 정치, 파멸에 관한 내용이라고 해

---

77 《Dune》,《Red Rising》,《The Poppy War》.

서 거기 사랑 이야기가 없다는 뜻은 아니야. 사실 사랑은 이런 많은 작품의 근본적인 주제니까. 톨킨 할아버지로 돌아가보면, 3부작의 사건에 직접적이진 않지만 간접적으로 중대한 영향을 미치는 사랑 이야기가 있어. 베렌과 루시엔이라는 아르웬과 아라곤[78]의 조상들은….”

킵은 제이니를 보고 갑자기 말을 멈췄다. 제이니는 허리에 양손을 올린 채 킵을 노려보고 있었다. “너희 둘이 공간을 차지하고 있잖아. 오후 사인회에 올 작가들이 있어.”

“알았어, 알았어. 갈게.” 그는 일어나서 소지품을 챙겼다. 에마도 자기 물건을 챙기면서 제이니를 보고 씩 웃었다. 제이니는 ‘여기서 무슨 일이 벌어지는 거야?’라는 눈빛으로 에마를 보았다.

킵이 한쪽 어깨에 배낭을 메고 에마가 읽던 무거운 책을 집어 든 후, 한쪽 손을 내밀며 말했다. “점심 먹으러 갈까, 버터컵?”

제이니의 눈이 휘둥그레지며 에마에게 입 모양으로 ‘버터컵?’이라고 하자, 에마는 어깨만 으쓱했다.

에마가 킵이 내민 손을 잡자, 킵이 자기 손가락으로 그녀의 손가락을 깍지 꼈다. 그러고는 “이따 봐, 플로레스”라고 그

---

78   《The tale of Aragorn and Arwen》, 《반지의 제왕》 부록에 있는 이야기.

가 말했다.

에마는 '미안해! 내가 문자 보낼게!'라고 입 모양으로 말한 뒤 킵과 함께 자리를 떴다.

≋

에마의 그날 오후는 가장 안절부절못하면서, 가장 보람 없는 치킨 게임[79]으로 변해버렸다. 제이니는 '해명해봐!'라는 의미의 문자 메시지를 다양한 버전으로 에마에게 퍼부었다. 제이니는 왜 갑자기 킵이 늘 에마에게 바짝 붙어 있다는 걸 지나치게 의식하게 됐을까?

그는 태연하게 아이스크림을 먹으면서 그녀 옆에 앉아 있었다. 그의 허벅지가 그녀의 허벅지에 닿아 눌릴 만큼 가깝게 붙어 앉아 다른 세계를 이야기했다. 마치 그들이 바로 여기서 만들고 있는 이 세계가, 킵과 에마의 새로운 은하계가 허구고 소설이 현실인 것처럼.

"아르웬과 아라곤의 관계는 본문에서 언급조차 되지 않지만, 두 사람의 이야기는 조상인 베렌과 루시엔까지 거슬러 올라가. 아라곤은 아르웬을 처음 봤을 때 루시엔을 봤다고 생각

---

79   한쪽이 양보하지 않으면 모두 파국으로 치닫는 극단적 게임.

했지⋯."

에마는 이 순간이 멈추지 않길 바라면서 의자 맨 끝에 걸터앉아 그의 말을 한 마디 한 마디 놓치지 않으려고 했다. 그도 이 순간이 멈추지 않길 바라는지, 이야기가 점점 더 눈덩이처럼 불어나 장르 소설의 가장 깊은 구렁텅이로 빠져들었다.

아이스크림을 다 먹고 난 후 그는 에마를 데리고 자기가 좋아하는 책을 구경시켜주었다. 목적지는 근처에 있는 서점이었지만, 그곳이 킵에게는 천 개의 우주였고, 100만 개의 세계였으며, 수십억 명의 삶이었다. 그가 에마를 한 세계에서 다른 세계로 안내할 때, 그의 손바닥이 그녀 허리의 오목한 부분으로 떨어졌다가, 둥근 어깨로 올라갔다가, 그녀의 팔 바깥쪽으로 옮겨갔다.

"아라키스[80]는 물이 없는 세계의 생명체에 관한 생태학적 연구야⋯."

둘이 SFF 코너의 서가 사이를 걸을 때, 그가 책을 한 권씩 꺼내서 정착할 장소를 찾는 최초의 이주민처럼 그의 세계 안으로 그녀를 천천히 안내했다.

"《아웃랜더》는 로맨스 이야기로 시작했지만, 작가는 궁극적으로 현대 영국 여인과 사랑에 빠진 잘생긴 스코틀랜드 남

---

80 《듄》에 등장하는 가상의 사막 행성.

자의 사랑 이야기에서, 로맨틱한 만남부터 죽음이 갈라놓을 때까지 사랑으로 점철된 평생의 이야기로 확대하려 했어. 거기에 시간 여행은 덤이지."

그는 그녀가 읽는 페이지를 확인하면서 근처에서 맴돌았다. 너무 가까이 있어서 그녀는 자기 뺨에 초콜릿 민트 아이스크림 향이 나는 그의 숨결이 느껴졌다. 그녀는 갑자기 자기 입에서 여전히 딸기 아이스크림 맛이 난다는 사실을 또렷이 인식하게 됐다.

"로샤르 행성의 하이스톰[81]은 그곳에서 생명체가 살아남는 법을 좌우하지. 그래서 그 행성 주민들은 몸에 단단한 껍질이 자라고, 지속적이고 파괴적인 날씨를 견딜 수 있는 집을 지어서…."

킵이 에마 앞에 있는 책을 꺼내려고 책꽂이에 손을 뻗을 때, 그녀 등에 닿는 그의 몸은 상륙을 미루는 무자비한 폭풍처럼 느껴졌다. 뇌우가 그녀의 명치에서 달아올라 가슴과 허벅지 사이까지 급속히 퍼질 때까지 뜸을 들이는 폭풍 같았다.

"많은 고전 장르 소설은 주인공의 여정, 즉 단일 신화의 전형을 따르지. 그런 소설이 반드시 악마의 화신을 물리치는 선택된 자에 관한 내용인 건 아니야. 그게 줄거리의 최종 목표

---

81   《스톰라이트 아카이브》에서 로샤르 행성을 둘러싼 대형 허리케인.

이긴 하지만. 그보다는 선택된 자로 나오는 등장인물의 성장에 관한 내용이 많지. 이를테면, 멀리 외딴곳의 수분 농장[82]에 사는 바보 같은 아이에서 은하계의 가장 위대한 제다이가 되는 것처럼."

에마는 떨리는 몸을 그를 향해 돌렸지만, 가슴 앞에 펼쳐진 책이 그를 가로막았고, 다른 손에는 휴대폰까지 쥐고 있었다. 숨 쉬는 것조차 버거웠다.

킵은 턱을 악물었고, 눈에서는 망설임의 눈빛이 번득였으나 이후 깨달음의 눈빛과 그 깨달음에 따라 행동하기를 꺼리는 눈빛이 이어졌다. 그는 그녀의 눈을 들여다보며 눈빛으로만 계속 질문했다. '이래도 괜찮아?' '우리 너무 빠른 거 아니야?' '이건 너무 느린 건가?' '내가 널 원하는 만큼 너도 나를 원해?'

그가 몸을 빼자, 그녀는 그 게임에서 자기가 졌다는 걸 알았다. 에마는 충동적으로 그의 옷단을 당기며 그의 얼굴을 올려다보았다. 그의 몸이 그녀를 굽어보는 가운데 서가는 수많은 책으로 가득 차 있었고, 수천 가지 이야기는 보초병처럼 그들 옆을 지키고 있었다.

킵은 에마를 보고 미소를 지었다. 인내심 있게 호기심 있

---

82   마른 대기에서 수분을 끌어내서 물을 생산하는 농장.

고, 희망에 찬 눈으로 바라보다가 몸을 기울여 둘 사이의 간격을 줄일 만큼 가까워졌는데….

에마의 전화가 울리자, 빅뱅 전 은하계가 쪼개지듯 그가 몸을 뺐다. 그의 눈은 그녀 휴대폰 화면에 뜬 이름으로 향했다. 한때 그녀의 마음을 흔들어놓았지만, 지금은 뒤틀리게 하는 이름이었다.

"전화 받아, 에마." 그는 미소 띠던 얼굴 위로 그녀가 한 번도 본 적 없는 암울한 표정을 지으며 멀어졌다. 에마는 킵이 다른 서가로 건너가면서, 둘 사이에 벽을 만들어 은하계를 쪼개는 걸 지켜보며 전화벨이 끊기도록 내버려두었다.

닉의 메시지가 그 뒤에 들어왔다. 「다음 공연 보러 올래? 내 신곡을 네가 어떻게 생각하는지 알고 싶어.」

16. 그럴듯한 대화

"말해봐." 제이니는 에마 옆 러닝머신에 오르며 말했다. 그들은 이틀간의 코미콘 행사가 끝난 다음 날 헬스장에서 운동하러 만났다. "해명이 별거 아니기만 해봐."

에마는 제이니를 설득해서 서킷 트레이닝에서 데리고 나온 참이었다. "제이니, 이제 겨우 이틀간의 도서 사인회에서 벗어났잖아. 사인회 직후인데 인터벌 트레이닝[83]을 너무 세게 하면 안 돼."

그래서 그들은 스포츠 브라와 요가 바지를 입고서 각자의 러닝머신 위에서 같은 속도로 달렸다. 에마는 숨을 헐떡였지만, 제이니는 공원에서 느긋하게 산책하는 사람처럼 편안해 보였다. 헬스장은 오늘 밤 붐볐다. 기계와 장비 대부분이 사용 중이었다. 건장한 남자들이 역기 주변에 모여, 역기와 아령, 케틀벨[84]을 들고 거울을 보며 몇 세트를 반복했다. 여자들은 대부분 헤드폰을 낀 채 다른 쪽 구석인 요가실과 러닝머신 가

---

83   속도와 강도가 다른 활동을 교차하며 하는 훈련.
84   손잡이 아래 주전자 모양의 쇳덩이가 붙어 있는 근육 운동 기구.

까이에 모여 있었다. 다행히도 러닝머신 두 개가 제이니가 이용하기 좋게 비어 있었는데, 그곳에 도착했을 때부터 눈빛을 교환하던 코치 덕분이었다.

"이래서는 도저히 말을 못 할 것 같아." 에마가 제이니를 따라잡으려다 실패한 뒤 숨을 헐떡이며 말했다. "우리 러닝머신에서 내려온 후에 말해도 될까?"

제이니는 크게 숨을 내쉬더니 두 기계의 속도를 빠르게 걷는 수준으로 낮췄다. 에마는 여전히 헐떡거렸지만, 숨소리가 반 정도 섞이긴 했어도 말은 할 수 있었다.

"그냥 그렇게 됐어." 에마는 숨을 아끼려고 해명을 최대한 짧게 말했다. "밸런타인데이에 데이트 신청을 받았는데…."

"밸런타인데이! 그런데도 넌 나한테 말을 안 하고 기다린 거야?"

"그 후로 몇 달간 다시 데이트 신청을 안 했으니까. 말할 가치가 없었지!"

"킵답네. 진짜 싸워보기도 전에 포기하는 거."

"그게 무슨 말이야?"

"킵은 확실히 이긴다는 보장이 없으면 싸우지도 않아. 본사 체육 대회 기억나? 킵이 포기하자고 말했잖아."

"처음엔 정말 그런 것 같았지만, 아니었잖아."

"킵이 갑자기 적극적으로 앞장서니까 우리 모두 뇌진탕이라도 걸린 줄 알았지." 제이니가 힘차게 걸으면서 말하자 은발 머리가 거칠게 흔들렸다. "하지만 이제 와 생각해보니, 속으로 다른 상을 기대하고 있었던 거네." 제이니는 에마를 보면서 수상쩍다는 듯 눈썹을 올렸다. "그래서, 밸런타인데이 이후로 킵을 겁먹게 만든 일이 일어난 게 틀림없구나."

제이니가 옳았다. 킵은 에마가 그녀의 마음을 다시 찢어 놓을까 봐 두렵다고 인쇄소에서 말했었다. 하지만 그 이야기는, 거기서 무슨 일이 있었는지는 제이니에게 말하지 않을 것이다. 그 순간은 너무 초현실적이고, 너무 은밀해서 그녀와 킵의 은하계 바깥에서 남과 공유하고 싶지 않았다.

"킵이 닉에 대해 알아?" 제이니가 갑자기 질문하면서, 그 은밀한 기억 속에서 에마를 끌어냈다.

"닉이 이 일과 무슨 상관이야?"

"넌 닉과 역사가 있고, 네가 아무리 부인한다고 해도, 닉은 여전히 널 되찾으려는 희망을 드러내고 있으니까."

"그럴 리가 없어. 닉도 내가 줄 수 있는 건 우정밖에 없단 걸 확실히 알아. 우리가 만날 때면 내가 반복해서 그런 말을 하니까."

제이니의 눈썹이 너무 빨리 위로 올라가는 바람에, 에마는 채찍 소리라도 들은 것 같았다. "네가… 닉을 … 만난다고?"

"응. 저녁 먹고 커피 마시는 정도." 에마는 자기 대답을 곱

176

씹다가, 설명이 분명하지 않은 듯해서 덧붙였다. "데이트는 아니야."

"오, 에마, 에마, 에마, 에마야."

"뭐?"

"넌 정말 순진하고, 아무 생각이 없고, 잔인한 못된 년이구나."

에마가 노려보며 따졌다. "무슨 뜻인지 설명하는 게 좋을 거야. 그렇지 않으면 진짜 모욕으로 받아들일 테니까."

"닉이 여전히 희망을 드러내는 것도 당연하네. 킵이 너랑 끝까지 가야 하는지 망설이는 것도 당연하고."

에마는 애써 숨을 고르지 않고 말할 수 있도록 기계를 끄고 제이니를 향해 완전히 몸을 돌렸다. "그 말은 내가 두 남자에게 양다리를 걸치고 있다는 뜻인데, 난 아니야. 닉과 나는 끝났고, 난 킵과 더 깊은 관계를 원해. 문제는 두 남자지, 내가 아니라고."

"그래." 제이니가 자기 러닝머신을 끄지 않은 채 동의했다. "네 잘못은 아니지만, 너는 혼자 되는 게 두렵다고 말했었잖아."

에마는 진지하게 경고하는 눈빛으로 제이니를 쏘아봤다.

"알았어, 알았다고. 멈출게." 제이니는 기계를 멈췄다. "닉이 킵과의 관계가 안 풀릴 때를 대비해서 남겨둔 안전망 같은 사람이 아니라고 확실히 말한다면."

에마의 턱이 떡 벌어졌고, 입술을 뗐지만 아무 말도 나오지 않았다. "물론, 안전망이 아니야!" 에마가 억지로 대답하자, 제이니의 표정이 자기 생각이 옳아서 유감이라고 말하는 듯한 표정으로 바뀌었다.

"좋아." 제이니가 대답했다. "넌 이제 닉에 대해 아무것도 하면 안 돼. 둘 사이가 정말로 끝났다고 밀어붙이는 것만 빼고. 그리고 킵에게는 네가 그의 마음을 찢어놓지 않을 거라는 확신을 줘야 해."

"킵을 닉에게 소개하는 건 어때? 곧 닉의 공연에 갈 건데. 거기 킵을 데려가면 되잖아."

"그 계획의 모든 부분이 '나쁜 아이디어'라고 소리 지르고 있잖아."

"그럼, 내가 어떻게 했으면 좋겠어? 킵에게 나랑 자라고 강요해?"

"강요할 필요도 없어." 제이니가 다시 러닝머신을 보며 말했다. "킵은 네 동의와 기회만을 기다리고 있을 거란 생각이 드네." 그녀가 에마를 향해 눈썹을 다시 위아래로 씰룩거리며 다 알겠다는 듯 말했다. "아마 킵은 네 문학 작품 고양이 속옷도 좋아할 거야. 그걸 이해할 만큼 킵도 괴짜니까."

제이니는 러닝머신에서의 30분은 아무래도 충분치 않다면서 결국 서킷 트레이닝 수업을 받으러 갔다. 에마는 대신 근력 운동을 하겠다고 약속하면서 수업에서 꽁무니를 뺐다.

덤벨이 진열된 곳으로 가던 에마는 갑자기 우뚝 멈춰 섰다. 차가운 전율이 척추를 타고 내려갔고, 명치와 허벅지가 뜨거워지더니 통증이 격렬해졌다.

킵이 몸에 딱 달라붙는 검정 언더아머[85] 셔츠와 느슨한 검정 바지를 입고, 흰 운동화를 신은 채 거울 앞에 서 있었다. 평소처럼 두꺼운 검은 테 안경을 쓰고, 머리는 땀으로 젖어 있었으며, 몸은 긴장된 채 밧줄처럼 탱탱하게 당겨져 있었다. 35파운드[86]의 아령 두 개를 드는 팔이 불끈불끈 솟아올랐고, 들어 올릴 때마다 야생 동물처럼 끙 하는 소리를 냈다.

머릿속은 하얗게 변했고, '섹시한 괴짜! 섹시한 괴짜! 섹시한 괴짜!'라는 단어가 부끄러운 줄도 모르고 빈 머릿속에서 사이렌처럼 울려 퍼졌다.

마치 몸이 스스로 자기만의 정신을 키워내 서로 싸우는

---

85   스포츠 의류 브랜드.
86   약 16킬로그램.

것 같았고, 그래서 그녀는 이러지도 저러지도 못하고 그 자리에 얼어붙은 채 서 있었다. 가슴속이 요동쳤고, 피부가 달아오르면서 동시에 차가워졌다. 그녀는 전기가 찌릿찌릿한 손끝을 그의 팔과 가슴, 어깨와 목과 얼굴에 대고 어루만지고 싶었다.

아령을 들어 올려 이두박근을 솟아오르게 하면서 거울로 동작을 확인하는 그의 얼굴은 초집중 상태가 무엇인지 보여주는 한 장의 사진 같았다. 세트를 끝낸 후, 그는 아령 한 쌍을 내려놓고, 머리 위로 팔을 뻗는 삼두박근 운동을 하려고 더 무거운 아령을 가지러 갔다. 팔을 위로 올리면서 삼두박근을 늘리는 운동을 하는 동안 그의 상체 몸매가 그대로 드러났다. 괴짜 같은 셔츠 아래에 그런 근육을 감추고 있을 줄 누가 알았겠나? 게다가 그는 셔츠를 벗은 적도 없었다.

에마는 꽤 오랫동안 어색하게 킵의 뒤에 서 있었던 것이 분명했다. 횟수를 세던 그의 눈이 에마의 눈과 마주쳤기 때문이다. 에마를 알아본 듯 그는 운동을 멈추고 바닥에 천천히 아령을 내려놓았다. "에마?"

갑자기 얼굴에 일격을 맞은 듯 그녀의 정신이 빠르게 돌아오면서, 투쟁 혹은 도피 본능이 발동했다. 뭐라고 해야 할지 몰라 그녀는 여자 탈의실로 도망가서 제이니가 수업을 마치고 올 때까지 숨어 있었다.

약 30분 후에 제이니가 돌아왔을 때 그녀는 "킵이 인사하

더라. 사무실에서 이따 보자고 전해달래"라고 말했다. 그리고
상황 종료였다.

그날 밤 그녀는 잠을 제대로 이루지 못했으나 침대에서
킵의 커다란 몸이 자기 위에 올라가 있는 꿈을 꾸었다. 기회가
온다면 그렇게 하거나 그런 일이 실제로 일어날 것만 같았다.

17. 발화점

킵은 올해의 매월을 책으로 표현한다면, "7월은 《화씨 451》[87]"이라고 농담했다.

그들이 출판업계에 있었고, 때는 도서 박람회 시즌인 데다가 종이는 화씨 451도에서 타니까. 에마는 그 농담이 아주 재미있다고 생각해서 자정이 훌쩍 지난 시간인데도 여전히 그 농담에 웃고 있었다. 사무실의 나머지 직원들도 몸살을 앓았다. 연간 출판 일정에서 3분기는 보통 9월에 있는 도서 박람회 전에 가능한 한 많은 책을 내놓는 데 쓰이기 때문이다.

그달에만 출간이 계획된 책이 열 권이었는데, 그건 편집팀, 디자인팀, 제작팀 모두에게 해야 하는 업무량이 많아지고 근무 시간이 길어진다는 의미였다. 대략 새벽 1시쯤 제시와 마지막 디자이너가 퇴근하면서, 킵과 에마만 사무실에 남겨졌다. 둘은 프루퍼 가까이 놓인 테이블에 마주 앉아 있었는데, 둘 사이의 성적 긴장감은 사무실에 불이 붙을 수도 있을 정도

---

87   《Fahrenheit 451》, 환상 문학의 거장인 레이 브래드버리가 1953년 쓴 공상과학 소설. 화씨 451도는 섭씨 약 232도에 해당한다.

로 강렬했다.

아무도 헬스장에서 있었던 일을 꺼내지 않았지만, 어쨌든 둘 다 그럴 필요가 없었다. 그게 무슨 의미인지는 둘 다 알았다. 그들은 동의와 기회를 기다릴 뿐이었는데, 에마는 킵보다 더 선뜻 기회에 응할 의향이 있었다. 그가 물어보기만 한다면. 그러나 킵은 묻지 않았다.

둘은 비교적 조용한 분위기에서 일했다. 길고 피곤한 일과가 끝난 텅 빈 사무실의 고요한 정적 속에서 서로의 숨소리와 광택 있는 교정지에 펜이 긁히는 소리만이 들렸다. 그들은 혼자가 아니라는 사실에서 위안을 얻었고, 더 솔직하게 말한다면 에마는 둘이 함께 있다는 사실에서 위안을 얻었다.

새벽 2시에 킵과 에마는 거의 정확히 동시에 각자의 파일에서 고개를 들었다. 몹시 지치고, 초췌하며, 잠이 부족해 보였던 둘은 서로를 보며 웃음을 터트렸고, 그러면서 복도를 돌아다니며 순찰하던 경비원을 깜짝 놀라게 했다.

에마는 콘택트렌즈를 뺀 후 크고 둥글고 바보 같아 보이는 안경을 썼으며, 정수리에 틀어 올린 머리는 어지럽게 헝클어져 있었다. 킵의 머리는 막 침대에서 일어난 듯 부스스해서 곱슬곱슬한 대걸레 같았다.

"참호 속에 또 혼자 있네, 버터컵." 킵이 안경을 벗고 콧대를 꼬집으면서 말했다. "팬데믹 이전이 그리웠지만, 우리 일

중에서 이런 부분은 그립지 않았어."

에마가 펜을 내려놓으며 의자에 쓰러지듯 누웠다. "솔직히 말해 난 우리가 다시 책을 만들고 있어서 좋아."

"팬데믹 이후로 다시는 책을 만들지 못할 거라고 생각했구나?"

"너도 그렇게 생각했어?" 에마는 의도했던 것보다 더 높은 음으로 물었다.

"그땐 알 수가 없었지. 내가 알았던 건 책 만드는 것 말고 다른 일은 상상도 못 했다는 거야."

"생각은 해봤어? 만약 출판사가 폐업하면… 우리에게 무슨 일이 일어날지? 넌 뭘 할 거야?"

그는 천정을 보면서 그녀가 물어보기 전까지는 생각해본 적도 없다는 듯 대답하는 데 뜸을 들였다. "뉴질랜드에 있는 가족에게 가겠지."

그는 고개를 기울이며 눈으로는 테이블 너머에 있는 에마를 보았고, 입술에는 다 알겠다는 듯한 미소가 번졌다. 에마의 얼굴에는 이가 환히 드러나는 짓궂은 미소가 드러났고, 킵의 입술 끝도 올라갔다. "무슨 꿍꿍이야, 말해봐, 버터컵."

"뉴질랜드? 호비튼 마을? 너희 가족이 진짜 호빗 굴에 살아? 너 진짜 호빗이었어, 킵?"

"하하! 실망시켜서 미안하지만, 우리 집은 큰 유리창이 달린 2층짜리 빨간 벽돌집이야."

"우우! 김빠지게 하기는, 호빗"이라고 말하며 그녀는 어이가 없으면서도 체념한 듯한 킵의 표정을 보고 웃었다.

"그만해, 버터컵. 이제 너만의 세상에서 좀 빠져나오라고"라고 말하며 킵이 자기 교정쇄 더미를 집어 들고 프루퍼로 가서 트레이에 넣으며 말했다.

에마도 그대로 따라서 자기 교정쇄를 다른 프루퍼의 트레이에 넣었다.

"너는 어때? 출판사가 문 닫으면 뭘 할 거야?" 킵이 프루퍼 뒷벽에 무심하게 몸을 기대면서, 트레이에 넣은 교정쇄를 자세히 살펴보는 에마를 향해 물었다.

에마는 천정을 올려다보았다. 그녀는 지난 7개월간, 출판사가 문 닫으면 뭘 할 건지 생각하는 걸 피했다. 전업 프리랜서가 되거나 본사 홍보팀에 있겠지. 필리핀 도서 출판업계가 사실 얼마나 작은지를 생각하면 선택은 그 두 가지뿐이었다. 그 생각을 하는데 목이 메는 것 같았다. 킵이 대답을 기다리면서 내내 지켜보자, 그녀가 어깨만 으쓱했다. "그냥 계속 책을 만들 수 있으면 좋겠어. 내가 다른 일을 하는 걸 상상할 수 없거든."

"우린 절대 부자가 될 수 없는 일을 하고 싶어 하는 바보들 아냐?"

"모르겠어"라고 그녀가 대답했다. "난 기회가 있는데도 하지 않는 게 훨씬 더 바보라는 것만 알아."

킵의 얼굴에 큰 미소가 번졌다. 자기보다 큰 아이들이 공을 갖고 노는 걸 보고 있다가 처음으로 공을 건네받은 아이 같았다. 에마는 이렇게 늦은 시간에 킵의 진지하고, 진실하고, 즐겁고 열렬한 미소를 보자, 가슴속에 훈훈한 감정이 피어나 바깥으로 폭발하듯 퍼져나가는 걸 느꼈다. 자신이 그를 그렇게 웃게 했다는 사실에 기뻤다. 그 순간 고요한 깨달음이 퍼져서 둘 사이에 보이지 않는 선을 그리며 둘의 몸 사이에 있는 하얀 공간을 가득 채웠다. 그녀는 안경 쓰지 않은 킵의 큰 갈색 눈을, 근시의 장애에 방해받지 않은 완전히 순수한 그의 눈을 볼 수 있었다. 에마는 그 눈을 하루 종일 볼 수도 있을 것 같았다. 큰 소리를 내며 추하게 입을 쩍 벌리게 하는, 확실히 귀엽지 않은 하품이 튀어나오지 않았더라면 말이다.

킵은 큰 소리로 웃으면서 앞장서서 작업하던 테이블로 갔다. "이만 퇴근하자, 에마."

그녀가 고개를 끄덕였고, 다시 추한 하품이 나올 때 얼굴을 가리면서 그를 따라갔다. "이 시간에 운전할 거야?"

"그래야겠지, 버터컵." 그의 주머니에서 열쇠가 짤랑거리는 소리와 가방의 지퍼를 닫는 소리가 이 긴 하루에 마침표를 찍는 것 같았다. 놀랍게도 에마는 그 마침표를 보는 게 실망스러웠다.

그때 어떤 아이디어가 번뜩 떠올랐는데, 매우 어리석고 충동적인 생각이라 에마는 킵이 이상한 제안이라고 생각할 게 틀림없다고 확신했다. 동의와 기회라고 하지 않았나? "하룻밤 자고 가는 건 어때?" 그녀 입에서 불쑥 말이 나왔다. 에마는 머릿속으로 자기 이마를 때리며 엘리베이터 앞 로비까지 그를 따라갔다.

킵은 갑자기 그녀를 향해 고개를 휙 돌렸는데, 에마의 말을 제대로 이해했는지 확신할 수 없다는 듯 미간의 주름이 깊어졌다. "너희 집에서?"라고 묻는 그의 목소리는 두 옥타브쯤 높았다.

"그러니까, 그냥 날이 밝기를 기다리면서!" 에마는 말이 되는 소리를 하는 건지, 횡설수설하는 건지 우왕좌왕하다가 다시 불쑥 말을 내뱉었다. 자기가 듣기에도 점점 더 바보 같은 소리를 몇 마디 덧붙였다. "넌 먼 데 살잖아. 이렇게 늦은 시간에 운전하는 건 안전하지 않기도 하고⋯."

"좋아!" 킵은 자기 대답에 스스로 놀란 듯 고개를 휙 돌리더니 이내 고개를 흔들며 웃었다. "좋아." 이번에는 더 차분하고 확실한 어조로 말했다.

둘은 서로 마주 보고 서 있었다. 에마는 그의 갈색 눈을 보려고 턱을 위로 젖히고 있었고, 킵은 그녀를 내려다보려고 턱을 아래로 기울여 둘 사이의 공간은 메워지려 하고 있었다. 그의 숨결이 그녀의 뺨에 닿았을 때 민트 초콜릿의 기억이 그녀에게 되살아났다. 킵 피부의 따스함이 그녀의 따스함과 섞여 열선이 만들어졌다. 너무 조용해서 에마는 자신의 천둥 치는 심장 박동 소리 외에 세상 어떤 소리도 들리지 않았다.

엘리베이터에서 띵 하는 소리가 났고, 문이 미끄러지듯 열렸다.

그녀가 침을 꿀꺽 삼키며 고개를 끄덕였다.

언제 여기가 갑자기 이렇게 더워졌지?

《화씨 451》처럼?

≈〜≈

욕실에서 나는 샤워 소리가 에마의 목을 사막처럼 건조하게 했다. 그녀는 냉장고 앞에서 목에 차가운 물잔을 대고서 욕실 문을 천천히 뚫어져라 응시했다. 집에는 고양이 두 마리가 느긋하게 누워 있었다. 웬트워스는 책상 밑에서 창밖을 보며 누워 있었고, 나이틀리는 같이 놀아달라며 웬트워스를 도발하고 있었다. 다아시만이 에마의 발밑에서 엉덩이를 바닥에 붙이고 앉아 파란 눈으로 조용히 에마를 살폈다.

"나를 판단하려 들지 마, 다아시. 나도 공동 정원에서 너랑 같이 걸어 다니던 고양이들 다 봤다고." 그녀가 다아시에게 말했지만, 고양이는 전혀 동요하지 않아 보였다. "킵은 그냥 날이 밝기를 기다릴 거야. 이 시간에 운전하는 건 안전하지 않으니까. 고속도로 강도나 뭐 그런 거 있잖아." 다아시는 여전히 그녀를 빤히 바라봤다. "우린 그냥 친구야, 다아시. 직장 동료라고! 내 생각은 그래. 사실 잘 모르겠지만. 쉿! 아무 일도 일어나지 않을 거야." 고양이는 눈을 흘기는 듯하더니 에마가 서 있는 곳에서 불편하게 꿈틀대면서, 관심을 에마에게서 욕실 문으로 옮겼다. 욕실 문이 열리는 순간 그녀도 눈을 치켜떴다.

킵은 그녀와 눈이 마주쳤고, 문밖에 서 있던 그녀를 보고 깜짝 놀랐다.

"누구랑 말하고 있었어?" 그가 웃자란 머리를 수건으로 말리며 물었다. 그는 여전히 젖은 피부에 찰싹 들러붙어 그 아래 몸매를 여실히 보여주는 흰 면 셔츠를 입었고, 아래에는 블루 그레이 줄무늬 잠옷 바지를 입었다. 닉과 사귈 때 닉이 에마의 집에 두고 간 옷이었다.

"음… 다아시." 그녀가 물잔을 채우려고 다시 냉장고로 향하며 대답했다.

"고양이?" 그가 멍한 표정으로 냉장고 옆 부엌 조리대에 기대서 그녀를 마주 보며 말했다. "다아시가 날 좋아하는 것 같아."

에마는 킵의 다리 사이를 왔다 갔다 하는 검은 고양이를 내려다보았다. '배신자.' 그녀가 고양이에게 입 모양으로 말하자, 다아시는 하악질을 하다가 형제들한테 합류했다.

"여기 아파트에서 갇혀 지내면 외롭지 않을까?"

"내가 일주일에 한 번은 다른 길고양이들이 있는 공동 정원으로 쟤네들을 내놔. 하지만 대개 녀석들은 나가는 걸 싫어해서, 내가 밖으로 내놓으려고 하면 나한테 벌을 줘." 에마가 입술에 유리잔을 대고 안경테 너머로 그를 응시하며 말했다. 그녀가 빌려준 수건은 그의 어깨에 걸쳐져 있었고, 어두운 갈색 머리칼에서는 여전히 물이 뚝뚝 떨어졌다. 킵이 유리잔을 내려놓으면서 에마의 어깨 너머를 바라보는 미간 사이의 주름이 깊어졌다. 그녀도 그의 시선을 따라가다가 거기 있는 침대를 보았는데, 너무나 눈길을 끄는 침대는… 너무, 너무… 하나뿐이었다. 담즙이 목구멍까지 치밀어오르듯 패닉이 덮쳐왔고, 심장이 엄청나게 빨리 뛰면서 피부가 차가워졌다. 커다란 해머로 얼굴을 얻어맞은 듯 현실을 자각하게 되었다.

침대가 하나다. 딱 하나밖에 없었다.

"침대가 하나뿐이네." 큰 소리로 말하면 현실이 허구 속으로 빨려 들어가고, 마법을 발휘해서 다른 침대가 나타날 것처럼 그녀가 크게 말했다.

"난 바닥에서 자면 돼, 버터컵." 킵이 걱정스럽고 혼란스러운 표정으로 에마를 보면서 말했다. "넌 괜찮아?"

그녀는 그의 눈을 마주 보면서 대답했다. "침대가 하나뿐이라니." 로맨스 신이 다시 등장해 그들의 뒤틀린 유머 감각을 발동시켰다. 그녀는 웃음을 터트렸고, 이내 몸을 구부려 배꼽잡고 웃었다.

"왜 웃는 거야?" 그가 농담보다는 그녀의 박장대소에 즐거워하며 물었다.

"침대가 하나밖에 없잖아. 뻔한 수사법처럼!" 에마가 다른 손에 꽉 쥐고 있던 물잔에서 물을 흘리면서 자지러지게 웃으며 대답했다.

그가 이제야 이해가 된다는 듯한 표정으로 이내 같이 웃었다. 둘은 괴짜 같은 농담 한가운데에 서 있는 두 명의 책벌레였다.

마침내 웃음이 킬킬거리는 웃음으로 잦아들고 숨소리가 빨라지면서 눈이 마주쳤을 때, 둘의 얼굴은 달아오르고 눈은 즐거움으로 반짝거렸다. 드디어 펀치 라인[88]의 상황이 모습을 드러냈다. 침대 하나와 이야기 초반부터 성적 긴장감을 보이던 두 등장인물.

그가 둘 사이의 거리를 좁히자, 그의 피부에 남은 비누 냄

---

88 펀치를 맞은 듯한 느낌을 주는, 즉 결정타가 되는 대목을 가리킨다.

새 때문에 찌릿한 전율이 그녀의 척추를 타고 흘러내렸다. 그는 물잔을 그녀의 손에서 빼앗아 그녀의 입술 자국이 남은 곳에 자기 입술을 대고 물을 마셨다. 유리잔을 타고 흘러내린 물방울이 그의 손까지 닿았다. 그녀는 킵이 물을 삼킬 때마다 오르락내리락하는 목젖을 쳐다보면서, 시간이 믿을 수 없을 만큼 짜증 나게 천천히 간다고 생각했다. 물잔에는 왜 그렇게 물을 많이 부었지?

에마에게 눈을 떼지 않은 채, 그는 빈 잔을 조리대 위에 내려놓고 말했다. "안녕, 버터컵."

"안녕, 호빗." 그녀는 가쁜 숨을 몰아쉬며 대답하고는 까치발을 한 채 그의 입술에 자기 입술을 포갰다. 그가 키스하려 할 때, 그녀는 몸을 뺐지만, 그의 두 손이 그녀의 엉덩이를 잡고 끌어당겼다. 그녀는 그의 어깨를 손바닥으로 지그시 눌렀고, 그녀의 팔뚝과 쇄골과 목, 그다음으로 턱까지 이어지는 그의 손길을 느꼈다. 손길은 그녀의 귀 뒤로 부드럽게 머리카락을 넘기는 자상하고 느린 행동으로 끝났다. 그녀의 뺨을 한 손으로 어루만지는 그의 갈색 눈은 지금 여기서, 안경 너머로 서로를 마주 보고 있는 것이 믿을 수 없다는 듯 보였다.

"또 그 〈스타워즈〉 셔츠를 입고 있네, 버터컵." 그가 웃음 띤 목소리로 말했다.

"아, 미안해." 그녀가 아래를 내려다보며 손으로 창피하고 추레한 잠옷을 가리려 했지만, 그가 그녀의 팔을 자기 목에 두르면서 고개를 흔들며 막았다.

"아냐, 난 그게 좋아." 그가 활짝 웃으며 그녀 허리에 손을 놓을 곳을 찾더니 둘의 몸을 나란히, 몸통과 몸통, 가슴과 가슴이 맞닿을 수 있게 그녀를 당겼다. 그는 그녀의 얼굴을 갈구하듯 바라보았다. 마치 그녀의 몸 구석구석을, 그녀의 안경, 정수리에 틀어 올려 빵 모양으로 묶은 머리, 살짝 벌어진 핑크빛 입술까지 모두 외우려는 듯 부드러운 눈빛으로 뚫어지듯 보았다. "키스해도 돼?"

에마가 말로 답하기 전에 그녀의 몸이 반응하며 고개를 끄덕였고, 그에게 몸을 기울였다. 그와 키를 맞추려고 까치발로 서서 그에게 키스했고, 이번에는 그가 키스하게 허락했다.

키스에는 기술이 있었다. 상대방의 입술 촉감, 서로의 갈망과 욕구를 알려는 두 등장인물이 서로의 입술을 포갰다. 키스의 갈망에도 스펙트럼이 있었다. 그걸 기준으로 처음 만난 이후 상대방이 얼마나 키스를 원했는지 판단할 수 있었다. 굶주림과 같은 갈망이 있다. 연인은 모든 걸 잊어버리며, 주변 세상은 사라져 오직 그들만 남아 원하는 만큼 소모하고 차지하며 또 모든 걸 내어준다. 모든 것을. 반면에 순수한 갈망이 있다. 두 등장인물은 게임하고, 약속하고, 계속 질문하면서 동시에 상대에게 애원하고 간청하고, 서로를 간절히 원한다. 그

193

러나 온통 마음을 빼앗는 한순간에 모든 걸 내어주지는 않고, 다음을 위해 모든 갈망의 조각을 아껴두듯, 굶주린 채로 멀어진다. 킵과 에마의 키스는 둘 사이 어딘가에 해당했다.

에마가 먼저 시작했다. 그녀가 입술을 벌려 그가 들어오게 했고, 그의 이가 그녀의 아랫입술을 깨물었으며, 그녀의 혀가 그에게 깊숙이 파고들었다. 키스를 멈추지 않으면서 킵은 가쁜 숨을 내쉬며 그녀를 가뿐히 들어 올렸고, 그가 집 안쪽으로 그녀를 데려갈 때 그녀가 다리로 그의 허리를 감쌌다. 그가 책장에 기대어 그녀를 누를 때, 그의 몸이 그녀의 다리 사이에 단단히 고정되어 있었다. 그는 문학 작품을 배경으로 얼굴을 마주 볼 수 있게 그녀를 책장 하나에 올려놓았다. 그는 비를 맞고 있는 다아시였다.[89] 그는 "난 당신을 갈망해요"라고 말하는 사이먼[90]이었다. 그는 처음으로 그녀의 냄새를 맡는 에드워드[91]였다.

그녀가 그의 몸을 탐구할 때 그가 그녀의 몸 위를 배회했다. 목, 귀, 뺨, 쇄골, 머리카락, 어깨, 가슴, 목구멍, 입술까지. 그들은 화성에 있는 테라포머[92]였다. 그들은 침략할 행성을 향

---

89 《오만과 편견》의 고백 장면을 떠올리게 하는 대목이다. 다아시가 엘리자 베스에게 사랑을 고백하는데 이때 두 사람은 비를 맞는다.
90 《브리저튼(Bridgerton)》의 남자 주인공.
91 《트와일라잇》의 남자 주인공.

해 진격하는 아이언 레인[93]이었다. 그들은 분리된 은하계를 하나로 묶어주는 포스[94]였다.

킵의 손이 그녀의 셔츠 밑으로 미끄러지자, 그녀가 그에게서 몸을 빼고 그를 쳐다보았다. 그의 눈을 너무 깊이 들여다보던 그녀는 아무 말도 하지 못했다. 그냥 "해줘"라고 말하고 그의 손을 자신의 셔츠 깊숙이 데려가 가슴 위에 놓았다. "해줘, 킵."

많은 말이 필요치 않았다. 그는 그녀가 무엇을 원하는지를 즉시 알아차렸고, 손을 그녀의 몸으로 가져가 그녀가 쓰려던 이야기의 맥락을 이해했다.

"피임은?" 그가 여전히 그녀의 목에 입술을 댄 채 물었다.

"해야지." 그녀는 그의 입술 진동과 그 질문에 대답하는 자기 목소리의 진동을 목구멍에서 느끼며 "빨리"라고 말했다.

그는 고개를 끄덕이면서 그녀의 귀로 돌아갔고, 민트 초콜릿 향이 나는 숨결로 "알았어"라고 대답했다.

---

92 〈스타워즈〉 등의 SF 작품에 종종 등장하는 기계로, 생물체가 살 수 없는 행성을 특정한 종이 살 수 있게 만드는 테라포밍(terraforming)을 수행한다.

93 대규모 병력을 동원하여 행성이나 위성, 소행성에 침입하는 방법으로 《레드 라이징》에 등장한다.

94 〈스타워즈〉에 등장하는 가공의 에너지 범위.

"너 콘돔 있어?"라고 물으면서 그녀는 킵 바지의 허리선 아래로 손을 미끄러뜨렸다.

그는 갑자기 몸을 떼더니 당황하는 얼굴로 그녀를 보고 물었다. "너 안 갖고 있어?"

그녀는 킵의 표정만큼 당황스러운 얼굴로 고개를 저었다. "헤어진 이후에는 필요 없을 거라고 생각했어."

"이런. 지금 아주 얼간이가 된 기분이야." 그는 그녀 목의 굴곡을 따라 얼굴을 비비며 말했다. "우리가 가진 모든 것 중에 공통점이 있다면, 바로 이거네."

"각자 헤어진 후에 아무 일도 일어나지 않을 거라고 예상한 거?" 그녀가 웃으면서 말했다.

"그래. 게다가 내가 매일 콘돔을 주머니에 넣고 너를 보러 출근한다면 넌 날 어떻게 생각했겠어?"

"내가 정말, 정말, 정말로 원하는 해피엔딩 버전을 아는 거겠지." 그녀가 그의 머리칼에 얼굴을 비비며 말했다. "잠깐만." 그의 어깨에서 손을 떼고, 그의 얼굴을 볼 수 있게 몸을 떼면서 에마가 물었다. "네가 매일 나를 보려고 사무실에 출근했다고? 내가 출근하지 않는 날에도 몇 시간을 운전해서?"

그가 쑥스러운 듯 미소를 지으며 고개를 끄덕였다. "그거 오싹한 거야?"

"아니." 그녀가 처음에는 망설이듯 대답했다가, 그건 오싹한 일이 아니라고 결론 짓고는 이어서 "전혀 아니야"라고 덧붙였다. 그녀에게는 아니었다. 한숨을 쉬면서 그녀가 책장에서 내려왔다. "킵, 우린 아무것도 하지 않아도 돼. 그러자고 널 여기 데려온 게 아니니까." 그녀는 침대에 앉아 헤드보드에 몸을 기대고는 옆자리를 톡톡 두드렸다. "그럼, 그런 목적으로만 데려온 건 아니었어." 그녀가 놀리듯 눈을 굴리면서 말했다. "넌 너무 피곤해서 반송장 같거든."

킵은 옆에 앉아 그녀의 몸을 자기 쪽으로 당겨 그녀의 머리를 자기 가슴에 놓았다. "나도 너한테 똑같이 말할 수 있지만, 그러면 거짓말일 거야."

"왜?" 그녀가 깜짝 놀라며 장난으로 그의 팔을 찰싹 때렸다. "내가 이미 시체 같아서?"

"아니, 넌 예쁘니까." 그가 그녀의 이마에 키스하며 대답했다. "넌 항상 예뻐." 그가 엄지를 그녀의 턱에 대고 얼굴을 자기 쪽으로 기울였다. "정말 이래도 괜찮아? 난 할 수 있는데…." 그의 손가락이 그녀의 몸을 따라 내려가서 허벅지 안쪽에 올려졌다.

에마는 이번에는 더 천천히 그에게 키스하면서, 그의 입술을 음미한 다음 고개를 저었다. "아니야, 우리 둘 다 일 때문에 피곤하잖아. 너한테 그러라고 강요할 순 없어."

"얼마든지 괜찮아, 버터컵. 널 위해 정말로 열심히 할 수 있어."

에마는 킵의 가슴에 안겨 웃었다. "네가 할 일을 찾을 수 있을 거야…." 그녀는 검지를 그의 입술에 대고 이어 말했다. "다음번에, 호빗. 이제 그냥 자자. 내일 또 출근해야 하잖아. 아모라가 수정 원고를 오늘 보냈다고 했어."

그가 앓는 소리를 냈다. "제시가 승진을 노리고 있잖아. 걔라면 우리 없이도 하루쯤 잘 처리해낼 거야."

"킵!"

"알겠어!" 그가 팔을 그녀의 몸에 두르며 말했다. "그렇지만, 어쨌든 잠이 올 것 같지 않아."

"왜? 자리가 좁아? 내가 움직이면…." 그녀가 옆으로 움직여 그에게 공간을 내어줬지만, 그가 다시 그녀를 끌어당겼다.

"가지 마. 여기 그냥 있어." 그가 그녀를 더 바짝 당기며 말했다.

그들은 그렇게 가만히 있었다. 둘 다 잠들지 못했고, 너무 피곤해서 다른 일도 치르지 못했지만 서로의 심장 박동에 귀 기울였다. 편안한 침묵이었다. 그녀는 그의 팔에 안겨 있고, 그녀의 손은 그의 허리에, 그녀의 귀는 그의 가슴에 대고, 그의 턱은 그녀의 머리에 댄 채 여기 누워 있는 것이. 이렇게 안긴 것이 너무 따뜻하고 안전하게 느껴져서, 이 순간을 영원히 기억하려면 더 오래 깨어 있고 싶어서 열심히 싸웠지만, 몸이 잠들고 있었다. 그녀는 킵도 마찬가지라는 걸 알 수 있었다, 그때—

그녀 뒤에 놓인 협탁 위에서 휴대폰이 진동하더니 침묵을 깼다.

그녀의 머리 위를 올려다본 킵이 휴대폰 화면이 번쩍이는 걸 보고는 인상을 찌푸렸다.

그렇게 주문이 깨져버렸고, 킵은 그녀에게서 몸을 뗀 채 팔로 눈을 가리고서 등을 대고 누웠다.

그녀는 자기 몸에 불이라도 붙은 것처럼 킵이 갑자기 몸을 떼는 이유가 뭔지 휴대폰 화면을 확인하는 게 두려웠다.

"받아봐, 버터컵. 누군가 죽었거나 이 늦은 시간에 문자를 보낼 만큼 간절한가 본데." 원래 의도는 악의를 전하려던 것이었겠지만, 그의 목소리는 그렇게 들리지 않았다. 그는 골똘히 생각에 잠겨 있었고, 쓸쓸해 보이기도 했지만, 확실히 아쉬운 어조였다. 마치 처음으로 설탕을 맛보고선, 다시 달라고 했더니 소금을 받은 사람 같았다.

에마가 전화를 받기 전에 진동이 끊겼지만, 그녀는 이미 휴대폰을 들고 화면에 뜨는 얼굴과 이름을 한동안 보고 있었다. 닉이었다. 잘 자라는 인사였다. 약속을 잡자고 했다. 오늘 하루 잘 보내길 바란다며, 그녀가 가겠다고 약속했던 공연을 상기시켰다. 에마는 답장하지 않고 휴대폰을 협탁에 올려놓았고, 대신 그녀가 정말로 가까이 있고 싶은 사람 옆에 등을 대고 누웠다. 그들은 다시 분리된 은하계 같았다.

"우린 그냥 친구야." 그녀가 갈라지는 목소리로 말했다.

킵은 대답하지 않았지만, 눈에서 팔을 떼고서 딱히 흥미롭지도 않은 흰색 천정을 멍하니 바라보았다.

"닉은 우리가 헤어진 이후로 몇 달째 계속 예전으로 돌아가자고 하지만, 난 우리가 끝났다는 걸 확실히 알아. 닉한테도 그렇게 말했어."

여전히 대답이 없었고, 그녀는 킵을 가지기도 전에 잃겠다는 생각에 마음이 아려왔다.

"혹시 친구로 지내면, 닉이 나랑 같이 있겠다는 생각을 멈출지도 모른다고 생각했어. 너랑 네 전 여친처럼."

그 말에 마침내 그가 몸을 돌려 그녀를 바라보았다. 그의 미간에 깊은 주름이 다시 나타났다.

에마도 몸을 돌려 킵을 마주 보았는데, 그의 눈빛은 그녀가 얼마나 자신에 대해 잘못 알고 있는지를 말하는 것 같았다. "넌 후회하잖아, 헤어진 거. 여친을 되찾으려 하지 않은 거. 그렇지 않아?"

그가 고개를 저었는데, 베개에 기댄 얼굴이 다시 부드러워졌다. 그는 삐져나온 그녀의 머리칼을 귀 뒤로 넘겨주었다. "그건 후회가 아니야. 그 문제에 있어서 내겐 선택권이 없었거든. 난 두 번째 선택지였어. 그건…" 그는 손가락으로 자기 머리를 빗었다. 이번에는 그녀의 얼굴과 눈을 똑바로 보지 못했는데, 수치심이 얼굴에 밀려드는 것 같았다. "그건 슬픔이야. 내가 잃어버린 것에 대한 슬픔. 그녀를 말하는 게 아니야. 이제는. 내 삶 전체가 손에서 미끄러져 나가버린 기분이었어. 집과 가족과 아이들까지. 단지 내가 두 번째 선택지밖에 되지 않았다는 이유로."

그녀는 손바닥으로 그의 얼굴을 감싸고서 그녀를 보게 했다. 킵에 대해 새롭게 알게 된 것들이 그녀의 정신과 마음에 자리 잡고 있음을 느끼면서. 그래서 킵이 그렇게 열심히 일했던 거였다. 그래서 그는 책을 그토록 좋아했다. 그것이 그를 여기에 붙잡아둔 전부였다. 그걸 잃는다면, 그를 여기 묶어둘 것이 하나도 없다. 그가 갑자기 그녀의 손바닥에서 천천히 미끄러져서 손에서 천천히 멀어지는 모래처럼 느껴졌다.

에마는 팔로 킵의 몸을 단단히, 확실하고 안전하게 껴안으며 이건 그녀의 선택이라고 말했다. 그는 그녀의 몸과 마음과 정신으로 택한 첫 번째 선택이었다고 말했고, 그녀는 아직 그를 잃을 준비가 되지 않았다고 말했다. 적어도 그들 사이에 살금살금 다가온 냉기가 그들이 함께 나눈 온기 때문에 감히 접근하지 못하는 오늘 밤은 아니라고 말이다.

18. 최악의 위기

국제 도서 박람회가 있기 일주일 전은 항상 조용한 소강 상태로, 적어도 편집자들에게는 큰 행사가 있기 전에 숨을 고르는 시간이었다. 그들은 그걸 태풍의 눈이라고 불렀다. 모든 책은 적어도 일주일 전 인쇄소로 데이터가 넘어갔고, 편집자들은 책이 창고에 입고되기를 기다리기만 하면 됐다.

킵은 인쇄소에 파일을 전달하느라 정신없던 그 시기에 에마의 집에 머물러야 했다. 하지만 둘 다 몇 주 전에 시작한 일을 계속하느라 너무 피곤해서 만지고 껴안고 키스하는 것 외에 에마와 킵이 서로에게 원했던 음란한 행위들은 하나도 이루어지지 않았다.

하지만 킵과 같이 지내는 것, 밤새 그를 껴안고 침대에서 그의 옆에서 깨어나는 것만으로도 좋았다.

에마는 여전히 킵의 망설임을 느낄 수 있었다. 전화든, 메시지든 그녀의 휴대폰이 밝아지며 화면에 닉의 이름이 보일 때마다 킵은 갑자기 몸을 뺐다. 킵은 에마가 닉의 전화를 받을 때마다 그의 얼굴에 나타나는 작은 찡그림, 의심으로 동요하는 마음과 두려움을 에마가 알아차리지 못했다고 생각했다.

제이니는 에마에게 말했다. 킵에게는 그녀가 킵을 선택했다는, 한 치의 의심도 없이 킵만을 원한다는 확신이 필요하다고 말이다.

"난 네가 닉을 만나야 한다고 생각해." 에마가 어느 날 밤 킵에게 말했다. 도서 박람회를 위해 끝내야 하는 모든 일을 끝낸 다음 날 밤, 킵이 에마의 손을 잡고 그녀의 아파트까지 이어지는 통로를 걸을 때였다.

그가 갑자기 멈추더니 앞으로 걸어가던 그녀를 당기며 물었다. "왜?" 그의 목소리에는 날카로운 비난의 어조가 있었다.

에마는 대답을 신중하게 생각했다. 그녀는 자기가 살얼음이 낀 위험한 물 위를 밟고 있다는 걸 알았다. "나도 몰라… 네가 닉을 흠씬 패서 마침내 마음의 부담을 털어버릴 수도 있지 않을까?"

"에마." 이건 농담할 문제가 아니라는 신호를 보내며 그가 말했다.

"그냥 네가 날 그만 의심했으면 좋겠어."

"나는…." 그가 말을 시작했지만, 끝까지 말하는 건 망설였다. "나한테 널 증명해야 한다고 느끼게 하고 싶지 않아."

"증명할 필요는 없지만…." 그녀가 그에게 다가가 손바닥으로 그의 목덜미를 감쌌고, 그녀와 키를 맞춰주느라 그의 자세가 살짝 구부정해졌다. "내가 그러고 싶어, 킵."

"이상하지 않을까?"

그녀가 자기 코로 그의 코를 쿡 찌르면서, 입술로 살짝 그의 입가를 스쳤다. "왜 이상하겠어? 닉은 그냥 친군데."

여전히 그의 눈에는 의심이 비쳤지만, 고개를 끄덕이고는 동의의 표시로 그녀에게 키스했다.

≈≈≈

에마가 닉이 공연하는 어두운 바로 킵을 데리고 갔을 때, 에마는 산(酸)이 속에서 활활 타는 것처럼 가슴이 철렁 내려앉는 기분이 엄습해서 킵의 손을 놓을 수가 없었다.

바는 닉의 인디 록 밴드 이름인 '워드 워로즈(Word War-lords)'가 새겨진 검은 셔츠를 입은 사람들로 붐볐는데, 그들은 술에 취한 모습을 확실히 여러 단계로 보여주었다.

바 근처에 서 있던 킵과 에마는 카디건과 카키색 바지, 스웨터 조끼를 입은 자신들이 그 장소에 어울리지 않는다는 느낌을 받았다. 그러자 술에 취한다면 다른 사람들과 어울리는 데 도움이 될지 모른다는 생각에 둘 다 동의했다. 킵은 맥주를 주문하러 붐비는 바로 뛰어들면서, 사람들이 춤추는 무대 앞과는 동떨어진 어두운 구석에 그녀를 혼자 내버려두었다.

"널 여기서 찾을 줄 알았지." 익숙한 목소리가 그녀의 귀에 속삭였다.

그녀가 몸을 돌리자, 그녀의 옆 벽에 기댄 닉이 보였다. 그러면 안 된다는 걸 닉도 알고 있는 미소를, 너무나 익숙한 그 미소를 지으면서. 그렇게 웃으면 안 된다고 에마가 분명히 말했는데도 말이다.

"오, 안녕, 닉." 그녀가 깜짝 놀라지 않은 척하면서 인사했다. 에마는 닉에게서 물러나며, 그에게서 풍기는 담배 연기 냄새와 묵은 알코올 냄새가 느껴지지 않을 만큼 멀찍이 떨어졌다. 그가 다시 그 공간을 메웠다. "난 그냥 킵을 기다리고 있었어. 킵이 바에 맥주를 사러 갔거든."

닉이 인상을 쓰면서 거의 노려보는 눈초리로 물었다. "킵? 너희 사무실의 그 얼간이? 여기서 걔가 뭘 하는데?"

"내가 같이 와달라고 부탁했어." 에마가 세상에서 가장 분명한 답이라는 듯 대답했다. 그녀는 한 손에 맥주 두 병을 들고 자기 쪽으로 걸어오는 킵을 보았다. "저기 오네."

킵이 에마에게 다가왔을 때 살금살금 팔 하나를 그녀의 허리에 두르자, 에마도 똑같이 했다. "킵, 닉 기억나지?"

"기억하지." 킵이 앙다물면서 말했고, 닉을 노려볼 때 눈에서 어두운 분노가 불꽃을 일으키기 시작했다. "여기 별일 없는 거죠, 형씨?"

"별일 없어, 형씨." 닉이 잠시 킵을 노려보며 눈싸움하다가 에마에게는 표정을 풀고 말했다. "네가 와서 좋아. 가지 말고 있다가 내 신곡 들어줘, 알았지, 엠스?"

에마는 고개를 끄덕였지만, 닉이 밴드가 기다리고 있는 무대로 걸어가기 전에 손바닥으로 그녀의 뺨을 감싸자 깜짝 놀랐다. 킵은 아무 말도 하지 않았지만, 그녀의 허리에 있던 손이 주먹을 꽉 쥐는 반응을 보이며 에마가 알아야 했던 모든 걸 말해주었다. 그가 옳았다. 이건 이상한 짓이었다. 제이니가 옳았다. 이건 나쁜 아이디어였다.

"집에 가자, 킵." 그녀가 그를 출구로 몰고 갔다. "우린 이 사람들에 비하면 너무 괴짜잖아." 그는 저항하지 않았고, 문으로 가는 길에 손도 대지 않은 맥주병들을 바에 올려두었다.

하지만 그들이 문으로 다가갈 때 스포트라이트가 그들을 비추자, 멈출 수밖에 없었다.

"이 곡은 제 소울메이트를 위해 작곡한 노래입니다." 닉이 마이크에 대고 조용히 말했고, 그의 몸에 맨 어깨끈에서 기타가 흔들렸다. "노래의 제목은 '우리 은하계의 궤도'입니다. 네가 좋아했으면 좋겠어, 에마."

둘은 그 자리에 얼어붙은 채, 두 번째 기회와 사랑 이야기, 욕정이 식은 후에도 사랑을 택하는 것에 관한 닉의 노래를 들을 수밖에 없었다. 그건 낭만적이었어야 했다. 에마는 낭만적인 의도로 만든 노래라는 걸 알았지만, 노래를 들으면서 속았다는 기분이 들었고, 자신이 포함되고 싶지 않은 낭만적인 장면에 억지로 끼워 넣어진 기분이 들었다.

더욱이 최악인 것은 그녀가 이런 상황에 킵을 끌고 왔다는 사실이었다.

닉은 그녀가 느낄 수 있는 줄조차 몰랐던 분노를 내면에서 끓어오르게 했고, 노래가 진행될수록 더없이 다행스럽게도 명료한 깨달음을 얻었다. 그녀는 순진하고, 아무 생각이 없고, 잔인한 못된 년이었다. 제이니가 옳았다. 자신이 이런 식으로 닉에게, 그리고 킵에게도, 벌을 주고 있었다는 걸 깨닫는 데 왜 그리 오래 걸렸을까?

이건 한계를 넘는 행동이었으므로, 그녀는 닉에게 노래를 끝마치고, 자기 생각을 말하고, 그들이 잃어버린 것을 위해 싸울 기회를 주지 않았다. 다 지난 일이었다. 다 끝났다. 그건 블랙홀이었다. 에마는 모든 미련을 버렸다. 그러니 닉도 그렇게 하는 법을 배워야 할 것이다.

그녀는 킵과 바를 나와 그를 데리고 집으로, 다시 그들의 궤도로, 그들이 함께 만들고 있었던 은하계로 돌아갔다.

19. 도서 박람회

에마는 킵이 옆에 있을 때는 완전히 다른 버전의 자신이 된 듯했다. 마치 특별한 행사를 위해 아껴두었던 드레스를 입는 것처럼. 마치 비 오는 날에 밝은 빨간색 립스틱을 바르는 것처럼. 너무 잘 맞아서 왜 적응할 때까지 한동안 아플 거라고 생각했었나 싶은 새 신발을 신은 것처럼. 그녀는 자기 삶에 더 잘 적응했다. 킵이 사랑스럽게 자신을 바라보는 모습이 사실로 믿어질 때, 그녀는 더 나아 보였고, 더 좋아 보였다. 여전히 그녀는 같은 사람이었지만, 온전한 그녀의 모습이 되었고, 좋은 쪽으로 다른 그녀가 되었다.

기존의 로맨스에서 너무 인기 있는 수사법인 메이크오버를 하면 틀림없이 이런 기분이 들 것이다. 극 중에서는 주인공이 화장하고 헤어스타일을 바꾸고 고급스러운 옷을 입으면서 변신하고, 절친에게 왜 그녀가 예쁜지, 특히 안경을 쓰지 않으면 예쁜지를 설득당한다. 아마 그건 형태와 본질의 조합일 것이다. 예뻐 보이려고 노력하고, 자신에 대해 자존감을 높이면서도 아침에 눈뜨자마자 본연의 그녀를 갈망하는 킵의 시선도 덤으로 얻을 수 있는 건 말이다.

엄청나게 넉넉하고 추레한 〈스타워즈〉 잠옷을 입은 그녀를 보는 킵의 시선도 다르지 않았다. 아니면 자정에 마스카라가 눈가에 번졌을 때도. 아니면 지금 데님 점퍼스커트[95]를 입은 그녀가 필리핀에서 가장 큰 도서 판매 행사에서 책을 책꽂이에 진열하는 걸 돕고, 판매할 책을 봉투에 담고, 부스에서 이동할 라인을 설치하는 모습을 볼 때도 킵의 시선은 늘 그녀를 갈망했다.

첫째 날, 부스를 열기 직전에, 수개월간 그들이 작업했던 책이 창고로 배달되는 동안 부스가 설치되었다. 킵은 편집팀 직원들과 에마 옆에 서서 그들의 노고의 완성이 바로 눈앞에서 펼쳐지는 모습을 지켜보았다. 부스는 거대한 이벤트 전시홀에서 20~30제곱피트[96]를 차지했으며, 금속 기둥에 벽으로 둘러친 방수포에는 올해 그들의 책들이 줄줄이 인쇄돼 있었다. 한쪽에는 계산대가 있었고, 한가운데에는 인쇄소에서 방금 나와 여전히 따끈따끈한 책들이 놓였다. 게다가 벽마다 설치된 책장에는 신간이든 구간이든 독자가 집에 데려가기를 기다리는 책들이 있었다.

이것은 그 직업에서 에마가 항상 가장 좋아하는 부분이었

---

95   소매 없는 웃옷과 스커트가 붙은 옷.
96   1.8~2.7제곱미터.

다. 고생 끝에 나온 책을 처음으로 보는 것, 그걸 손에 들고 여전히 따뜻한 온기를 피부로 느끼는 것, 그녀가 보자마자 좋았던 책들을 독자가 집어 드는 모습을 보는 것. 아침부터 한밤중까지 수개월의 고생이 노곤함과 함께 사라져버리고, 감격스러운 감정이 북받쳐 올랐다. 가끔은 책으로 만든 벽을 응시하면서 눈물이 핑 돌기도 했다.

킵의 팔 하나가 슬며시 어깨 위로 올라와 그녀의 옆구리가 그에게 닿도록 당겼다. "자, 버터컵. 우리가 해냈어. 도서 박람회에 맞춰 이 책들을 전부 탄생시켰다고." 그가 흰 손수건을 그녀에게 내밀었다.

에마는 손수건으로 뺨을 가만히 두드렸다. "이거보다 더 아름다운 걸 본 적 있어?" 그녀는 책으로 된 벽을 빤히 바라보면서 물었다.

그는 미소를 지으며 손으로 그녀의 어깨를 감싸 쥐었고, 얼굴은 그녀의 머리칼에 묻으며, 그녀의 귀에 입술을 대고 속삭였다. "두어 가지 생각날 것 같은데."

그때 누군가가 뒤에서 목 가다듬는 소리를 내자, 에마는 깜짝 놀라면서 킵을 밀어냈다. 제이니가 손에 아이패드를 꼭 움켜쥔 채, 에마를 향해 한쪽 눈썹을 위로 치켜올리며 둘을 빤히 노려보고 있었다. 다른 동료들도 일하면서 둘을 몰래 힐끔거렸지만, 제이니만큼 노골적이거나 강렬하게 보지는 않았다.

"알레그리, 제작팀이 창고에서 네 도움이 필요하대. 논픽션 저널리즘 책에 관해 물어볼 게 있다나 봐." 그녀가 킵을 빠르게 훑어보고는 관심을 다시 절친에게 돌렸다. "에마, 넌 여기 있어."

"이따 봐, 버터컵." 킵이 창고로 가는 길에 에마를 지나치며 에마의 허리를 살짝 톡 치면서 말했다.

에마는 킵이 걸어가는 뒷모습을 눈으로 좇았다. 제이니에게 몸을 돌렸을 때, 에마는 깜짝 놀라 뒤로 물러났다. 그녀의 절친이 너무 가까이 서 있었고, 얼굴이 에마의 바로 코앞에 있었다. "좋아, 버터컵. 네가 킵과 닉하고 벌이는 이런 짓은 폭발하기 직전의 화약고 같은 상황이라고." 에마는 약간 거리를 두려고 두어 걸음 물러났고, 두 손은 절친을 막으려고 앞으로 들어 올린 자세를 취했다. 제이니는 에마의 손목을 잡고 다시 그 거리를 좁혔다. "네 얼굴에 말이야, 에마. 네 얼굴 앞에서 터질 거라고."

"우리 사이에는 아무 일도 일어나지 않았어, 제이니. 진정 좀 해, 친구. 이번 주에 넌 엄청 바쁘잖아"라고 에마가 말했다.

"우리 사이가 누구야, 에마?" 제이니가 물었다. "킵이야? 닉이야? 너랑 닉은 다시 너무 다정해진 것 같은데…."

"다 끝났어! 난 끝냈다고!"

"아니야! 너희 둘은 너무 역사가 많아. 전 연인은 절대 친구가 될 수 없어. 주말에 점심 데이트랑 수다 떠는 건 너희 둘 다에게 좋지 않아, 특히 킵이 그림 안에 있다면."

"네가 이러는 게 그 코치 때문이라면…."

"테오는 옛날얘기고. 난 이미 다른 사람을 만나고 있어. 그리고 주제를 회피하지 마, 에마. 너 용기를 내서 다시 닉에 게 돌아가기로 한 거야?"

"아니야! 닉과 나는 진짜로 끝났어. 소셜 미디어에서 닉을 차단했고, 휴대폰에서도 연락처를 다 지웠어. 난 완전히 끝냈 단 말이야."

"닉이 그걸 확실히 알도록 해."

"닉과 나는 역사가 있지. 하지만 남은 건 그게 전부야. 역 사. 사귀기 전에 닉이 절친이었다는 건 알지만…."

"야, 내가 네 절친이야. 그리고 킵은? 너랑 킵 사이는 대체 뭐야?"

에마의 턱이 떡 벌어지면서, 머릿속이 멍해졌다. 그녀는 자신과 킵 사이에 뭔가 일이 벌어지기를 간절히 원했지만, 그 녀가 시도할 때마다 킵은 그녀를 완전히 받아들이지 않았다. 닉이 그 바보 같은 노래를 한 이후로. 가끔 킵이 그녀를 원한 다고, 너무 많이 원해서 마음 아프다고 말하려는 것 같았지만, 그러다 마치 그런 생각은 한 적도 없다는 듯, 마치 그녀가 알 아차리지 못했다는 듯 항상 몸을 뺐다.

제이니는 에마가 닉과 헤어졌다고 소리를 지를 때 지었던 기대에 차고 인내심 있는 표정으로 그녀의 대답을 기다렸다. 표정으로 보아 에마는 제이니가 자신의 거짓말을 꿰뚫어 보고 있다는 걸 알아차렸다. 그녀의 절친은 특히 인내심 있는 사람이 아니었다.

"솔직히 말해서, 나도 모르겠어, 제이니." 에마가 손바닥 윗부분으로 감은 눈꺼풀을 누르면서 말했다. "우리가 늦게까지 야근해야 할 때 킵이 우리 집에 와서 자고 갔고, 그렇게 사귀게 됐는데, 한 번도 끝까지 간 적이 없어. 우리 사이에 벽이 있어서 킵이 뛰어넘기를 주저하는 것 같아. 하지만 같이 있을 땐 킵과 나 말고 세상에 아무것도 존재하지 않는 것 같아."

"킵은 지는 걸 좋아하는 부류가 아니라고 내가 말했잖아. 회사에서 몇 년을 같이 일하면서 지켜봤지만, 그 남자는 섣부른 짓은 한 번도 하지 않았어. 특히 마음이 관련된 문제에서는." 제이니는 뭔가 덧붙여 말하려다가 참는 것 같았다. "킵은 경쟁을 싫어해. 특히 패자가 되는 건 더 싫어하지."

에마는 절친을 향해 의심스럽게 눈을 가늘게 뜨고 물었다. "제이니, 나한테 말 안 한 게 뭐야?"

"킵은 자기가 이길 걸 확신할 때만 게임을 한다고 말하는 거야."

에마가 눈을 흘기며 끙 소리를 냈고, 항복의 의미로 손을 들어 올렸다. "그건 킵이 거절당하기를 싫어한다는 의미의 약간 공격적인 표현 같은데. 그게 배타적인 감정은 아니잖아. 하지만 내가 달리 뭘 해야 해? 지금도 거의 킵에게 몸을 던지고 있는데."

제이니는 친구의 독특한 버릇과 얼굴과 눈을 읽으려 애쓰며 빤히 쳐다보다가, 진작 알아차렸어야 했던 것을 뒤늦게 깨달은 듯 고개를 저었다. 그녀는 아이패드를 진열대 위에 내려놓았다. "너 킵에게 완전히 빠졌구나, 그렇지?"라고 제이니가 물었다.

에마는 손을 내려놓고 어깨를 툭 떨구었다. 마치 친구가 어깨 위 짐을 들어 올려주자, 마침내 그 짐을 지고 다니느라 얼마나 지쳤는지를 깨달은 것처럼. 제이니는 친구에게 뭐가 필요한지를 바로 알아차렸다. 그녀는 에마를 꼭 끌어안았다.

에마는 제이니의 목에 얼굴을 묻고 말했다. "그런 것 같아. 뭐가 킵을 막고 있는지 이해가 안 돼."

제이니는 몸을 떼고 친구의 눈을 들여다보았다. "닉 때문에 망설이는 걸까?"

에마는 머릿속으로 그 문제를 생각하다가 자기 질문의 모든 대답을 아는 것 같은 친구를 빤히 바라보았다. "킵은 너랑 달라. 그는 전 연인도 친구가 될 수 있다고 실제로 생각해."

제이니가 눈을 가늘게 뜨고 의심스럽게 에마를 보았다.

"킵이? 너는?"

전시장 곳곳에 설치된 스피커에서 귀에 거슬리는 소리가 나면서 박람회의 시작을 알렸고, 고객이 밀물처럼 부스로 밀려들었다. 제이니는 에마가 필요했던 답을 주듯 에마를 안심시키려고, 동시에 미안함의 표현으로 손바닥으로 에마의 어깨를 토닥였다. 그러나 에마는 나머지 5일간의 행사를 진행하면서 킵을 다시 볼 때마다, 좋은 감정과 나쁜 감정이 동시에 일었고, 완전히 침착했다가도 때로는 너무 혼란스러워졌다.

20. 집에 데려다줘

　도서 박람회는 성황리에 끝났다. 회사로서는 닷새가 순식간에 지나갔지만, 에마에게는 괴로울 정도로 천천히 아래로 떨어지는 꿀처럼 시간이 더디게 가는 바람에 동료들과 같은 기분일 수가 없었다.

　많은 책이 매진되었다. 신간 중 많은 책이 베스트셀러가 되었다. 킵의 그래픽 노블과 논픽션 도서, 에마의 로맨스 소설, 심지어 제시의 이상하고 기발한 틱톡 책도 잘 팔렸다. 5일간의 전체 판매량은 연간 목표 수익에 크게 이바지했다. 브렌트는 너무 기분이 좋아서 그날 밤 전 직원에게 저녁을 사겠다고 했지만, 대답으로 피곤한 신음만이 돌아왔다. 모두 그냥 집에 가서 침대에 쓰러지듯 누워 다음 주까지 잠들고 싶어 했다.

　에마는 아니었다. 에마는 4일 전 제이니와 나눈 대화 때문에 마음이 심란했다. 킵도 집에 가고 싶지 않은 게 분명했다. 그는 그날 밤 에마를 집에 데려다주기 전에 늦은 저녁을 사겠다며 데이트 신청을 했다.

　킵의 차에서 에마의 마음은 땅으로 내려가지 않으려 하는 비를 잔뜩 머금은 먹구름 같았다. 그녀는 곁눈질로 킵을 훔쳐보았는데, 킵은 스피커에서 나오는 노래에 맞춰 콧노래를 부르고 있었다. 제이니의 질문이 몹시 힘든 그 5일 내내 머릿속에 있는 방에서 메아리쳤다. 킵이? 킵이 알까? 그녀가 원하는 건 킵이라는 걸 본인은 알까?

"좋아, 버터컵. 지난 5일간 넌 괴물이었어." 킵은 천천히 하지만 확실히 그녀의 기분과 감정과 마음을 읽게 되어 이제는 살짝만 봐도 그녀가 뭔가에 신경 쓰는 걸 알 수 있었다. 그건 제이니와 치열한 접전을 벌일 만한 기술이었다. "뭐 때문에 힘든지 말해봐."

"내가 전 남친과 친구로 지내는 게 여전히 마음에 걸려? 내가 그랑 역사가 있다는 게?" 순식간에 불쑥 말해버리고 나니, 가슴속 빈 곳에 두려움이 엄습했다. 그가 내놓은 대답이 마음에 들지 않으면 어떡하지?

킵이 이를 악물어서 미간에 주름이 깊어졌다. 지금 이런 질문에 맞닥뜨리리라고는 예상치 못한 게 분명했다. 그가 대답하는 데 뜸을 들이자, 그녀는 지금, 여기서 고통 속에 그의 대답을 기다리는 게 몇 광년처럼 느껴지는데, 어떻게 지난 5일이 느리게 간다고 생각했었는지 의아했다. "네가 정말 원하는 걸 말해, 에마."

"그건 내 질문에 대한 답이 아니야, 킵." 그녀는 킵을 정면으로 마주 보려고 안전띠 맨 몸을 기울이면서 대꾸했다. 불타는 강한 감정 때문에 안구 뒤에서 뿜어져 나오는 눈빛으로 그에게 구멍을 뚫을 수도 있을 것 같았다.

킵의 손은 운전대를 꽉 움켜쥐었다. 통제력을 잃고 싶지 않았고, 자기 질문에 대답하는 그녀의 얼굴을 똑바로 보는 위험을 감수하고 싶지 않았다. "그건 내 질문에 대한 답이 아니야, 에마."

그녀는 그 대답을 듣고 나니 면전에서 거절당하는 듯한 기분이 들었다. "너랑 저녁 먹으러 가고 싶지 않아. 날 집으로 데려다줘."

"좋아." 그가 슬픈 한숨을 내쉬면서 유턴하려고 깜빡이를 켰다. "네 아파트로 데려다줄게."

"아니, 킵." 그녀는 그의 팔을 단단히 쥐면서 말했다. "너희 집으로 데려다달라고."

킵은 여전히 에마를 보지 않았고, 자동차의 깜빡이는 여전히 깜빡거렸으며, 그의 차 안 작은 공간에서는 전방의 신호등이 크게 보이기 시작했다. 그는 모험을 무릅쓰는 정도까지만 그녀를 자기 공간 안에 들였는데, 이제 에마는 더 많이 원하고 있었다. 그녀는 그의 모든 걸 원했다. 문제는 그도 그녀를 원하느냐는 것이었다. 문제는 에마가 그에게 진실을 말하고 있다고 그가 믿느냐는 것이었다. 문제는 그의 의심이 그녀를 원하는 마음보다 더 강력하냐는 것이었다.

신호등이 다시 초록색으로 바뀌었을 때, 그는 깜빡이를 끄고 그녀를 자기 집으로 데려갔다.

꩜

에마는 그가 살아온 삶의 갤러리를 품은 벽과 책장과 벽난로 선반을 따라 걸었다. 어린 시절부터 성년까지, 그녀는 시간이 그를 어떻게 바꾸고 영향을 미쳐 오늘날 그녀가 알고 있는 그 남자를 만들었는지 주목했다.

킵의 집은 전형적인 필리핀 상위 중산층의 모습이었다. 집은 도시가 한눈에 내려다보이는 안티폴로의 언덕 경사면에 지어진 2층짜리 네오 버나큘러[97] 건축 양식으로 지어졌다. 집 주위에는 산과 절벽과 길게 뻗은 텅 빈 도로가 있었는데, 밤이 깊어질수록 도로는 더 비어 보였다. 그녀는 이제야 왜 그가 기름값을 많이 들여가며 매일 직장까지 출근했는지 이해했다. 여기 혼자 사는 게 너무나 외로웠던 게 틀림없다.

킵이 부엌에서 차를 준비하며 시간을 벌어주었기 때문에, 감사하게도 둘 다 대답해야 하는 질문을 서로에게 꺼낼 용기

---

97 지역의 기후와 문화적 요구에 대응하면서 현지 재료와 기법을 사용하는 건축 양식.

를 낼 수 있었다.

그들은 서로에게 뭘 원했을까?

갤러리 중앙에 가족사진이 있었는데, 영광스럽게도 문에서 바로 마주 보이는 벽난로 위 자리를 차지했다. 그에게는 의사인 형과 변호사인 남동생이 있었고, 그들의 졸업 사진이 많은 메달과 자격증과 함께 벽에 진열되어 있었다. 킵은 아버지의 체격과 골격 구조, 미간의 주름을 닮았고, 너무 금욕주의자 같고 감히 다가갈 수 없는 딱딱한 부분은 모두 아버지에게서 물려받은 것 같았다. 하지만 그녀는 킵의 부드러운 부분과 상냥한 갈색 눈, 진갈색 곱슬 머리카락, 편안하고 마음을 설레게 하는 미소와 보조개는 모두 어머니에게서 온 것임을 알아차렸다. 형제들은 대부분 아버지를 닮았지만, 그는 엄마를 많이 닮았다. 다음으로 그녀는 일렬로 나열된 아기 사진들을 보다가 즉시 킵을 알아보았다. 그는 항상 이마에 주름이 있었다. 늘 인상을 써서 생긴 주름이 아니었다. 다른 장소, 다른 나이, 다른 시간에 찍힌 사진 중 사실 많은 사진의 배경이 뉴질랜드였다. 그녀는 킵이 가장 잘 나온 사진을 머릿속에 기억하려고 최선을 다했다. 그녀는 호비튼 마을을 배경으로 한 킵의 사진 앞에 멈췄다. 그는 빌보 배긴스의 청동 노커[98]가 달린 둥근 문 바

---

98   문 두드리는 고리쇠.

로 앞에 있었다. 그는 과하게 큰 〈반지의 제왕〉 영화 포스터가 프린트된 검은 셔츠를 입고서 함박웃음을 짓는 키가 크고 마른 10대였다.

"네가 말하기 전에 미리 말하는데, 예전에 뉴질랜드 살 때 실제로 호비튼 마을에 살지는 않았어." 킵이 부엌에서 거실로 걸어오면서 평소의 유머러스한 어조로 말했다. 그는 소파 앞에 놓인 커피 테이블에 머그잔 두 개를 내려놓고서 피곤한 신음을 내며 소파에 털썩 주저앉았다. "믿거나 말거나, 버터컵, 난 진짜 호빗이 아니라고."

"아니지. 넌 너무 커. 네 귀나 코, 목 정도면 모를까. 얼마나 큰지 좀 봐. 이때는 열다섯 살이었어?" 그녀가 호비튼 마을 사진을 들고 킵에게 물었다.

그가 미소 지으며 대답했다. "사실 열세 살이었어."

"와우. 그럼, 골격에 대해서는 아빠 유전자에 감사해야 해." 그녀가 사진을 다시 벽난로 위에 올려놓으며 그의 시선을 외면했다.

"나랑 같이 앉아, 에마." 그녀가 시간을 너무 오래 끌자, 그가 말했다. "내가 카모마일 차를 끓였어."

에마가 깊게 숨을 들이쉬며 소파로 돌아와서는 킵이 내민 뜨거운 머그잔을 받았다. 더 강한 음료였으면 좋겠다고 생각하면서. 그녀는 입술을 머그잔의 테두리에 댔지만, 마시지는 않은 채 눈은 여전히 킵의 삶이 담긴 갤러리에 고정했다. "난 널 모르는 것 같아, 킵. 뉴질랜드에서는 얼마나 오래 살았어?"

"그냥 몇 년. 간간이 여길 다녀가면서. 온 가족이 거기로 이주했거든. 아빠가 외교관이라 우린 뉴질랜드에서 거의 10년쯤 살았어. 그러다 엄마가 모국에 뿌리내려야 한다고 결정하실 때까지. 형이랑 동생이 졸업해서 사법고시와 의사 시험에 합격할 때까지 거기 살았어." 킵이 차를 홀짝거리면서 그녀의 시선을 따라가며 대답했다.

"그런데 형제들은 지금 거기 살고 있어? 넌 왜 여기 있는 거야?"

"출판사에서 일을 시작하기 전에 1년간은 거기서 다시 살려고 했어. 부유한 선진국이고 기회도 더 많잖아. 의료 서비스도 더 낫고, 삶의 질도 더 좋지. 형제들도 거기서 잘살고 있고. 하지만 난? 난 의사도, 변호사도 아니야. 아버지처럼 외교관이 되거나, 엄마처럼 교사가 될 기술도 갖추지 못했지. 가족들이랑 같이 있는 건 좋았지만, 막다른 직업을 전전해야 했어. 그런 내가 나처럼 느껴지지 않았어. 마치 다른 사람인 것 같았고, 내가 그런 자신을 좋아하는지조차 몰랐지. 여기 다시 돌아왔을 땐, 휴가차 왔었는데, 여기서 가족들 일을 정리하면서 내가 삶에서 뭘 원하는지 알아낼 시간을 가지려던 거였어. 집을 팔고, 우리가 여기 남긴 귀중품이랑 사진들을 챙기고, 그리고 나면 뉴질랜드로 영원히 가려고 했었지."

"그런데 여기서 책을 발견한 거야?" 에마가 끼어들면서 테이블 위에 놓인 머그잔으로 몸을 기울일 때 킵의 시선이 그녀의 등으로 쏠리는 걸 느꼈다. 그러고는 다시 소파에 등을 기대어 어두침침한 거실의 불빛 아래 킵의 부드럽고 촉촉한 눈을 마주 보았다. 그의 눈은 너무 위안이 되고 너무 열정적이라서 심장이 언제든 가슴속에서 터져버릴 것 같았는데도, 그녀는 눈을 뗄 수가 없었다. "너도 날 알잖아." 킵이 소파 위에 놓인 그녀의 손을 가져다 자기 손과 깍지를 끼며 말했다. "그 후로는 떠나지 못했어."

에마는 깍지 낀 두 손을 힐끗 보면서 그의 큰 손이 자기 손에 너무나 기분 좋게 딱 맞고, 완벽하다고 생각했다. "그렇다면 거기서 책 만드는 일을 직업으로 삼는 게 어때?"

킵은 커피 테이블에 머그잔을 내려놓고 그녀를 마주 볼 수 있게 몸을 기울였다. 그는 내내 그녀의 손을 놓지 않았다. "내가 잘 몰랐다면, 네가 날 강제 추방하려 한다고 생각했을 거야, 버터컵."

"가족이 거기 있잖아. 그게 일리가 있지 않아?"

그는 소파에 등을 기댔다. 그녀도 서로의 손을 꼭 쥔 채로 얼굴을 마주 볼 수 있게 그의 자세를 따라 했다.

"나도 그렇게 생각했었는데, 가족에게 돌아갈 용기를 낼 때마다 삶이 계속 여기 머무를 이유를 줬어"라고 대답하면서 그가 갑자기 자유로운 한쪽 손으로 그녀 뺨의 윤곽을 따라 그리더니 턱까지 내려와서는 따뜻한 손바닥으로 뺨을 감쌌다.

그녀는 자신의 모든 부분이 그에게 얼마나 딱 맞고 완벽한지를 보여주듯 그의 손바닥에 뺨을 기대면서 물었다. "외롭지 않아?"

"지금?" 그는 고개를 천천히 저으면서 그녀의 눈을 뚫어져라 봤다. "전혀, 버터컵." 그의 엄지가 그녀의 손등 위로 천천히 원을 그리며 쓰다듬었다.

"말해봐. 내가 전 남친이랑 친구로 지내서 거슬려?"

"에마⋯."

"그냥 대답해줘."

"넌 그 남자랑 역사가 있잖아. 내가 그걸 반대할 명분이 있겠어? 어쨌든 그 남자랑은 왜 헤어진 거야?"

"봉쇄 조치 기간에 그냥 멀어졌어. 닉은 자기만의 어두운 일들에 대처하고 있었고, 우리 엄만 팬데믹 첫해에 돌아가셨어. 내 삶에 너무 많은 일들이 일어났지. 엄마는 편찮으시다가 돌아가셨고, 엄마 병원비에 직장 문제, 닉 문제까지. 내가 그렇게 망가졌는데, 우리 관계를 개선하려고 한다면 자신에게 잔인한 일일 뿐이라고 생각했어. 그가 내게 바라는 방식대로 내가 그를 사랑하지 않는다는 건 확실히 알았지. 그래서 닉이랑 헤어졌어."

"하지만 어쨌든 그 후로도 네 삶에 닉을 그냥 두기로 한 거야?"

"바에서 닉이 벌인 바보 같은 짓을 보고 나서야 그와 완전히 끝내는 게 더 친절한 행동이었다는 걸 깨달았어."

그가 오랫동안 대답하지 않자, 그녀는 그에게 조금씩 움직여서 허벅지를 그의 허벅지에 댔고, 손바닥을 그의 목에 올려 자기 쪽으로 끌어당겼다. "내가 널 간절히 원하는 걸 왜 몰라, 킵? 내 몸의 마디마디가 너 때문에 아파. 내 피부는 널 만지면 델 것만 같아. 넌 내 꿈속에 살고, 잠에서 깨면 나른한 안개 속에서 실제로 네 얼굴이 보여."

그는 그녀의 몸을 끌어당겨 자기 무릎 위에 앉혔다. 그의 손은 그녀의 얼굴을 감쌌고, 그녀의 머리칼은 그의 손등에 내려앉았다. "너한테 키스할래, 에마."

"그냥 해, 킵." 그녀는 눈을 흘기며 말하다 입술로 그의 입술을 덮었다. 그녀는 입술을 떼지 않은 채 소파 위에서 다리를 벌리고 그 위에 올라타면서 팔로 그의 목을 감쌌다. 더 깊게, 더 열심히, 더 강렬하고 매우 절박하게 키스해서 그녀가 원했던 건 오직 그였음을 증명하고 싶었다. 오직 그였음을.

그의 입술이 그녀의 턱과 목, 어깨까지 선을 그리는 동안 그녀는 숨을 헐떡이며 말을 하려고 그에게서 몸을 뗐다.

"내 가방에서 콘돔을 꺼낼게." 그녀가 살짝 몸을 떼면서 가방에 손을 뻗었다.

"그럴 필요 없어. 내 방에도 몇 개 있어." 그가 입술을 그녀의 입술에서 떼지 않은 채 말했다. 그의 팔이 그녀의 몸을 감싸면서 소파에서 일어났고, 그녀를 들어 올려 자기 방으로 옮겼다.

"봤지? 우린 결국 엄청난 얼간이들은 아니었어." 그가 걸음을 옮길 때 그녀가 그를 애무하면서 말했다.

그가 웃으며 말했다. "난 네가 정말, 정말, 정말로 원하는 해피엔딩이 뭔지 알고 있다고."

21. 러브 신

에마는 킵과의 이 러브 신(love scene)을 스트레스받을 때 일상에서 탈출해 빠져들었던 머릿속 몽상과 구분하기가 어려웠다. 그의 손이 그녀의 몸 위를 미끄러지고, 그의 입술이 그녀 피부 구석구석에 흔적을 남기면서, 그의 몸이 그녀의 몸과 맞는지를 모든 수단으로 실험하고 있었다. 그리고 이건 모두 분명한 현실이었다.

킵하고의 관계가 잘못되면 이제 그녀는 어디로 도망가야 할까?

킵은 도서 편집자의 인내심으로 그들의 이 행위를 분석하며 천천히 뜸 들였다. 그는 그녀를 한 겹 한 겹 벗기면서 방의 문지방을 넘을 때까지 에마를 벽과 책장, 유리 진열장에 밀어붙였다. 맨 처음에는 신발을 벗겨서 방 밖 복도를 따라 정신없게 내던졌다.

그는 문에 대고 그녀를 누르면서, 카디건을 어깨 위로 벗겨내 발밑으로 툭 떨어뜨렸다. 책장 위에서 그녀의 바지 버튼을 열고 지퍼를 내린 후, 그는 순식간에 그녀에게서 청바지를 완전히 벗겨내고는 달려들어 키스를 퍼부었다. 그는 유리 진열장으로 그녀를 당겨 셔츠를 머리 위로 벗겨내고, 옷을 옆으로 던진 후에 한 걸음 물러 입을 다물지 못한 채 그 장면을 최대한 많이 담아두려고 그녀에게서 눈을 떼지 않았다.

"와우, 에마"라고 킵이 중얼거렸다.

그녀가 활짝 웃으며 말했다. "그래, 그거야. 킵."

그에게서 눈을 떼지 않은 채 그녀가 손가락으로 브라의 한쪽 끈을 잡고 비틀어 어깨 아래로 흘러내리게 하자, 끈이 그녀의 팔에서 흐느적거렸다. 그녀는 킵의 목젖이 오르락내리락하는 모습을 보았다. 그녀는 다른 쪽 끈도 똑같이 한 다음 그의 두 손을 가져다가 브라 위 가슴을 감싸게 했다.

에마는 그의 목덜미에 손바닥을 놓고, 그의 얼굴을 자기 쪽으로 당겨 그에게 천천히, 인내심 있게 키스했다. 그도 키스에 화답했고, 손으로는 그녀의 등 뒤에서 브라의 훅을 찾아 어색하게 더듬다가 실수로 그녀의 아랫입술을 깨물었다.

"아야!" 그녀가 그와 입술을 댄 채 물었다. "도와줘?"

"아냐, 할 수 있어." 그는 여전히 도서 편집자답게 인내심 있게 말하면서 그녀의 몸을 돌려 훅을 찾았다. 몸을 돌린 그녀는 장난감과 액션 피규어가 진열된 유리 진열장에 비친 자기 얼굴을 마주 보았다. 마침내 브라가 그녀의 앞에 미끄러져 내렸고, 그가 자기 몸을 그녀의 등에 누르면서 그의 손이 벌거벗은 가슴 위로 미끄러져 내려가는 모습이 유리에 반사되었다.

"맙소사, 에마." 그가 유리에 반사된 자신들에게 눈을 고정한 채 그녀의 귀에 속삭였다.

손 하나가 그녀의 팬티 위로 미끄러져 내려오자, 그녀는 보라색 체셔 고양이[99] 무늬의 면 팬티보다 더 섹시한 걸 입었어야 했다고 후회했다. 온라인에서 고양이 무늬 팬티를 샀을 때는 재미있다고 생각했다. 하지만 아무리 생각해도 그게 왜 재미있었는지가 지금은 기억나지 않았다. 제이니의 말을 들었어야 했다.

그의 손가락이 그녀의 음부 가운데를 누르자, 그녀는 숨을 헐떡이며 등을 구부렸고, 속옷이 젖기 시작했다.

"너 벌써 젖었구나." 그가 그녀의 귀에 대고 속삭였다.

"그런데 너는⋯." 그의 손가락이 음부 사이를 천천히 그리고 계속 문지를 때, 그녀가 헐떡이면서 말했다. "아직 옷도 벗지 않았잖아!"라는 말이 숨을 깊이 헐떡이며 내뱉듯 튀어나왔다. 그의 자유로운 한쪽 손이 그녀의 배를 눌렀고, 이미 단단해진 성기로는 그녀의 허벅지 뒤와 거의 항복한 그녀의 다리를 누르고 있었다. 그는 엉덩이를 그녀의 등 위에서 돌리며 그녀의 몸에 자신의 물건을 맞추려 했다. 그녀는 팔 하나를 어깨 위로 뻗어 그를 꼭 잡았다. 마치 그를 붙잡거나 발기를 유지하

---

99 《이상한 나라의 앨리스》에 등장하는 가상의 고양이.

게 하려는 듯했지만, 입으로는 아무 말도 할 수 없었다. 그녀의 다른 손은 팬티 안으로 들어간 그의 손으로 미끄러져 가 그의 손가락이 그녀에게 연주해주길 바라는 음색과 음의 높이, 리듬을 조정했다. 그녀는 거울에 비친 자신이 킵의 손 아래 흐트러지는 모습을 보면서, 일부는 비명이면서, 일부는 신음이면서, 일부는 그의 이름이기도 한 소리를 내질렀다. 하지만 그녀를 완전히 무너뜨린 건 킵의 표정이었다. 사랑과 갈망과 진심이 담긴 표정. 그렇게 그는 완벽하게 그녀의 몸과 꼭 들어맞았다. 그녀는 눈을 감지 않으려고, 그가 그녀의 피부에 쓰는 이야기에 맞춰 춤을 추지 않으려고 안간힘을 썼다.

그녀가 쾌락의 정점에 도달했을 때, 그가 그녀와의 모든 소통에서 그랬듯 이번에는 다른 방식으로 그녀를 다시 흔들어놓았다. 그녀의 몸을 자기 쪽으로 돌려서 그녀에게 깊이 키스하며 그녀를 천천히 침대 위에 앉혔다. 그는 그녀의 다리를 벌리고 얼굴이 그녀의 음부를 마주 보게 무릎을 꿇고서 잠시 멈추고는 그녀의 눈을 빤히 들여다보았다.

"넌 너무 아름다워, 에마." 그가 그녀의 흐트러진 머리카락을 귀 뒤로 넘기고는 손으로 그녀의 뺨을 감싸며 말했다.

"네가 하고 싶은 걸 하자." 그녀가 그의 안경을 얼굴에서 벗기고 몸을 기울여 그의 입술에 부드럽고 다정하게 키스한 다음 키스를 멈추고 그의 셔츠를 벗겼다. 키스가 멈춘 순간 그가 다시 그녀에게 키스했다. 이번에는 더 강렬하게 키스하며 그녀를 밀어서 그녀의 다리가 침대 밖으로 나와 달랑거렸다. 그는 그녀의 입술, 이, 혀 위를 옮겨가며 그녀의 몸에 시를 썼다. 두 손을 그녀의 엉덩이에 올린 채, 가슴 위를 맴돌다가 한쪽을 입안에 물고 혀로 유두를 핥으며 그녀를 바라보았다. 그녀는 그를 향해 등을 구부렸고, 다리 사이로 그의 단단한 몸이 박힐 수 있게 다리를 더 활짝 벌렸다. 그는 아래로 내려가 그녀의 보라색, 이제는 재미있지 않은 체셔 고양이 무늬 속옷과 마주했다. 그녀의 다리 사이 공간을 빤히 보던 그의 입술에 미소가 떠올랐다. "좋아, 네가 이겼어." 그가 웃으며 말했다.

그녀는 팔꿈치로 몸을 지탱한 채 물었다. "뭐라고?"

"넌 문학 작품 인용의 여왕이야. 다신 네게 도전하지 않을게, 야옹아." 그가 그녀를 향해 활짝 웃으면서 팬티를 매우 경건하게 다리 아래로 내린 후 그녀가 대답도 하기 전에 달려들었다.

킵은 그녀를 핥았는데, 그의 혀가 거기 머물면서 위아래로 움직였다. 그녀는 놀라는 탄성을 내지르며 베개에 누웠고, 고개를 베개에 묻은 채, 킵이 입과 혀로 만들어내는 마법에 취해 몸을 활처럼 구부렸다. 그녀는 몸을 일으켜 다시 팔꿈치로 기대고 그를 보았는데 몸 전체가 그의 마법으로 떨렸다.

"킵, 난 널 원해." 그녀가 반쯤은 애원조로, 반쯤은 명령조로 말했다.

그는 그녀에게 하던 노래에서 고개를 들고 그녀에게 말했다. "아직 아니야." 그러고는 빨간 펜 때문에 굳은살이 박인 손가락을 삽입하며 그녀를 절정에 이르게 했다. 그의 다른 손으로는 그녀의 배를 누르고, 그녀를 침대 위에 다시 눕힌 다음 가슴을 움켜쥐었다.

"킵!" 그녀는 중요한 뭔가를 말하려고 그의 이름을 불렀지만, 그가 그녀의 이름을 외칠 때 그게 뭔지 까맣게 잊어버리고 말았다.

그녀는 그의 머리카락을 움켜쥐고, 다른 손으로는 도와달라는 듯 그의 어깨를 긁었다. "킵, 난 널 원해, 지금." 다가오라고 명령하는 그녀의 목소리는 야생 동물 같았고, 가슴속 깊은 곳에서 목구멍까지 끓어올라 울리는 으르렁거림 같았다.

그가 그녀에게서 몸을 떼자, 그녀가 내내 숨을 참았던 것처럼 깊게 숨을 들이마셨다. 킵은 그녀의 양옆에 팔꿈치로 몸을 지탱하고 무릎은 여전히 그녀를 자신에게 열려 있게 한 채로 그녀 위로 기어올랐다. 그는 그녀의 다리를 당겨 자기 허리를 감싸게 한 다음 손등으로 그녀의 뺨을 애무했다. 그러다 멈춰서 수백만 가지 질문이 담긴 눈으로 그녀를 한동안 빤히 바라보았다. 딱 한 가지 질문만이 중요했다. "확실해, 에마?" 그가 묻자 그 말에 담긴 의심이 그녀의 마음을 찢어놓았다. "네가 원하는 사람이 나라는 게 확실하냐고."

에마는 마치 차디찬 얼음물에 던져진 것처럼, 가슴속에
서 숨이 멎는 것 같았다. 그녀는 사랑이, 적어도 사랑의 시작
이 한 사람의 마음속에 이토록 불확실하고 미미하게 존재할
수 있는지 궁금했다. 지금 그녀가 킵을 향해 느끼는 감정이 사
랑인지도 궁금했다. 킵을 너무 많이 원해서 킵을 원하지 않았
던 때가 기억나지 않는다는 건 확실했다. 편집자직에 지원하
며 사무실에서 그를 처음 봤을 때는 사랑이 아니었다. 논문과
원고 편집과 문학 작품을 인용하는 것처럼 세상에서 제일 바
보 같은 것들을 놓고 싸울 때도 사랑이 아니었다. 그녀가 원하
는 것이 그를 그녀의 몸 가까이, 그를 가질 수 있는 만큼 가까
이, 그가 허락한 만큼 가까이 끌어당기는 것이 전부인 지금도
사랑은 아니었다.

'그를 사랑하는 것 같아'라고 생각하자, 머릿속에서 그걸 인
정하는 순간 얼음물의 표면이 깨지면서 신선한 공기가 느껴지
는 것 같았다. '난 그를 사랑해.'

그녀가 팔을 그의 어깨에 감으면서 자기 쪽으로 끌어당겼
다. 맨 가슴을 그의 가슴에 대고, 그의 엉덩이는 그녀 위에, 그
의 민트 초콜릿 향 숨결은 그녀의 뺨에 닿게 당기면서 몸 위로
그의 무게를 절실하게 느끼며 고개를 끄덕였다. "난 널 원해,
킵. 늘 너뿐이었어."

그녀는 그의 눈에서 반짝이는 즐거움을 알아보았고, 킵은 그녀에게 깊이 키스하며 절망을 덜고, 불신을 덜고, 두려움을 덜었다. 그는 잠시 그녀에게서 몸을 떼더니 침대 옆 협탁 서랍에서 은박 포장지를 빼서 이로 포장을 벗겼다. 에마는 킵 대신 그의 바지를 벗겨서 콘돔을 낄 수 있게 도왔다.

그가 자세를 잡으며 미소 지었다. "내 마음을 찢어놓지 마, 에마."

잠시 종잇장 같은 피부를 태울 수도 있을 듯한 침묵과 고요가 내려앉았다. 그녀는 가슴에 닿은 그의 심장이 쿵쾅거리는 걸 느꼈고, 그와 맞닿은 그녀의 몸이 기대감으로 방망이질하는 것을 느꼈다.

킵이 끝까지 밀어붙여 그녀를 너무나 기분 좋게, 너무나 온전히 채웠을 때, 그녀는 헐떡거리는 신음을 내뱉으며 손톱으로 그의 등을 할퀴었다. 둘의 몸이 이런 감각에, 이런 몸과 마음과 영혼의 일체에 익숙해질 때, 그들은 눈을 떼지 않은 채 그대로 머물렀다. 그녀의 심장 리듬이 그의 리듬이 되었다. 그의 호흡 패턴이 그녀의 패턴이 되었다. 그들의 피부의 따스함이 한 몸에서 나온 듯 얽혔다. 두 사람 다 만족스러운 숨을 내뱉었다.

킵이 둘 사이에 있는 벽을 허물면서 미소를 띠고 말했다. "안녕, 버터컵."

그러자 그녀가 몸을 더 활짝 열며 처음으로 사랑의 열병을 앓는 여학생처럼 킬킬거리면서 대답했다. "안녕, 호빗."

그가 그녀 위에서 엉덩이를 굴렸고, 그녀는 그를 움켜쥐면서 훌쩍임 같기도 하고 신음 같기도 한 소리를 내질렀다. 그녀 안에서 그는 고동쳤고, 두드렸고, 밀려나 있던 벽을 더 밀어버렸다. 그가 다시 엉덩이를 굴렸는데, 이번에는 그녀의 몸에 맞추고, 그녀가 반응하는 방식에 맞췄다. 그는 매번 밀어붙일 때마다 더 대담해져서, 그녀 삶의 상당한 부분이 떨어져 나간 듯 느껴졌다. 상실감, 공허함, 혼자인 삶의 흔적들이 떨어져 나가는 듯하다가, 결국 다시 돌아와 잃어버렸다고 생각했던 것들로 남았다.

곧 통제할 수 있다고 여겼던 모든 것이 창문 밖으로 던져지고, 세상이 녹아버리면서 그냥 둘이 떠다니고, 날아다니고, 솟아오르면서 내뱉는 숨마다 서로의 이름으로 공기를 가득 채웠다.

에마는 물리적 영역에서 너무 높이, 그리고 멀리 대류권, 성층권, 중간권, 열권까지 도달했고, 은하계의 더 먼 경계까지 가는 내내 킵의 이름을 내질렀다. 킵은 그녀와 멀지 않은 뒤에 있었는데, 대담하게 하늘로 솟아 오른 두 혜성은 고요하고 평화로운 우주 공간으로 떨어졌다.

그가 그녀 위로 쓰러지며 입술을 그녀의 목에 대고서 깊고 거친 숨소리로 "에마, 에마, 에마"라고 이름을 불렀다. 첫 번째는 만족감, 다음에는 고마움, 다음에는 즐거움의 표현이었다. 그녀는 마지막 이름을, 간신히 들리는 작은 속삭임을, 드러내기를 거부하는 비밀과 같은 사랑의 표현이라고 상상했다. 그녀는 그에게 팔을 감싸며 마치 아직은 놓아주기 싫다는 듯, 그가 너무 빨리 그녀를 놓아버릴까 봐 두렵다는 듯 있는 힘껏 끌어안았다.

그리고 그녀는 해피엔딩이 틀림없이 이런 느낌이리라 생각했다. 그녀의 팔에 살과 뼈와 체중이 느껴지는 몽상 같았다. 너무나도 그녀가 완전히 깨어 있을 때 도피할 수 있는 꿈처럼 느껴지는 현실이었다.

22. 가장 야한 환상

러브 신 후에 연인 옆에서 깨어나는 건 항상 소설 속 꿈과 같은 특성이 있다. 얇은 커튼을 뚫고 비치는 햇빛은 연인의 얼굴에 내려앉아 시간이 지나면서 바래는 세피아 사진처럼 보이게 했다. 배경에 부드러운 고요가 내려앉았고, 베개와 부드러운 이불은 방 안을 구름처럼 떠다니는 듯했다. 열에 들뜬 꿈 같은 밤이 지난 후, 느리고 조용하고 꾸준한 둘의 심장 박동 리듬을 타고 시간이 흘렀다. 두 몸은 서로 얽혔고, 현실의 중력은 다행히도 불과 몇 시간 전에 한 몸이었던 둘을 너무 빨리 떼어놓고 싶지 않은 것 같았다.

에마는 뺨을 그의 가슴에 댄 채, 그의 심장 박동이 차분하고 천천히 귀에 고동치는 채로 깨어났을 때, 여전히 꿈을 꾸고 있다고 생각했다. 이건 로맨스 소설의 한 장면이었다. 그들은 로맨스의 장면들을 재현하고 있었다. 무의식적으로, 실제로. 하지만 거짓이 아니라는 건 확실했다.

그녀는 그의 얼굴을 경이롭게 올려다보았다. 눈은 여전히 감겼고, 입술은 살짝 벌려졌고, 힘없는 머리칼은 눈썹 위에 일자로 내려왔으며, 속눈썹은 깃털처럼 부드럽게 뺨에 내려앉았다. 이건 그녀가 본 적 없었던 킵의 새로운 면이었다. 너무 취약하고 무방비 상태였던 에마는 방심한 틈을 타 그의 손이 그녀의 어깨에서 허리까지 미끄러져 내려오자 깜짝 놀랐다.

"무슨 생각을 하고 있어, 버터컵?" 그가 낮고 공허하고 거친 목소리로 물었다. 마치 바닷물을 만나 부드러워지기 전의 모래 같았다. 그는 한쪽 눈을 뜨고 그녀를 보았다. "또 그 이상한 미소를 짓고 있네. 편집하는 책에 나오는 장면이 흥미로울 때 네가 짓는 그 미소 말이야."

"그냥 어떻게 이 장면이 로맨스 소설에서 튕겨 나왔나 생각하던 중이었어."

그가 소리 내어 웃었다. "그러면 우린 책에 나오는 지나치게 자의식이 과한 캐릭터들인 거야?"

"그래. 괴짜 같은 농담 한가운데에 서 있는 두 명의 책벌레지."

킵의 한쪽 입꼬리가 위로 올라가면서 목구멍에서 다시 웃음이 터졌다. "농담 한가운데에 벌거벗은 채 서로 나란히 누워 있는 책벌레?" 그가 다른 팔을 그녀에게 두르고 가까이 당기면서 정수리에 묶어 올린 그녀의 머리카락에 입술을 묻으며 물었다.

에마가 그를 향해 활짝 웃었다. "네가 원하면 얼마든지 음란한 농담을 할 수 있지."

"에마! 오늘은 월요일이야." 그가 몸을 굴려 그녀 위로 올라가며 말했다. "빨리 해야 할 거야. 할 일이 있잖아."

"아! 누가 섹스하기 전에 일 얘기를 하니?" 그녀가 그의 목 안쪽에 얼굴을 묻으며 말했다.

그녀는 그의 몸통 아래 눌려 있었기 때문에, 그의 배 깊은 곳에서 터져 나오는 웃음을 몸으로 느꼈다. 그의 손이 그녀의 엉덩이에 있는 동안 그녀는 손을 그의 머리카락 속에 묻었다.

"네 말이 맞아. 내가 무슨 생각을 하고 있었지? 오늘 하루 쉬자. 아니면 차라리 영원히 출근하지 말고 배고파 죽을 때까지, 아니면 세상의 종말이 와서 좀비들이 침실 문을 때려 부술 때까지 섹스나 하자. 어느 쪽이 먼저든."

"앗싸, 대단하신데요"라고 그녀가 말했다.

그는 그녀의 얼굴을 잘 보려고 팔꿈치로 몸을 지탱했고, 손가락으로는 삐져나온 그녀의 머리카락을 귀 뒤로 넘겨주었다. "그건 문학 작품 인용구가 아니잖아, 버터컵."

"내 기억이 정확하다면, 호빗, 넌 나더러 문학 작품 인용의 여왕이라면서 다시는 내게 도전하지 않겠다고 말한 것 같은데."

"그건 공평하지 않지. 내가 그 말을 했을 때는 너 때문에 제정신이 아니어서…." 그가 말꼬리를 흐리면서 그녀의 얼굴을 사랑스럽게 바라보았다. 그녀가 원한다면 무엇이든 그녀에게 내어줄 준비가 되어 있다는 듯.

"뭐라고? 뭐야, 킵?" 그녀가 살짝 헤드보드에 기댈 수 있도록 몸을 끌어올리면서 킵도 함께 끌어당겼다. 그는 대답하는 데 시간을 끌면서 눈으로 그녀의 얼굴을 탐색했다. 뭘 찾아서? 확신? 그녀는 알 수 없었다. 에마는 그에게 대답할 시간을 주었다.

새로운 자세로 앉아 있자니, SFF 액션 피규어가 가득 찬 유리 진열장과 모든 형태와 크기와 에디션과 장르의 책들이 진열된 책장들이 더 잘 보였다. 그들은 책장을 보면 한 사람의 영혼을 들여다보는 것과 같다고 말했는데, 킵의 컬렉션을 보는 것은 마치 프리즘을 빛에 대고 보는 것 같았다. 책등이 갈라진 신간 페이퍼백,[100] 화려한 더스트 재킷[101]을 입은 하드커버, 유리 케이스에 담긴 가죽 장정의 책들, 키플링, 톨킨, 허버트,[102] 브론테와 오스틴부터 조던,[103] 에릭슨,[104] 부처,[105] 샌더슨과 위크스[106]까지 다양했다. 모든 앵글이 달랐고, 모든 표면

---

100 종이 한 장으로 표지를 장정하여 실용적으로 제작한 책.
101 책에서 분리가 가능한 외부 커버.
102 Frank Herbert, 미국의 공상과학 작가.
103 Robert Jordan, 미국의 판타지 작가.
104 Steven Erikson, 캐나다의 판타지 작가.
105 Jim Butcher, 미국의 판타지 작가.
106 Brent Weeks, 미국의 판타지 작가.

이 다른 것들만큼 눈부셨다. 그녀는 킵의 척추를 만지며 뼈를 세는 것처럼 책등을 손가락으로 쓰는 장면을 상상했다.

그가 고개를 저으면서 밤사이 거뭇거뭇 자란 수염으로 살짝 그녀의 피부를 긁었다. "아무것도 아니야."

"뭐야!" 그녀가 손으로 그의 뺨을 살짝 때리고 뺨을 쥐어 짰다. "네 미간에 이렇게 깊은 주름이 생겼다면, 절대 아무것 도 아닌 게 아니야." 그녀는 주름을 콕 찌르더니, 엄지로 주름 을 폈다.

"그건 그냥…." 그가 긴장한 숨을 내뱉었다. "난 내가 여기 너랑 있을 줄은 꿈에도 생각 못 했어, 에마."

"나도 세상에서 가장 괴짜 같은 침실에 있을 줄은 미처 몰 랐지."

"자, 이제 누가 분위기를 깨는 사람이지?" 그가 그녀의 이 마를 손가락으로 살짝 튕겼다. "난 너한테 속내를 털어놓고 있 잖아. 너 같은 로맨스 전문가라면 우리가 지금 중요한 순간이 란 걸 알아차릴 줄 알았어."

"나도 알아. 그냥 간달프와 요다가 우리를 보고 있어서 집 중하기 어려웠을 뿐이야." 에마가 액션 피규어를 가리키며 말 했다. "네가 내 브라를 벗기는 동안 저것들을 빤히 보게 했잖 아!"라고 말하며 그녀가 웃었다.

"우리가 한창 바쁠 때 다아시, 웬트워스, 나이틀리가 실제로 네 침대 위로 뛰어오른 거랑 비교하면?"

"내 고양이는 나보다 널 더 좋아해. 그건 사실 다 네 잘못이야. 걔네는 나한테서 널 보호하려던 거니까."

"네 고양이들이 날 좋아하는 건 좋은 징조야."

그녀가 장난으로 눈을 흘겼다. "은혜도 모르는 것들. 새끼 때부터 내가 매일 먹이고 키워줬더니만. 나한테 너희 부모님을 소개해줘. 그러면 부모님이 너보다 날 더 많이 사랑하게 만들 테니까."

"오, 네가 그렇게 열심히 노력할 필요도 없을 거야. 부모님이 널 만나면 틀림없이 좋아하실 테니까."

"정말? 왜?"

"우리 부모님도 엄청난 책벌레들이라 다른 책벌레를 만나는 걸 좋아하셔. 두 분은 자녀 이름도 모두 제일 좋아하는 작가를 따서 지으셨잖아. 심지어 가장 괴짜 같고 로맨틱하게 처음 만나시기도 했고."

"오! 말해줘! 말해줘!" 그녀는 몸을 굴려 이제 킵 위로 올라갔다. "난 로맨틱한 첫 만남 좋아!"

그가 미소를 지으며 엄지로 그녀의 입술 위를 부드럽게 톡톡 두드렸다. "두 분은 대학교 도서관에서 만나셨어. 아빠는 당시에 일 때문에 인도로 발령받으셔서 러디어드 키플링[107]이 인도에서 경험한 걸 읽고 싶으셨대. 엄마는 대학원 진학을 위해 키플링에 초점을 둔 식민지 문학을 연구하고 계셨고. 두 분이 책장에서 동시에 키플링의 《꺼져버린 불꽃》[108]을 꺼내려 할 때 손이 닿았지. 부모님은 그 작가를 따서 내 이름을 지었어. 음, 원래는 내 이름을 '쿠야 론'으로 정했었는데, 어떤 친척이 내가 태어나기 전에 그 이름을 썼대. 그래서 이름도 두 번째 선택으로 지어진 거야."

"잠깐, 잠깐! 그러니까 네 풀네임이 러디어드 키플링 알레그리라고?"

"네 풀네임은 에마 엘리자베스 모랄레스고. 그게 뭐, 버터컵?" 그가 자신의 풀네임을 알고 있다는 사실이 그녀의 가슴을 두근거리게 했다.

"들어본 중 제일 바보 같은 이름이야, 호빗."

"우리 형제 이름도 들어봐야지. 로널드 루얼 톨킨,[109] 레이먼드 리처드 마틴[110]이야."

"말도 안 돼!" 그녀가 크게 소리 내어 웃었다.

"뭐가? 아빠는 조지 R. R. 마틴이 '미국의 톨킨'이 되기 전에 그의 책을 읽고 있었어. 게다가 엄마는 대학원 진학을 위해

---

107   Rudyard Kipling, 인도 출생의 영국 문학가.

108   《The Light That Failed》.

109   J. R. R. 톨킨의 본명이 존 로널드 루얼 톨킨이다.

110   조지 R. R. 마틴의 본명이 조지 레이먼드 리처드 마틴이다.

톨킨을 연구하셨지. 괴짜가 멋있게 여겨지기도 전에 두 분은 이미 책벌레셨어."

"그래서 너도 그렇구나!"

"너도 마찬가지잖아. 널 처음 봤을 때, 골드먼[111] 버전의 《프린세스 브라이드》를 사무실 로비에서 읽고 있었는데, 너처럼 섹시한 책벌레는 본 적이 없다고 생각했어."

"그날, 네 모습이 기억나." 그녀는 그의 피부에 동그라미를 그렸다. "난 새내기 편집자로 면접을 보고 있었어. 넌 앞면에 〈호빗〉영화 포스터가 인쇄된 검은 셔츠를 입고 있었지."

"그건 〈반지의 제왕〉 셔츠였어. 〈호빗〉은 돈 있는 사람들이 창작 과정에 개입하면서 생겨난 영화고."

"블록버스터 영화 제작자들을 말하는 거야?"

"뭐든 간에! 요점은 봉쇄 조치 전에 여러 달 동안 너한테 데이트 신청할 용기를 내려고 애쓰던 중이었어. 그러다가 너한테 남자 친구가 있다는 걸 알고 그냥 물러났지."

그녀는 고개를 옆으로 기울이면서 그의 눈을 빤히 바라보다가 갑자기 어떤 생각이 떠올랐다. "넌 많이 그러더라."

"뭘?"

"싸워서 이길 가능성이 없다거나 지겠다고 생각할 때, 거

---

111 미국 소설가 윌리엄 골드먼(William Goldman)을 가리킴.

의 곧바로 물러나잖아. 본사 체육 대회 토너먼트에서 네가 우리한테 소리치면서 명령할 때 우린 다들 네가 뇌진탕이라도 걸린 줄 알았어."

"내가 사이코 스토커처럼 네 남자 친구한테서 널 뺏어오려던 건 아니잖아."

"전 남자 친구라고, 킵. 전 남친." 그녀가 얼굴을 그에게 가까이 기울이며 말했다. "게다가 넌 책이나 나에 관한 일일 때만 싸우잖아. 가만히 생각해보니까, 그걸 칭찬으로 받아들여야 할지, 모욕으로 받아들여야 할지 잘 모르겠네."

"무의식적으로 네가 나한테 관심을 기울이도록 노력하고 있었던 것 같아." 그가 멋쩍게 웃으면서 말했다. "지나고 보니까 학교 운동장에서나 하는 애들 장난 같지 않니?"

"하지만 결국 나한테 진짜로 데이트 신청을 했잖아." 그녀가 그의 가슴 위에서 팔꿈치로 몸을 지탱하며 물었다. "왜 마음을 바꿨어?"

"네 〈스타워즈〉 잠옷 때문에." 그가 그녀의 오른쪽 가슴을 움켜쥐면서 웃었다. "그 바보 같은 안경을 쓰고 머리를 정수리에 틀어 올리고, 가슴에 뭉그러진 추바카가 있는 잠옷을 입은 모습이 너무 괴짜 같고 귀엽고 섹시했어."

"킵!"

"알았어!" 그가 두 손으로 그녀의 얼굴을 잡고 똑바로 쳐다보며 말했다. "네가 잠옷을 입은 채 사무실로 급하게 뛰어오던 날 밤, 전 남친이랑 같이 있는 널 봤을 때, 네가 틀림없이 그를 다시 받아줄 거라고 생각했어. 그런데 네가 그에게 집에 가라고 했을 때, 내가 시도조차 하지 않으면 영원히 기회가 없을지도 모른다는 걸 알았지."

"그런데 밸런타인데이까지 기다렸다가 나한테 데이트 신청을 했잖아!"

"어, 난 좋은 사랑 이야기에 사족을 못 쓰는 사람이니까. 밸런타인데이. 한밤중의 키스. 공항까지 쫓아가는 장면. 해 질 녘의 해변 산책." 그가 몸을 돌려 다시 그녀의 위로 올라가자, 짓궂은 미소가 얼굴에 피어났다. "섹스 후의 아침. 네 마스카라가 번지고 내 베개 위에 네 올린 머리가 어지럽게 흐트러진 모습." 그가 얼굴을 그녀에게 숙이며 키스했다. "그 모든 걸 너랑 하고 싶었어, 에마."

"이번 주말에 여행 갈래? 로맨스 장면들을 다시 만들고 싶다면 말이야." 킵의 입술이 그녀의 입술에서 턱, 귓불, 목, 그리고 점점 더 아래까지 내려갈 때 그녀가 속삭였다. 그녀의 손이 그의 등 뒤로 미끄러졌다.

"생각해둔 거라도 있어?"

"해변에서의 일몰이 좋겠네." 킵이 엉덩이를 굴려 그녀 다리 사이의 공간에 자기 물건을 넣자, 그녀가 탄성을 지르듯 다음 말을 크게 내뱉었다. "아니면 섹스도! 엄청 많이 하는 거야! 해변에서의 섹스!" 킵이 이미 콘돔을 끼고 있었다. "아니면 어디서든! 워킹 데드가 올 때까지 여기서 계속 섹스해도 돼!" 그가 엉덩이를 굴려 그녀에게 들어가면서, 속도를 점점 더 빠르게 올렸고, 이번에는 이 순간을 음미하듯 그녀 안으로 밀어붙였다 나오는 간격을 길고 느리게 조절했다. 어젯밤에는 사막에 갇힌 사람이 물을 갈구하듯 서로를 탐했다면, 이번에는 열두 가지 코스 요리와 같았다. "공항에서도 섹스해줘. 카페 화장실에서도. 대형 쓰레기통에서도! 난 상관없어, 킵. 그게 너라면!"

"버터컵, 내가 꿈꾸던 가장 야한 환상에서는 세상 어디든 너랑 섹스를 안 해본 곳이 없어."

23. 햇빛

주말은 그리 빨리 오지 않았지만, 정말 주말이 왔을 때는 여러 장면을 이어 붙여 시간의 경과를 보여주는 영화 몽타주처럼 느껴졌다.

갑자기 에마와 킵은 큰 파라솔 아래 놓인 비치 체어에 누워 각자 태블릿으로 최근에 수정된 《동물원》의 원고를 읽고 있었다.

킵은 에마의 흰 카프탄드레스[112] 아래로 그녀를 만지려고 했지만, 사람들이 너무 가까이 걸어 다니고 있어서 끝까지 갈 수는 없었다. 그래서 그는 책을 읽으면서 손잡는 것으로 타협했다. 시간이 너무 빨리 흘러서 어느새 정오가 지났고, 둘 다 배 속에서 고삐 풀린 야수가 으르렁댔다.

"내가 가서 먹을 걸 사 올게, 버터컵." 킵이 그녀의 정수리에 키스를 하고 그녀의 가슴을 살짝 만진 다음 해변에 늘어선 레스토랑 중 하나로 갔다. 그녀는 그가 멀어지는 모습을 지켜보았다. 한낮의 밝은 햇살에 노출된 구릿빛 피부와 허리 위로

---

112 소매가 넓고 헐렁하며 긴 원피스.

짧게 올라간 반바지 아래 숨겨진 봉긋 솟은 엉덩이로 눈길이 갔다.

에마의 휴대폰은 문자 알림 메시지로 계속 진동하고 있었다. 그중 많은 문자가 제이니가 보낸 것이었는데, 둘이 벌인 정사의 적나라한 부분까지 다 알려달라고 요구하는 내용이었다. 에마와 킵이 오늘 아침 해변에서 찍은 커플 사진을 각자의 소셜 미디어에 게시하면서, 당연히 모든 친구, 가족, 동료와 작가들로부터 온갖 추측을 불러왔다. 킵과 에마의 소셜 미디어를 공식적으로 올려두었던 에마의 책 홍보 사이트에도 킵이 에마를 좋아하는 것 같아 보였다는 증언이 줄줄이 이어졌다.

알림 중 하나는 아모라에게서 온 부재중 전화였다. 아모라는 지난주에 보낸 마지막 수정본에 대한 둘의 논평을 기다리고 있던 참이었다. 에마가 그녀에게 답신으로 전화하니, 즉시 영상 통화를 하자는 요청이 들어왔다.

"에마! 너무 잘됐어요!" 아모라가 대면해서 에마에게 이야기하는 것처럼 하트가 뿜어져 나올 듯한 눈으로 카메라에 대고 소리를 질렀다. "드디어 이루어졌다니 믿을 수가 없어요!"

에마가 화면에 눈을 가늘게 뜨고 물었다. "드디어요? 드디어는 무슨 뜻이에요?"

"우리 작가들끼리 두 편집자가 사귈지 말지를 놓고 계속 내기했거든요." 아모라는 그녀와 킵의 뒤에서 이런 일을 벌였다는 걸 미안해하지도 않는 것 같았다.

"그래요?"

"그래요. 그리고 내가 이겼죠! 난 둘이 사랑에 빠져서 고전 로맨스 소설처럼 '그 후로도 행복하게 살았답니다'가 될 거라는 데 걸었어요."

당연히 베스트셀러 로맨스 소설 작가님이시니 '그 후로도 행복하게 살았답니다'에 걸었겠지. "이건 제가 전화 건 용건이 아니에요. 마지막 편집본에 관해 질문이 있으실 것 같아서 전화를 드렸어요."

"《동물원》요? 이제 거의 결말에 가까워졌으니 슬슬 놓아버리기 시작했나 봐요. 미안해요, 엠스."

"하지만 작가님은 결말에 만족하세요?"

"그런 것 같아요, 하지만 날 간파했군요. 내 눈에는 결말이 여전히 충격적이지만, 두 분이 준 다음 논평을 보고 참고해서 작업할게요. 이런 해피엔딩은 평소 내 스타일보다 더 복잡해서 나름 애를 먹고 있는 것 같아요."

"결말이 행복해지는 방법은 많죠. 옳다고 느껴지는 방식대로 그냥 쓰세요, 아모라."

"바로 그거예요. 《동물원》의 결말은 슬픈 종류의 해피엔딩 같아요. 처음 《동물원》을 계획할 때는, 과거가 우리 마음속에 어떻게 기억의 흔적과 찌꺼기를 남기는지, 그래서 가끔은 그 기억과 흔적이 한때 느꼈던 행복과 계속 닮게 하려고 새로운 행복을 막는지를 생각했어요. 과거의 추억이 우리를 더는 행복하게 하지 않더라도요. 공유된 디셈버의 드라이브가 제거됐을 때, 그는 마침내 과거에서 벗어나 앞으로 나아가고 마이아를 받아들일 수 있었어요. 그런데 행복해지려고 정말로 그의 일부를 제거해야 했을까요? 과거를 잃지 않으면 다른 해피엔딩을 향해 앞으로 나아갈 수 없을까요? 《잃어버린 것들의 동물원》은 우리를 막고 있는 과거의 모든 것이지만, 그건 우리를 우리답게 하는 우리의 일부이기도 하잖아요."

"맞아요. 그런데 과거가 진정으로 행복한 삶을 살지 못하게 막는다면 다 무슨 소용이죠? 그리고 근본적으로 우리 자신을 잃지 않으려면 얼마만큼의 과거를 놓아버려야 할까요?"

"이제 그건 결말을 위해 내가 대답해야 할 질문이 됐네요. 그 문제를 말로 들으니 더 좋아요. 에마와 대화하기 전까지는 나도 말로 표현할 수가 없었어요."

"그래서 그 질문에 대한 답이 있나요? 작가님 소설의 주제에 관련된 문제요."

아모라가 어깨를 으쓱하며 물었다. "당신은 답이 있어요?"

그녀에게 던져진 질문은 얼굴에 튄 얼음물 같았다. 그녀가 그 질문에 대한 답이 있었나? 자신을 잃지 않으려면 얼마만큼 과거를 놓아버려야 하는지? 과거가 진정으로 행복한 삶을 살지 못하게 막는다면, 다 무슨 소용일까? 이 소설의 해피엔딩은 어떻게 마무리해야 할까?

그녀는 대답을 찾느라 고민하고 있다고 생각했지만, 그러지 않았다. 답은 신선한 바다 공기를 들이마시는 것처럼 쉽게 그녀에게 떠올랐다.

"킵은 그 질문에 대한 답이 있을까요?" 아모라가 에마를 향해 활짝 웃으며 덧붙였다. 화면에 비친 에마의 표정이 대답 자체였다.

"그럼요." 킵이 비치 체어 위에서 에마 옆으로 쪼그려 앉으며, 그녀의 어깨 위에 한 팔을 걸치고 얼굴을 그녀의 머리칼에 비비면서 말했다.

"세상에나! 정말 킵이에요? 〈아시안 버첼러〉[113] 출연자 같아요."

"킵 맞아요." 에마가 몸을 기울여 킵과 키스한 뒤 말했다.

"안녕, 아모라. 작가님 책이 정말 훌륭하게 완성되고 있어요"라고 킵이 말했다.

"이런, 당신한테 그런 말을 듣다니 내겐 큰 힘이 되네요"라고 아모라가 말했다.

"저기요! 저 아직 여기 있어요." 에마가 킵을 화면 밖으로

---

113 〈Asian Bachelor〉, 연애 예능 프로그램.

몰아내려고 밀었지만, 킵은 꿈쩍도 하지 않았다.

"당신의 의견이 내게 얼마나 큰 의미가 있는지 알 거예요, 에마. 당신이 나를 데리고 위험을 감수하지 않았다면 우린 지금 여기 없을 거예요."

"아모라 말이 맞아." 킵이 에마의 귀에 의미심장하게 속삭였는데, 책 말고 다른 무엇인가를 말하는 것 같았다.

에마는 킵을 올려다보았다. "우리 작가들이 우리가 사귈지 말지를 놓고 내기하고 있었다는 거 알았어?"

"알지. 아주 최근에야 작가들과 덜 고압적인 관계를 유지하는 게 편집 과정에 도움 된다는 걸 알았거든. 그래서 내 작가들이 데이트에 관해 조언을 해주고 있어." 킵이 활짝 웃으며 말했다. "내기에 이겼죠, 아모라?"

에마가 깜짝 놀라는 소리를 내며 그의 팔을 찰싹 때렸다. "다 알았구나!"

"난 여기 많은 걸 걸었거든." 킵이 이렇게 그녀를 보는 게 처음인 것 같은 표정으로 에마의 눈을 깊게 응시했다.

"두 잉꼬만 있게 나는 이제 가야겠네요"라고 말하면서 아모라는 화면에서 킬킬거리면서 웃더니 둘이 항의할 새도 없이 영상 통화를 끊었다.

에마는 킵을 향해 앉았다. "넌 어디에 내기 걸었어?"

"그게 중요해?"라고 말하며 킵이 그녀를 끌어당겼다.

'아니, 안 중요해'라고 생각하며 에마가 그의 손을 잡았다. "우리 어디 가는 거야? 우리 점심은 어디 있어?"

"아직 요리 중이야." 그는 그녀의 손에 깍지를 꼈다. "해변에서 산책이나 할까?"

그녀는 활짝 웃으면서 그에 대한 사랑을 가슴으로 느끼며, 그가 가고 싶은 곳으로 어디든지 이끌도록 내버려두었다. 그녀는 코바늘로 뜬 흰 카프탄드레스를 벗어 아래 입은 보라색 비키니 수영복을 드러냈다. 그러고는 바다로 뛰어들었고, 그녀를 따르는 햇살은 푸른 바다를 은빛으로 반짝이게 했다. 웃으면서 물을 튀기며 그녀를 쫓아가는 킵이 뒤에서 그녀의 허리를 잡았고, 둘의 몸이 물 아래로 가라앉았다.

"사랑해, 에마." 그가 간신히 들릴 만한 소리로, 이제는 비밀로 간직하고 싶지 않은 비밀을 그녀의 귀에 속삭였다. "사랑해." 그가 두 번째 말하면 더 진실하고, 더 진정성 있다는 듯 더 크게 다시 말했다.

그녀가 몸을 돌려 그를 마주 보자, 태양이 킵의 주변에 햇무리를 이루었다. 그녀의 심장은 두근두근했고, 호흡이 멎을 것 같았다. 그 느낌이 너무 압도적이라 그녀는 눈가에 눈물이 맺히는 걸 느꼈다.

에마는 그를 자기 쪽으로 최대한 가까이 당겨 안고서 대답했다. "사랑해, 킵. 사랑해, 사랑해. 사랑해."

한낮의 밝은 햇살 아래에 의심의 그림자는 조금도 없었
다. 그녀는 그를 사랑했다.

24. 몽타주의 결말

그녀는 월요일 아침에 자기 침대에서 몸을 굴렸다. 그들은 전날 밤에 돌아왔고, 그는 그녀의 아파트에서 밤을 보냈다. 그들이 들어설 때 복도에서 고양이 세 마리가 킵을 밀치고 바짝 다가서는 바람에, 그가 엉덩방아를 찧으며 넘어졌고 그녀가 킵 위에 쓰러지며 한바탕 웃음이 터졌다.

에마는 팔 하나를 침대에서 킵의 자리 쪽으로 뻗었다. 그도 이제 침대에서 자기 자리가 생겼는데, 문과 가까운 쪽이 그의 자리였다. 아침에 깨어났을 때, 통유리 창으로 쏟아지는 햇살이 그녀의 몸 주위에 햇무리를 이루는 모습을 보기 위해서였다. 그녀가 팔을 뻗었으나 그곳이 비어 있자, 그녀는 왠지 모르게 최악의 상황을 두려워하며 벌떡 일어났다.

그녀는 프라이팬에서 기름이 지글거리는 소리를 들었고, 두꺼운 안경을 쓰고 머리는 침대에서 곧장 일어난 듯 헝클어진 채 인덕션 레인지 앞에 서 있는 킵을 발견했다. 그는 잠옷 바지와 헐렁한 검은색 〈반지의 제왕〉 셔츠를 입었는데, 이번에는 자기 옷이었다. 킵이 그녀의 아파트에서 너무 자주 자고 가니까 그녀는 그만의 서랍을 지정해주었다. 그는 오믈렛에서 고개를 들어 그녀를 보고 미소 지었다. 아침 햇살보다도 더 밝은 미소였다. 비로소 에마는 침대에 드러누워 안도의 한숨을 내쉬었다.

그녀는 인덕션 레인지가 크게 삐 하고 울리는 소리를 들었고, 뒤이어 킵이 창가에 놓인 책상으로 발소리를 죽이며 다가가 오믈렛 접시 두 개를 내려놓는 소리를 들었다. 그녀가 이 장면도 몽타주에 추가하니, 이제 기억은 소설 한 편을 완성할 정도로 길어졌다.

"일어나, 에마 엘리자베스 모랄레스." 그가 어울리지 않는 단호한 목소리로 말하면서 손을 내밀어 그녀를 일으켜 세웠다. 고양이 세 마리는 식탁 아래서 오믈렛 접시를 탐하며 어슬렁거렸다.

다아시, 웬트워스, 나이틀리는 주말 내내 자기들끼리만 내버려둔 데다가 밤에만 이웃이 와서 밥을 주게 했다고 아직도 화가 나 있었다. 녀석들은 킵을 점점 더 좋아하는 것 같았는데, 에마가 보지 않을 때 그가 더 좋은 간식을 주기 때문인 게 분명했다.

어제 막 그을린 킵의 구릿빛 피부가 뒤쪽 창문으로 들어오는 햇빛에 반짝거렸다.

"침대로 와, 러디어드 키플링 알레그리." 그녀가 나른하게 한쪽 팔을 내밀어 그를 그녀 위로 올라가게 하자 킵은 깜짝 놀랐다. 그는 크게 "이런"이라고 외치면서 그녀 위로 착륙했고, 그녀는 그의 허리에 다리를 감아 꼼짝 못 하게 했다. "넌 어떻게 안 피곤해?" 그녀가 손바닥으로 그의 뒷덜미를 감쌌다.

"사무실에 우리를 기다리는 교정쇄가 있어." 킵이 그녀를 짓누르지 않도록 팔꿈치로 몸을 지탱하면서 말했다. "게다가 지난 주말에 돈을 흥청망청 써서, 직장으로 돌아가지 않으면 그 돈을 메울 수 없을 거야."

그녀는 눈을 흘기며 그의 목 옆에 대고 앓는 소리를 냈다. "듣자 하니 제시가 승진을 노리고 있다는데. 걔라면 우리 없이도 하루쯤 잘 처리해낼 거야."

"에마!" 킵이 크게 소리 내어 웃었다. 그녀도 그의 목을 통해 웃음을 느꼈다.

그의 웃음을 들으니 여행 둘째 날의 기억이 떠올랐다. 둘은 모래 위에 얼굴을 마주 보고 나란히 누워 각자 책에 몰두했었다. 둘 다 페이지를 넘기지 않은 채 가만히 해가 지기를 기다리면서 서로를 힐끗거리며 훔쳐보았다. 둘은 대결을 누가 책에 더 오랫동안 집중하나 겨루는 시합으로 바꾸었다. 눈이 마주치면 진다는 걸 알았으므로, 상대의 관심을 끌려고 둘 다 너무 쉽게 학교 운동장에서나 하는 애들 장난에 빠졌다가 깔깔대며 웃었다.

킵은 길고 부드러운 키스로 에마를 현재로 데려왔다. "오믈렛이 식겠다."

그녀는 뾰로통해져서 더 많이 사랑해달라고 애원하는 눈 빛으로 그를 빤히 응시했다. "날 원하지 않아?"

그가 다시 웃었다. "잠을 더 자고 싶은 줄 알았는데, 나랑 자는 거 말고."

"둘 다 '자다'라는 단어가 들어 있잖아. 토메이토나 토마 토나"라고 말하며 그의 아랫부분을 문지르기 시작했다.

"어, 어… 방금 피곤하다고 말하지 않았나?" 킵은 이번 주 말에 둘이 너무 섹스를 많이 하느라 운전하고 집에 돌아올 에 너지와 체력이 남아 있던 게 기적이었음을 암시하는 어조로 말했다.

"아니, '넌 어떻게 안 피곤해?'라고 말했지. 기운 내 봐, 호 빗. 사무실에는 정오쯤에 간다고 말하면 되잖아." 그녀가 그의 입술에 자기 입술을 댄 채 손은 바지 속으로 집어넣으며 말했 다. "차가 밀린다거나 뭐 그런 걸로 둘러대자고."

그는 그녀의 목에 얼굴을 묻고 그녀가 애무하는 손길에 따라 신음했다. "그거 괜찮네." 그가 대수롭지 않다는 듯 대답 하며 옷을 벗었다.

세 시간 후, 둘은 손을 잡고 사무실로 나란히 걷고 있었다. 킵이 사무실에서 그녀의 아파트로 데려다주고는 그녀가 안전 히 안으로 들어갈 때까지 기다리던 때와는 현저히 달라진 모

259

습이었다. 이번에 킵은 그녀와 함께 건물에서 나왔다.

그는 그녀를 보면서 오후 햇살을 받아 반짝이는 얼굴로 입 모양으로만 '사랑해'라고 말했다. 마치 그 단어가 둘에게 처음인 것처럼.

함박웃음으로 화답하던 그녀는 바보 같은 생각이 번뜩 떠올라, "나도 알아"라고 대답했다.

킵이 인상을 찌푸리며 갑자기 멈춰서서 그녀를 자기 쪽으로 끌어당겼다. "좋아, 한 솔로.[114] 이제 그 단어를 말하라."

에마가 킬킬거리면서 팔을 그의 허리에 두르고는 고개를 저었다. "물론, 나도 사랑해. 의심이 아직 남았나, 레아 공주?[115]"

그는 대답하지 않았다. 대신 그녀를 껴안고 턱을 그녀의 정수리에 올려놓으며 말했다. "항상 나한테 그렇게 대답해줘, 만약을 위해서."

그녀가 고개를 끄덕이자, 그는 다시 걷기 시작하면서 손을 그녀의 손에 깍지 꼈다.

에마는 1층 로비에서 둘을 기다리고 있던 제이니를 보자 문제가 생겼음을 직감했다. "에마! 아침 내내 전화했잖아!" 그

---

114 〈스타워즈〉의 주인공.
115 〈스타워즈〉에 등장하는 한 솔로의 연인.

녀는 킵에게도 말했다. "너희 둘 다한테!"

"무슨 일이야, 제이니?" 에마는 휴대폰을 꺼내고 나서야 어젯밤 이후로 한 번도 열어보지 않았음을 깨달았다. 메시지와 알림이 엄청나게 많이 와 있었다. 닉이 에마가 게시한 사진에 '좋아요'를 눌렀다는 알림을 보자, 등골이 오싹해졌다.

킵도 자기 휴대폰을 확인했지만, 미간의 주름만 빼고는 무슨 생각을 하는지 알 수 없는 표정으로 에마를 살펴보았다.

"닉이야. 닉이 우리 층에서 널 기다리고 있어, 빨간 장미 한 다발을 들고." 제이니가 엘리베이터로 가는 길을 막으며 말했다.

에마는 안심하라는 의미의 눈길로 그를 보았으나, 그녀의 얼굴에 스쳐 간 표정이 무엇이었든, 그를 안심시키기보다는 더 심란하게 만든 것 같았다. 그녀는 다시 손을 뻗어 그의 손을 꽉 움켜쥐었다. 그녀는 지난 시간 둘이 허물었던 벽이 둘 사이에 다시 솟아오른 것처럼 그의 손에서 거리낌을 느꼈다.

그런데 설상가상으로 엘리베이터 문이 열리고, 가죽 재킷을 입고 손에는 빨간 장미 한 다발을 든 닉이 안에서 걸어 나왔다.

킵의 시선이 둘이 깍지를 낀 손으로 향하자, 에마는 자신이 너무 꽉 움켜쥐고 있었다는 걸 깨달았다. 킵이 그녀의 손을 놓으려고 꼼지락거렸다. 그녀는 그가 자신의 두 번째 선택이 아니라는 의미의 눈빛이 그에게 전달되기를 바라며 손을 놓지 않으려 했다.

제이니가 그들 사이에 섰다. "닉, 내가 가라고 했잖아."

"에마도 직접 말할 수 있어"라고 말하며 닉은 제이니에게서 눈을 떼고 에마를 바라보았다. 에마는 그의 눈을 피했다. 킵은 에마가 어떻게 할지 기다리며 입을 꾹 다물었다.

"문제를 일으키면 경비를 부를 거야"라고 제이니가 이번에는 더 단호한 어조로 말했다.

"내가 에마랑 얘기할게, 제이니." 닉의 시선은 에마와 킵의 깍지 낀 손으로 떨어졌다.

"그만해, 닉. 그냥 가. 제발 그냥 가줘." 에마가 두 뺨에 눈물을 흘리며 간청했다.

킵은 얼굴에 차가운 물이라도 맞은 듯 그녀의 손을 더 꼭 쥐었고, 닉이 그녀를 잡으려 할 때 커다란 몸으로 그녀를 보호했다. "한 번만 에마한테 손대면, 죽여버릴 거야."

"얘가 네 리바운드[116]야?" 닉은 킵을 무시하며 킵의 어깨너머로 에마와 눈을 맞추며 물었다. "얘 때문에 우리가 재결합할 수 없는 거야? 혼자인 게 너무 두려워서 아무 남자하고 자는 거냐고? 내가 다시 왔잖아. 난 항상 여기 있었어, 에마. 너

---

116 최근 겪은 이별이 감정적으로 치유되기 전에 시작한 새로운 연인 관계.

를 너무 잘 아는 사람을 두고 왜 새로운 사람을 찾는 거지?"

"네가 정말로 날 안다면, 우리가 여러 달 동안 멀어지고 있었다는 걸 알 거야. 내가 너랑 헤어지기 전에 이미 끝났다는 것도."

"하지만 넌 여기 이 형씨랑 시시덕거린 후에도 날 계속 주변에 뒀잖아." 닉이 앙다물고 있는 킵을 보았다. "알레그리. 그게 네 이름이지? 해변 여행이 재미있었나? 우리가 기념일마다 매년 그 해변에 갔다는 걸 에마가 말했어? 넌 나랑 상대해서 이길 가능성이 없어, 알레그리. 에마와 나는 너무 역사가 깊어서 에마가 쉽게 놓아버리지 못하는 거야. 넌 그냥 두 번째 선택일 뿐이야."

그 말이 킵 내면의 댐을 무너뜨린 것 같았다. 연인의 두 번째 선택, 두 번째로 선택된 이름, 둘째 아들, 바보 같은 회사 체육 대회에서도 2등, 모든 일에서 두 번째라는 내면의 불안감을 담아두었던 댐이 무너진 것 같았다. 킵과 에마는 사랑의 역사를 쓰고 있었지만, 닉은 킵에게 그의 책을 보여준 것 같았다. 두껍고 빽빽하고 단단한 책, 겉보기에는 에마와 킵이 쓴 것보다 더 단단해 보이는 닉만의 책을 말이다.

"닉 말 듣지 마, 킵." 에마는 킵의 손을 잡은 채 말했다. 마치 손만 잡고 있으면 곁에 그를 붙잡아둘 수 있다는 듯.

킵은 인상을 찌푸리며 못 믿겠다는 눈으로 그녀를 바라보앗다. 그는 뭔가를 말할 용기를, 눈 뒤에 숨겨진 질문을 꺼낼 용기를 내려는 듯 거기 가만히 서 있었다.

킵이 고개를 저으면서 앞으로 걸어가자, 그의 손이 그녀의 손아귀에서 미끄러졌다.

"안 돼, 킵! 가지 마!" 에마가 그의 팔을 잡았다.

킵이 그녀에게 몸을 돌려 아무 말 없이 우울한 눈빛으로 가게 해달라고 애원했다.

에마는 여기서 문제는 자신이 아니라는 걸 그의 눈빛에서 읽었다. 그녀에 관한 킵의 의심을, 그녀가 킵의 마음을 찢어놓을 가능성에 관한 의심을 없애기 위해 그녀가 할 수 있는 건 없었다. 그냥 그를 보내주는 수밖에 없었다. 그래서 무거운 마음으로 하염없이 눈물을 흘리며 보내주었다.

"바로 그거야, 형씨. 가버려." 닉이 에마에게 다가가 그녀의 어깨에 팔을 두르면서 말했다. 에마는 그를 밀쳐내려 했지만, 닉이 너무 단단히 잡고 있어서 닉의 손이 닿았던 곳에 멍이 생길 것 같았다.

킵이 닉의 얼굴을 향해 주먹을 들어 올리자, 아주 잠시 에마는 킵이 정말로 닉을 때릴 줄 알았다. 하지만 킵은 역시 킵이어서, 한숨을 내쉬면서 주먹을 내리고는 물러났다.

"난… 생각을 좀 해야겠어"라고 킵이 말했다. 그러고는 닉이 에마를 소유한 것처럼 태연히 그녀를 안는 모습을 보면서 그 장면에서 물러났다. 킵은 지는 전투에서 싸우는 부류가 아니었으나, 에마는 그보다 더 많은 걸 알았다. 킵은 질 확률이 조금이라도 있다면, 온 마음을 다 거는 부류가 아니었다. 한번 그랬던 적이 있지만 졌기 때문이다.

에마의 가슴이 철렁 내려앉았고, 킵이 멀어지는 모습을 보면서 그녀의 어깨도 축 처졌다. 그녀는 어깨를 털어 닉의 손을 뿌리치고는 뺨을 때렸다. "아니, 네가 가버려, 닉!"

뺨을 맞자 닉의 얼굴에서 의기양양한 표정이 씻은 듯 사라졌다. 배신당한 표정으로 에마를 바라보는 닉의 얼굴을 보니 에마는 그가 이런 식으로 행동했던 시절이 생각났다. 마치 에마를 사랑하기보다 소유한 것처럼, 그녀가 그를 불쾌하게 할 때마다 감정적으로 그녀를 조종하는 것이 당연한 권리인 듯이 행동했던 때. 같이 있을 때 닉이 에마를 불쾌하게 했을지라도 그녀는 닉의 뜻을 거역한 적이 없었으므로, 이렇게 행동하면 안 된다는 듯 행동했던 때가 기억났다. 그들이 헤어진 지는 오래됐지만, 얼굴에 살기를 띤 닉의 모습을 본 에마는 신경이 곤두서면서 그 자리에 얼어붙었다. 갑작스럽게 움직여서 그를 더 분노하게 할까 두려웠다.

다행히도 그녀 옆에 있던 제이니가 닉의 손이 닿지 않게 에마를 막아섰다. "오늘 모욕은 당할 만큼 당한 것 같은데. 지금 가지 않으면, 우리가 널 고소할 거야."

제이니와 에마를 번갈아 보던 닉의 턱에 힘이 들어갔다. 그의 시선은 에마에게 머물렀는데, 자신을 다시 받아달라고, 그녀가 킵을 보내버렸듯 자기도 보내지 말라고 애원하는 눈빛이었다. 에마가 그를 노려보았다. "널 다시는 보고 싶지 않아."

닉은 다시 뺨이라도 얻어맞은 듯 보였고, 에마의 갑작스러운 거리 두기에 깜짝 놀란 것 같았다. "그렇게 말하지 마, 에마. 난 널 사랑해."

"아니, 넌 날 사랑하지 않아. 너에게 나를 향한 사랑이 조금이라도 있다면, 내가 부탁했을 때 날 보내줬을 거야." 그녀는 목구멍에 치밀어오르는 화를 삼키면서, 뺨에 흐르는 눈물을 닦고는 그의 눈을 외면했다. "다시는, 절대로 널 보고 싶지 않아."

제이니는 에마의 팔을 붙잡고 다시 에마의 아파트로 그녀를 안내했다. 남겨진 닉은 시간 속에 얼어붙은 채, 그들이 함께 쓴 삶의 마지막 장이 제 손으로 해체되는 모습을 무력하게 지켜보았다.

에마는 자신이 지금 어디에 있는지, 자기 삶이 어떤 이야기를 택할지가 늘 분명했었다. 지금 해결해야 할 의심이 있는 쪽은 그녀가 아니었다.

25. 죽은 꽃

닉의 빨간 장미는 그들이 대면한 지 일주일 후에 에마의 주방 조리대에서 천천히 고통스럽게 죽었다. 그녀는 꽃을 집에 가져온 사실조차 기억나지 않았고, 처음 봤을 때부터 줄곧 꽃을 만지고 싶지 않았다.

킵은 그 이후로 그녀를 미지근하게 대했고, 마치 그가 내내 믿고 싶지 않았던 것을 그녀가 증명이라도 한 듯 주변에서 눈치를 살폈다. 에마는 그날 주차장까지 쫓아갔지만, 그가 이미 차에 올라타고 떠난 뒤였다.

그녀는 연인에게 꽃을 선물하는 행위에 관해 킵이 했던 말이 기억났다. "나는 꽃다발을 선물하는 게 싫더라. 줄기에서 꽃을 한 송이 꺾으면, 꽃이 죽기 시작하잖아. 연인한테 보내는 메시지로 '너를 너무 많이 사랑해. 네가 나 없이 혼자 사느니 차라리 내 품에서 죽었으면 좋겠어'라는 말보다 더 공격적인 메시지는 상상도 할 수 없으니까."

에마의 세상이 산산조각 나지 않은 것처럼 삶은 계속됐다. 킵이 그녀에게 사랑한다고 말하지 않았던 것처럼 일도 계속됐다.

둘에게는 여전히 완성해야 하는 할당된 책과 지불해야 하는 청구서, 먹여 살려야 하는 고양이들, 살아야 할 각각의 삶이 있었다. 에마는 행여나 그를 만날까 싶어 매일 출근했으나 킵은 사무실에서 보내는 시간을 점점 더 줄였다. 사무실에서 킵을 봤을 때도, 그는 브렌트의 집무실에서 뭔가 대단한 탈출 계획이라도 짜는 듯, 낮은 목소리로 얘기하면서 대부분 시간을 보냈다.

도서 박람회 시즌도 끝났기 때문에, 연말 쇼핑 시즌이 시작되기 직전까지는 힘든 노동에서 벗어나는 짧은 유예 기간이 있었다. 편집팀은 보통 이 시기에 내년에 출간할 원고를 입수하고, 준비 중이던 책들의 편집을 시작하고, 올해 남은 마지막 몇 권의 제작을 마무리한다. 출판사의 연 수익은 임직원들에게 1년을 벌어줄 목표 수익에 매우 가깝게 도달했고, 브렌트는 아모라 로메로의 책이 적어도 손익분기점에는 도달할 정도로 판매량을 올려주리라고 예상했다.

킵을 만날 수 있는 방법도 바로 이것이었다. 아모라가《동물원》의 마지막 수정 원고를 보냈기 때문에, 킵과 에마는 교정쇄와 레이아웃, 디자인을 마지막으로 검토해야 했다. 이건 도서 제작에서 힘든 부분이기도 했다. 모두가 마감에 쫓긴 나머지, 어서 다음 책으로 넘어갈 수 있도록 최대한 빨리 이 책을 끝내버리고 싶어 했다. 이때가 다른 부서가 제작 과정에 개입하는 시기이기도 했다. 책이 아모라 로메로 같은 베스트셀러 작가의 작품일 때는 특히 상황이 복잡해졌다.

에마는 어색한 둘의 사이 때문에 사무실 사람들을 불편하게 하거나, 가십거리를 제공하고 싶지 않아 그를 자기 집으로 초대했다. 하지만 킵은 그 제안을 거절하고 대신에 사무실 근처 외곽에 있는 아늑한 카페를 택했다. 카페 안에는 이상한 형태의 화려한 벼룩시장 가구들이 있었고, 조리대에는 윙윙 소리가 나는 구식 커피 그라인더가 있었으며, 뒷방에서는 갓 구운 수제 빵 냄새가 풍겼다. 그들은 금요일 밤 퇴근 후에 거기서 만나기로 합의했다.

킵은 붐비는 가게 한가운데에 놓인 테이블에서 이미 그녀를 기다리고 있었다. 카페의 다른 테이블을 모두 차지한 사람들은 말하고, 웃고, 커피를 마시면서 대체로 서로 대화를 나누느라, 킵과 에마의 은하계가 다시 만나는 건 의식조차 하지 못했다. 에마가 약속을 취소할까 잠시 생각하면서 문자를 보내려는데, 그가 태블릿에서 고개를 들고 문에 서 있는 그녀를 보았다. 킵의 눈과 마주친 순간 느꼈던 어색함이 사람들 소리에 묻혀 눈에 띄지 않았으므로 그녀는 카페의 소음이 새삼 고마웠다.

그는 태연하게 그녀에게 손을 흔들었다. 마치 그 손으로 그녀의 머리를 쓸어 넘기지 않은 것처럼, 바다에서 항해하듯 그녀의 몸을 누비고 다니지 않은 것처럼. 그녀는 그에게 다가가 이렇게 보는 것이 가슴을 후벼파지 않은 척 미소 지었다. 그녀는 그의 건너편 의자에 앉아 자기 노트북을 꺼내면서 머릿속으로는 잡담을 나누어야 하는지, 아니면 어떻게 지냈는지 일상을 물어야 하는지, 아직도 그녀를 사랑하느냐고 물어야 하는지를 곰곰이 생각했다.

하지만 그녀가 마주한 사람은 직장에서의 킵이었으므로, 그는 곧장 일 이야기로 돌입해 수정 원고에 관한 자기 생각을 나열하면서, 베타 독자의 피드백을 기반으로 예상되는 독자의 반응을 물으며 대화를 이끌었다. 그들은 쉽게 익숙한 리듬으로 빠져들었다. 책은 항상 세상으로부터의 도피처였으나, 사랑했던 상대로부터의 도피처를 그들이 사랑했던 책 안에서 찾는 것은 모순적이거나 시적이었고, 어쩌면 둘 다였다. 그들은 족히 세 시간 동안 원고에 최종 주석을 달았고, 완벽하지는 않지만, 작가와 협력하면서 내놓을 수 있는 가장 좋은 버전의 소설이라는 데 둘 다 동의했다. 어쨌든 그것이 도서 편집자의 일이었다. 다듬지 않은 원고를 가져다가 내면의 이야기를 찾아 조금씩 깎아내고, 그 이후에 드러난 형태를 다듬는 것. 결국에 모든 작업은 여전히 작가에게 달려 있었지만 말이다.

한밤중에 그들은 서로를 바라보고 있었다. 아모라를 위해 그들이 할 수 있는 모든 일을 끝냈고, 도서 제작 과정의 마지막 단계를 위해 원고를 전송한 뒤였다.

　이건《동물원》원고가 그들 머릿속을 차지하고 있지 않다는 의미였다. 이제는 천천히 비어가는 카페 한가운데에 그들만 남았다. 에마는 자기 물건을 챙기려 했지만, 킵이 자신처럼 물건을 챙기지 않는 모습을 보고는 갑자기 그의 한가한 손을 매우 의식하며 동작을 멈췄다. 그녀는 카페를 훑어보다가 테이블 건너편에 앉아 가만히 그녀를 응시하면서 기다리고만 있는 그를 보았다.

　사람들이 카페를 떠나자, 바리스타는 빈 테이블들을 치우기 시작했다. 커피 그라인더는 꺼졌고, 오븐은 밤 휴식을 위해 이미 식고 있었다. 그 장면을 보자 에마는〈유브 갓 메일〉과 같은 로맨틱 코미디 영화의 한 장면이 떠올랐다. 그녀는 입꼬리를 올리며 미소 지었고, 그 말을 들으면 그도 미소 지을 것이라고, 어쩌면 식어버린 커피를 마시다가 웃음을 터트릴지도 모른다고 생각했다.

　"우린 또 수사법의 한가운데에 있어." 그녀도 모르게 그 말이 입 밖으로 튀어나왔다.

　킵이 자리에서 허리를 똑바로 펴면서 호기심이 동하는 눈으로 조심스럽게 에마를 보았다.

　"뭐라고?"

　"카페잖아. 데이트, 고백 그리고…." 목을 다듬고 나서 입

밖으로 튀어나온 다음 말이 너무 어리석었다는 깨달았지만, 너무 늦었다. "이별. 괜한 말을 했네."

미간에 나타난 주름 이외에 그의 얼굴에서 속내를 도통 읽을 수가 없어서 에마는 그가 그런 얘기는 그만 좀 하라고 소리쳤으면 좋겠다고 생각했다. 대신에 그는 키보드에 열심히 타이핑하듯 테이블 위를 손가락으로 두드렸다. 마치 머릿속에서 영원히 사라지기 전에 그 말을 종이 위에 옮겨두려는 사람 같았다.

"우리가 여기서 하는 게 그거야?" 킵이 마침내 높낮이가 없는, 상처받은 목소리로 말했다. 눈빛에 숨은 유감스러운 감정이 천천히 억눌린 분노로 타올랐다. "넌 카페 한가운데에서 나랑 헤어지고 있는 거냐고? 로맨틱 코미디처럼?" 그가 비웃었다.

그가 '너'라고 강조한 어조는 그녀를 비난하고 있음을 암시했고, 에마가 둘 다 저지르지 않은 범죄의 판사이자 배심원단이자 사형 집행인이 되기를 바란다는 걸 암시했다. 그리고 킵의 그런 말투가 그녀를 분노케 했다. "우리가 헤어지는 거야? 네가 말해봐, 킵. 일주일 내내 나를 피한 건 너잖아."

공공장소에서 이런 이야기를 꺼내는 건 어리석은 짓이었다. 그냥 어리석기만 한 게 아니라, 잔인하고 비겁했다. 이런 곳에서는 자기 생각을 말하고, 속내를 털어놓을 수가 없다. 그래서 둘 다 가슴속에서 분노가 끓어올랐지만, 목소리 톤을 고르게 유지했고, 소리를 죽여 고함은커녕 크게 소리칠 수 없는 말들을 이어갔다.

"난 다시는 두 번째 선택이 되고 싶지 않아, 에마. 너랑은 특히. 네가 나 말고 그를 택한다면 그걸 받아들일 수 있을지 모르겠어." 그가 그녀의 눈을 외면했다. 대학생 정도로 어려 보이는 한 커플이 카페를 떠나자, 바리스타가 카운터 근처의 테이블을 치우는 모습을 지켜보고 있었다.

에마는 테이블 위에서 자기 두 손을 깍지 꼈다. "내가 원하는 게 너란 걸 믿게 하려면 너한테 뭐라고 말해야 하는지 모르겠어, 킵. 내게서 듣고 싶은 말을 알려줘. '널 사랑해'라는 말로는 부족한 게 분명하니까."

"모르겠어. 네가 닉을 믿게 하려면 닉은 뭘 해야 할까?"

이 말에 그녀는 혈관 안에서 번개 치듯 불꽃이 타닥거리는 걸 느꼈고, 몸을 앞으로 기울여 입을 꼭 다물었다가 위협하듯 쏘아붙였다. "닉이 이 얘기랑 무슨 상관이야?"

"전적으로 관련이 있지." 킵이 드디어 그녀와 눈을 맞추며 대답했다. "닉이 직접 말했잖아. 너는 자기랑 역사가 있다고. 난 절대 이길 가능성이 없다고." 그가 고개를 저으며 테이블을 두드리던 짓을 멈췄다. 그가 목구멍에 치밀어오르는 화를 삼킬 때 목젖이 오르락내리락했으며, 미간의 주름이 사라지면서 에마가 한 번도 보지 못했던 부드러운 패배감이 얼굴에 드러났다. 그 표정을 보니 그녀의 마음이 찢어질 듯 아팠다. "지금 기분이 어때? 넌 왜 닉을 믿을 수가 없지? 나도 똑같은 심정이야. 너에게."

그녀는 의자 뒤로 몸을 기대면서 눈을 내리뜨며 조용히 말했다. "그래서 네가 날 믿도록 내가 할 수 있는 말이 없다는 거야?"

"넌 전 남친이랑 끝나지 않았고, 그래서 그를 네 삶에 계속 들이는 거야."

그 말에 함축된 의미는 그가 전 여친과 끝나지 않았다는 것이었다.

에마는 머릿속으로 모든 논거를 세웠다. 사랑은 문을 열어 자기 이외의 사람을 들이는 것이다. 그들이 그녀의 빈방을 채워주기를 바라며, 그들이 그녀의 집을 부수지 않으리라 믿으면서. 그녀는 자신의 마음과 몸, 정신과 영혼을 그에게 드러냈고, 누구에게도, 심지어 닉에게도 하지 않았던 방식으로 그에게 마음을 터놓았다. 그녀는 그와 함께 있을 땐 무방비 상태가 되었다. 좋은 부분과 나쁜 부분, 견고한 면과 취약한 면을 다 보여주지 않는다면 사랑이 무슨 소용이겠나? 일단 우리가 누군가를 사랑하면, 정말로 그를 사랑하지 않을 수 없고, 그가 사는 방을 정말로 없애버릴 수 없고, 어느 공간만을 차지하라고 지시할 수도 없다. 일단 우리가 다른 누군가에게 문을 열면 돌이킬 방법은 정말로 없다. 그들은 내면에 어떻게든 흔적을 남긴다.

그런 이유로 에마는 킵이 영리하게도, 전 여친에게 마음의 문을 닫지 않으면서 대신에 에마가 자기 마음을 찢어놓을 수 없는 곳으로 그녀를 들였다고 생각했다. 도둑은 집에 침입해서 귀중품을 훔치고 밤에 떠난다. 손님은 낮에 방문해서 선물을 가져오고, 친구로서 다시 오겠다는 약속을 남긴 채 떠난다. 그는 여전히 전 여친과 친구였다. 그러면서도 에마가 똑같이 하는 걸 막는다면 위선자일 것이다.

어떤 깨달음이 그녀에게 분명해졌다. 그녀도 느꼈기에, 진작 깨달았어야 했던 것이다. 그건 그녀가 닉을 다시 받아줄 수 없는 것과 같은 이유였다. 그건 그들의 전 연인과의 역사가 그들보다 훨씬 강한 힘을 지닌 이유였다. 닉과 에마의 역사는 그녀의 상심한 마음을 입증하듯 보여주는 기록이었다. 킵과 전 여친의 역사는 그가 가질 수도 있었던 삶의 기반이었다.

그들은 둘 다 상대가 자기를 해치기 위해 무엇을 할지 두려웠다.

"아니, 킵"이라고 마침내 말하며 그녀는 그저 손을 바쁘게 움직이려고 가방을 싸기 시작했다. "이건 나랑 닉 문제가 전혀 아니야. 네 문제지."

"나? 어떻게 이게 내 문제야?"

"넌 나를 믿지 않잖아. 내가 다른 사람의 마음을 찢어놨으니까, 넌 내가 또 그럴까 봐 두려운 거야. 네가 다시 원하는 미래를 잃는 게 두려워서, 넌 나만이 아니라 누구와도 미래의 계획을 세우지 않기로 한 거야."

"네가 그 남자랑 그렇게 많은 역사가 있는데 내가 어떻게 널 믿어? 네가 나랑 같은 역사를 반복하지 않는다고 어떻게 믿냐고? 네가 그 남자랑 끝나지 않았다는 사실을 감추려고 리바운드로 나를 사귄 게 아니란 걸 어떻게 믿어?"

"그 책은 덮었다고, 영원히!" 그녀는 의도했던 것보다 약간 더 크게 말하면서 바리스타와 마지막 남은 손님 몇 명의 관심을 끌었다. 그녀는 깊게 숨을 들이마신 다음 진정하려고 다시 한번 숨을 들이마셨다. "그 소설은 끝났어." 그녀는 그를 마주 보고서 때려눕힐 듯한 시선으로 노려보았다. 그가 무엇이 되려 했는지, 무엇을 하고 있었는지, 무의식적으로 무엇을 선택했는지를 보여주길 바라는 시선이었다. "너랑 닉의 차이가 뭐냐고? 난 닉과의 사랑에서 벗어나려고 했을 때 닉의 마음을 찢어놓았지만, 그를 놓아주면서 닉을 그만 아프게 하기로 했어. 넌? 난 아직 네 마음을 찢어놓지 않았지만, 넌 내 마음을 찢어놓고 있어. 넌 날 아프게 하기로 선택한 거야."

그녀가 일어나서 가방끈을 어깨 위에 맸다. 그가 무슨 말이라도 하기를 기다렸지만, 아무 말도 하지 않았다. 그는 외면했고, 주먹 쥔 손이 테이블 위에서 떨렸고, 미간의 주름이 돌아왔으며 눈은 뿌옇게 흐려졌다. "난 네가 이 문제를 끝까지 지켜봤으면 좋겠어, 킵. 아무도 네 가까이 오지 않는다는 걸 알게 될 거야. 너 말고는 아무도."

그리고 그녀는 줄기에서 꺾인 장미가 된 기분으로 그를 떠나면서, 그도 같은 기분일지 궁금했다.

26. 가장 큰 두려움

두려움은 나쁜 일이 생기리라 예상하면서 좋은 일을 잠시 미뤄두는 것이다. 두려움은 몸에서 뿜어져 나오는 긴장감이 지속된 상태이다.

점프 스케어[117]는 대부분 사람에게 그런 효과를 내지만, 그건 에마가 핼러윈에 스티븐 킹[118] 영화를 몰아보면서 자신에게 주려고 했던 효과이기도 했다.

두려움에 휘둘려선 절대 안 된다. 그녀의 마음은 킵을 마지막으로 본 이후로 억누르려고 했던 생각과 감정으로 계속 이리저리 널을 뛰었다. 그건 어떤 스티븐 킹 소설보다도 훨씬 무서운 생각과 감정이었다.

그러는 동안 제이니는 에마의 침대에 누워 〈공포의 묘지—더 비기닝〉, 〈옥수수밭의 아이들〉, 〈쿠조〉, 〈제럴드의 게임〉을 보는 동안 피가 낭자한 장면에 점점 더 몰두하면서 갈수록 이상해졌다. 이제 그들은 〈미저리〉를 보고 있었다.[119] 그들은

---

117   jump scare, 영화나 게임에서 관객을 깜짝 놀라게 하는 장면.
118   Stephen King, 수많은 공포 소설을 쓴 미국 작가.

꼭두새벽부터 그걸 보고 있었는데, 반쯤 긴장증[120]과 같은 상태가 되어 화장실에 가거나 배달 음식을 받으러 문 쪽으로 갈 때만 움직였다. 다아시, 나이틀리, 웬트워스는 제이니의 침대 옆 바닥에 깔린 접이식 매트리스에 누운 에마 옆에 누워 있었다. 와인 몇 병, 핼러윈 사탕 봉지, 모든 종류의 인스턴트 음식이 방에 어지럽게 흩어져 있었다. 고양이들은 에마의 손이 닿는 마룻바닥에 놓인 아이스크림 통에 절반쯤 차 있는 녹은 바닐라 아이스크림에 눈독을 들였다. 제이니와 에마는 핼러윈을 주제로 한 잠옷을 입고 있었는데, 제이니가 현재 애인의 관심을 끌기 위해 인스타그램에 사진을 게시해야 한다며 입어야 한다고 고집했다.

닉이 에마의 아파트로 찾아올 걸 알았기 때문에, 그녀와 고양이들은 제이니의 아파트에서 머무르고 있었다. 닉은 제이니를 통해 여전히 연락을 취하면서 만나서 얘기하자고 요구했다. 에마는 모든 메시지를 무시했고, 닉이 접근 금지 명령을 받도록 변호사를 찾아가기도 했다.

브렌트는 출판사 직원들에게 핼러윈 휴가를 주었다. 그러는 동안 회계팀은 회계 수치를 정리해서 연말이 되기 전에 열

---

119 〈Pet Sematary〉, 〈Children of the Corn〉, 〈Cujo〉, 〈Gerald's Game〉, 〈Misery〉는 공포나 스릴러 영화다.

120 조현병으로 몸을 움직이지 못하는 증상.

마나 많은 수익을 올릴 수 있을지 예측했다. 그 예측이 1년 더 출판사를 운영할 수 있을지를 결정하게 된다. 다음 주까지는 내년에도 일할 수 있을지 여부를 모르기 때문에 편집팀 대부분은 12월 말에 평소보다 더 긴 휴가를 신청해두었다.

에마는 사실 연말의 중대 발표를 기다리면서 킵과 함께하는 영화 몰아보기를 계획했었다. 같이 영화를 보면서 서로 괴짜임을 증명할 게 분명했기 때문에, 무서운 허구의 이야기를 보면서 무서운 현실의 뉴스에서 잠시라도 벗어나려던 생각이었다.

그건 책에 등장하는 가장 오래된 트릭이었다. 주인공은 애정 상대와 무서운 영화를 함께 보다가 결국 어떻게 되는가! 영화 감상은 등장인물들 사이에 친밀해지는 순간과 취약함을 엮어내는 편리하면서도 확실한 방법이다.

에마의 의도는 킵을 웃게 하는 것이었고, 그들이 계속하던 '괴짜 같은 농담 한가운데에 서 있는 두 명의 책벌레' 놀이에 하나를 더 추가하는 것이었다. 그녀는 적어도 하루에 한 번은 그를 웃게 하는 걸 삶의 목표로 삼았다. 그런데 벌써 몇 주째 그의 웃음을 듣지 못했다.

"이 소설에 대한 내 경고는 폴 셸던[121]이 '로맨스 소설가'

---

121 〈미저리〉의 남자 주인공.

라는 거야"라고 말하면서 에마는 손가락으로 허공에 따옴표 표시를 했다. "그의 책에서 미저리 채스테인이 죽었는데 말이지." 그녀는 킵을 보려고 몸을 돌렸다가 침대 위에서 자기를 돌아보는 사람이 입에 팝콘을 넣고 있는 제이니라서 실망했다. 에마는 생각에 너무 몰두하느라 자기가 어디에 있는지를 잠시 잊어버렸다. 그녀는 킵이 "애니 윌크스[122]가 폴 셸던에게 하는 짓이 우리가 작가에게 하는 일과 같다는 거 너도 알잖아. 발을 자르는 부분만 빼고"처럼 바보 같은 대답을 내놓기를 기대했다. 그러면 그녀가 "방금 우리 일을 코카인의 화신에 비유한 거야?"라고 대답할 것이다. 그녀는 그가 얼마나 크게 웃을지까지 이미 상상했다.

제이니는 러시아 소설을 읽는 중급 독자의 눈빛으로 강렬하게 에마를 쳐다봤다. 그녀는 둘 사이에 놓인 노트북의 스페이스바를 눌러서 침대 반대편 벽에 투사되던 영화를 멈췄다. "너랑 같이 있는 사람이 나란 걸 또 까먹었구나, 엠스."

"미안해. 머릿속 생각에 너무 빠져 있었어." 에마가 노트북의 스페이스바에 손을 뻗으며 말했다.

제이니는 에마의 손을 찰싹 때렸다. "이 영화 이제 보고 싶지 않아. 우리 현실과 너무 딱 맞아떨어지잖아."

---

122 〈미저리〉의 여자 주인공.

"다른 거 보면 되지. 〈캐리〉[123]는 어때?" 에마가 노트북에 저장된 영화를 스크롤하며 말했다.

"내가 생리 중이라는 걸 떠올리고 싶지 않아"라고 제이니가 대답했다.

"〈언더 더 돔〉[124]은?"

"핼러윈에 어울리지 않잖아."

"〈데드존〉[125]은 어때?"

"너무 정치적이야."

"〈그것〉[126]은?"

"난 광대를 볼 때마다 깜짝깜짝 놀라"라고 말하며 제이니가 갑자기 노트북을 덮는 바람에 손가락이 끼일 뻔한 에마는 위기를 가까스로 모면했다. "우리 각자의 연애사를 말하는 건 어때?"

"오래도 참았구나!" 에마가 제이니 쪽으로 가까이 움직이자, 침대 위 제이니의 몸이 튕겨 올랐다 내려왔다. 제이니는 최근 자신의 연애사에 관해 털어놓는 걸 피하고 있었는데, 그건 전혀 그녀답지 않은 행동이었다. 제이니는 민감한 주제를

---

123 〈Carrie〉.

124 〈Under the Dome〉.

125 〈The Dead Zone〉.

126 〈It〉.

회피하는 부류가 아니었고, 오히려 레킹 볼[127]처럼 솔직하게, 완전히 뻔뻔스러울 만큼 노골적으로 대처하기를 택하는 쪽이었다. 제이니에게도 사소한 문제들이 있었지만, 그녀는 절대 문제에 맞서는 걸 두려워하지 않았고, 빨간 펜을 손에 든 편집자가 원고에서 줄거리의 큰 오류에 동그라미를 치듯 문제를 강조하는 걸 두려워하지 않았다. 여태까지는. "네가 평생 그 고민을 안고 살 줄 알았지. 이제 털어놔 봐!"

제이니가 에마의 숨은 속내를 즉시 간파하고는 그녀를 노려봤다. "내가 상심했다고 해서 날 위해 네가 괜찮은 척할 필요는 없어. 알겠어, 엠스? 우리 둘이 동시에 비참하다면 그게 더 행복할 거야."

에마는 앓는 소리를 내며 제이니 쪽으로 다가가서 헤드보드에 머리를 기댔다. 비록 마음은 상심했을지라도 제이니는 여전히 사람들이 아는 모습 그대로 열정적인 에너지 볼이었다. 그녀는 에마가 곁에 있을 때만 유약함을 드러냈다. "넌 행복을 이상하게 정의하는구나, 제이니."

제이니가 어깨를 으쓱했다. "고통은 친구를 좋아하거든."

에마는 제이니의 어깨에 머리를 기댔다. "그만 꾸물대, 플로레스. 말하라고! 첫 데이트 후에 너랑 테오 사이에 무슨 일

---

127 철거할 건물을 부수려고 크레인에 매달고 휘두르는 쇳덩이.

이 있었던 거야? 테오한테 푹 빠져 있던 네가 그렇게 쉽게 그를 포기했다는 게 믿기지 않아. 넌 싸움에서 물러나는 부류가 아니잖아. 요즘 만나는 신비로운 남자 때문이야?"

제이니는 사랑이 다가오는 순간마다 그걸 부인하지만, 마침내 맞이하면 너무 쉽게 휩쓸려버리곤 했다. 다른 모든 일에서 제이니는 확고부동했고, 정체성과 스스로 쌓은 삶을 확실히 보호했다. 그러나 사랑에 빠질 때는 다른 모든 일이 옆으로 밀려났다.

"새로 사귄 남자가 누군지는 중요치 않아. 그는 그냥 리바운드니까. 테오와 나는 2주 전에 다시 만났어." 에마가 뭔가 말하려 하자 그녀가 손을 들어 올리며 덧붙였다. "친구로!"

에마는 제이니에게서 몸을 떼고 조바심을 내며 그녀를 빤히 보았다. "그런데?"

"어쩌다가 테오 집까지 갔고." 그녀가 손으로 얼굴을 가리며 입에서 나오는 다음 단어의 음량을 줄였다. "거기서 밤을 보냈어!"

에마가 깜짝 놀라는 신음을 내뱉었다. "너 혹시…."

"아니야, 절대! 우린 밤새 얘기만 했어. 정말로 가장 달콤한 경험이었어. 섹스는 없었지만, 어떤 인간과의 교류 중에서도 가장 가깝게 느껴졌어." 그녀가 손을 떼고 벽을 올려다보았는데, 프로젝터는 여전히 천정을 향해 나무망치를 들고 있는 애니 윌크스를 보여주고 있었다. "처음 데이트할 때, 우린 정말 맞지 않는 것 같아서 섹스 후에 그를 유령 취급했고, 곧바로 다른 사람을 만나기 시작했어. 침대에서 더 섹시하고 능숙한 사람. 하지만 그 후에 섹스가 점점 더 재미없어지더니 나중엔 아무 감흥이 없어졌어. 이제 그가 날 유령 취급하는 거야! 감히 나를? 그게 믿어지니?"

"제이니, 친구로서 하는 말이라는 것만 알아둬. 하지만 뿌린 대로 거둔 것 같아. 네가 그래도 싸다고 말하는 건 아니지만, 사람을 유령 취급하는 건 잔인하고 유치한 짓이야."

제이니가 눈을 흘기며 말했다. "그래, 이제 나도 알겠어, 엠스! 그래서 테오에게 사과 문자를 보냈어. 그가 만나자고 했어, 친구로! 그렇게 다시 인연이 이어졌어. 그 후로 줄곧 만나면서 서로 메시지를 보내고 있어."

"그렇다면 뭐가 문제야? 그냥 데이트해!"

제이니는 대답하는 데 뜸을 들였다. 에마가 그녀의 눈을 들여다보면서 뭐가 걸리는 건지 알아내려 할 때 제이니가 고백했다. "테오에게 여자 친구가 있어."

"제이니!" 에마는 친구의 팔을 찰싹 때렸지만, 제이니는 몸을 피하지 않았다.

"에마!" 이번에 지지를 바라며 에마의 어깨에 몸을 기댄 쪽은 제이니였다.

"어떻게 그럴 수가 있어?" 에마가 친구에게 뭐라고 말할지 고민하다가 마침내 말했다. 어떻게 그녀와 마음을 털어놓을 만큼 가까운 사람이 다른 여자에게 이토록 무신경하고 잔인하게 굴 수 있을까?

"나도 알아." 제이니가 한숨을 내쉬며 말했다. "나도 알아. 난 못됐고 잔인한 년이야. 난 첫 번째 만남에서 포기하면서 기회를 날려버렸어. 테오는 내가 그를 유령 취급한 뒤에 그 여자를 만났어! 난 좋은 게 눈앞에 있어도 보지 못하다가 이제 와 다른 여자에게서 그걸 뺏으려는 멍청하고 나쁜 년이야."

제이니는 나쁜 사람이 아니었다. 그렇다고 좋은 사람도 아니었다. 그녀는 완벽하지 않았지만, 에마는 제이니를 알았다. 그리고 아무도 제이니만큼 에마를 알지 못했다. 사람들은 복잡한 생명체고, 사랑에 빠진 사람들은 작은 마찰에도 언제든 폭발할 수 있는 화약고와 같았다. 사랑은 억누를 수 없고 통제할 수도 없지만, 혼자서 이루어지는 일이 아니었다. 그들이 애니 윌크스로 돌변하지만 않는다면.

사랑은 부서진 마음을 치유하는 것이었다. 사랑은 마침내 에마가 과거를 놓아버리게 했다. 사랑은 이별 후에 새로운 사랑이 기다리고 있지 않더라도 에마가 진심으로, 완전히 닉을 놓아버리게 한 이유였다. 그리고 그녀는 혼자가 아니었기 때문에 혼자 있어도 괜찮았다. 그녀는 제이니를 사랑했고, 고양이들을 사랑했다. 책을 사랑했고, 무엇보다 자신을 사랑했다.

"넌 너무 혹독하게 자책하고 있어, 제이니." 에마가 제이니의 손을 잡자, 제이니가 그 손을 꽉 움켜쥐었다. "어쨌든 이런 일을 혼자서 벌였을 리는 없잖아. 중요한 건 너와 테오가 이 일에 확신이 있다면 다른 여자에게도 공정하게 대해야 한다는 거야."

"넌 무슨 얘기를 하는지 아는 사람처럼 말하네." 제이니가 유머러스한 의도로 말했지만, 원했던 효과를 발휘하지는 못했다. "로맨스 편집자가 아는 사랑은 너무 뻔해."

"소설은 현실이 아니잖아, 제이니. 마음이 달린 일일 때는 내가 뭘 하는지 나도 모르겠어."

"그건 사실이야. 넌 무대 앞 댄스홀로 떠밀려야만, 아니면 첫 번째 남자를 잊으려고 다른 남자랑 어쩔 수 없이 같이 일해야만 남자랑 데이트란 걸 하니까." 그 말에 둘은 함께 웃었다.

"'진정한 지혜는 네가 아무것도 모른다는 걸 아는 것뿐이다'라는 말이 있어. 내가 많이 알지 못하는 유일한 게 바로 사랑이야. 난 사랑 이야기를 천 권쯤 읽을 수 있지만, 그게 정말로 뭔지는 절대 이해하지 못해. 가정하고 추측하고 터무니없는 이론을 세울 수는 있지만, 그게 바로 눈앞에 있을 때는 그걸로 뭘 해야 할지 모르겠어. 그걸 받아들여야 할지, 밀어내야 할지, 막대기로 쳐야 할지."

제이니는 에마를 향해 공모하는 듯한 미소를 지었는데, 그녀가 제정신이 아닌 짓을, 주로 야한 뭔가를 생각할 때 짓는 미소였다. "오! 그게 네가 하는 나쁜 짓이로군."

"나 지금 진지해, 제이니!"

"나도 진지해, 여기서 '친다'[128]는 막대기로 남자를 친다는 의미가 아니잖아. 봤지, 제이니는 사랑을 좀 안다니까."

에마는 제이니를 장난스러운 곁눈질로 흘겨보면서 미소를 지었다. "하지만 난 진짜 그걸 쳤어, 제이니."

제이니가 꽥 소리를 지른 다음 박장대소해서 에마의 고양이들을 깜짝 놀라게 했다. "음, 너 많이 컸구나."

"하지만 진지하게 말인데, 제이니. 너 괜찮겠어? 네 사랑의 대가를 직면할 준비가 됐어?"

제이니가 고개를 끄덕였다. "난 괜찮을 거야. 내가 잠자리를 폈으니,[129] 이제 드러누워야지." 그들은 애니 윌크스가 벽을 향해 나무망치를 들고 있는 장면을 마치 자기 최악의 자아가 살아난 모습을 보듯 가만히 바라보며 그렇게 앉아 있었다. "하지만 네가 킵하고 잘 안 돼서 유감이야." 제이니가 오랜 침묵을 깨고 말했다. "킵이 전 여자 친구에게 너무 상심해서 너한

---

128 '치다'라고 해석되는 'hit that'은 섹스를 의미하는 속어이기도 하다.
129 '잠자리를 펴다'라는 뜻의 어구 'make one's bed'에는 '불행을 자초하다'라는 뜻도 있다.

테 쉽게 마음을 줄 수 없었던 것 같아."

"무슨 말이야? 킵하고 전 여친은 친구야. 킵이 전 여친이 낳은 아이의 니농이야."

"정말? 릴리가 킵한테 자기 아이의 니농이 돼달라고 부탁했다고? 그건 너무… 잔인한데."

에마는 고개를 홱 돌려 제이니를 보았다. "너 킵의 전 여친을 알아?"

"아냐고? 같이 일도 했었는데? 네 전임자잖아. 릴리 기억 안 나?"

에마는 허리를 똑바로 펴고 고쳐 앉았다. "그럴 리가! 릴리가 내 면접관이었는데!"

"킵이 너한테 그 얘길 안 했어?" 제이니도 똑바로 앉으며 궁금한 듯 에마를 바라보았다. "릴리의 남편이 브렌트야. 릴리와 브렌트는 아주 오래전에 사귀었었대. 대학 때쯤이었겠지."

"하지만 브렌트는 킵의 절친이잖아…."

에마는 말을 멈추고 생각에 잠겼다. 제이니가 정말로 답을 기대하고 있지는 않았지만 말이다. "봐! 이래서 역사가 중요한 거야. 킵은 전 여친과 절친 사이에서 선택한 거야. 그래서 킵이 다음 달에 뉴질랜드로 떠나는 건가?"

"뭐라고? 넌 그걸 어떻게 알아?"

"중대 발표가 있기 전후에 누가 그만두는지를 놓고 인사팀 직원하고 수다를 좀 떨었지. 킵이 자기 선택에 대해 생각하려고 회사에 긴 안식 휴가를 신청한 게 틀림없어."

"뭐라고?" 에마는 침대에서 벌떡 일어나서 바닥 어딘가에 있는 휴대폰을 찾아 기어다녔다.

"야, 무슨 일이야?" 제이니가 침대 가장자리로 몸을 움직였다. "너 유령이라도 본 사람 같아."

"난… 그냥… 무서워." 그녀가 고개를 위로 젖혔다. 머릿속에서는 질문과 의심이, 연초부터 애니 월크스와 나무망치를 보고 있는 그 순간까지 킵과 나누었던 모든 말이 소용돌이쳤다. 세상의 시간을 다 가진 듯 빈둥거리며 그들은 뭘 하고 있었지? 과거가 미래를 좌우하게 하면서 그녀는 뭘 하고 있었지? "킵을 영원히 잃을 것 같아서 겁나."

27. 사건의 배경

《동물원》의 첫 번째 샘플이 출판사의 크리스마스 파티 때 나왔다. 파티는 원래 소규모 행사였는데, 본사 체육 대회에서 받은 상금 덕분에 한층 특별해져서, 올해는 가족과 친구들의 동반 참여가 허용되었다. 그래서 개방형 사무실이 평소보다 오늘은 더 붐볐다.

브렌트는 《동물원》의 샘플을 보려고 자기 집무실로 그녀를 불렀다. 책을 두 손에 받자, 내면에서 핫초코 거품 같은 자부심이 몽글몽글 샘솟았다. 1년이나 걸린 노동의 결과물이었다. 책을 손에 쥔 지금, 그 기간에 느꼈던 모든 고통이 씻겨 내려가는 것 같았다. 사실 살짝 눈물을 훔치기도 했다.

"나도 그 기분 기억나요." 뒤에 놓인 소파에 앉아 있던 어떤 여자의 목소리를 듣고 에마는 뒤를 홱 돌아보았다. 에마는 여러 해 전에 편집자로서 자신의 면접을 담당했던 여자를 알아보았다. 그녀는 에마가 일을 시작한 지 한 달 후에 그만두었다. 릴리가 계속 말했다. "오랫동안 작업해온 책을 보면, 절대 끝나지 않을 것 같은 기분이 들죠. 그러다 마침내 끝나고 나면, 두 손에 책이 들려 있는 거예요."

릴리는 자는 아기를 팔에 안고서, 살짝 흔들면서 어르는 소리를 냈다. 그녀는 에마를 보고 미소 지었는데, 그 모습이 밝고 화창한 날의 해와 같았다. 킵의 가슴속에 드리운 그녀의 그림자가 그토록 오래 강력하게 지속된 것도 당연해 보였다.

"릴리! 마지막으로 본 이후로 정말 오랜만이네요."

"회사에서 승승장구하는 걸 보니까 너무 좋네요, 에마. 에마가 출판사에 계속 남았으면 좋겠어요."

"그건 내가 전할 소식이야, 릴리." 브렌트가 조금도 비웃음이 섞이지 않은 어조로 말했다. 에마는 너무 갑자기 브렌트를 향해 몸을 돌리면서 자기 모습이 채찍이라도 맞은 사람 같다고 생각했다. 그의 눈빛에는 자기 아내와 아이를 향한 헌신과 순수하고 완전한 사랑만이 담겨 있었다.

"무슨 얘기에요? 저 해고되나요? 회사가 문을 닫아요?"

"아니!"라고 말한 브렌트는 어떻게 해야 요점을 더 잘 설명할까 고민하듯 잠시 말을 멈췄다. "우린 거의 문을 닫을 뻔했지만, 국제적인 출판업자에게 이 책을 해외에서 출간하자는 제안을 받았어. 계약이 성사되면 우리에게 필요한 목표 수익 이상을 벌게 될 거야. 그렇게 되면 당분간은 안전하겠지." 브렌트가 책상에서 일어나 그녀 쪽으로 걸어 오더니 책상 끝부분에 걸터앉았다. "일단 우리가 자립하고, 우리에 대한 본사의 신뢰를 회복하면, 자네를 편집장으로 승진시키고 싶네. 자네가 로맨스 판타지 임프린트[130]를 시작해서 키워나갔으면 해. 자넨 감이 좋잖아. 앞으로 몇 년간 우리가 출판사를 이어가려면 그게 필요해."

"하지만 킵은 어쩌고요?"

브렌트와 릴리는 서로 눈빛을 교환했다. "킵은 어쩌느냐니?"라고 브렌트가 물었다.

"제이니 말로는 회사가 문을 닫아서 킵이 떠난다고 했거든요."

브렌트가 한숨을 쉬었고, 릴리가 웃음을 터트렸다. "내가 말했잖아요. 제이니가 이 사무실에 도는 모든 소문의 출처라니까요"라고 릴리가 말했다.

"안타깝게도 그 문제는 다 정확하다거나 사실이라고 말하기 어렵겠군"이라고 브렌트가 말하며 엄지와 검지로 콧대를 눌렀다. "내가 아직 발표하지 않았으니, 공식적으로 말할 때까지는 이 문제를 제이니한테 알리지 않았으면 하네, 알겠지?"

"킵은 어떻게 돼요?" 에마가 고집스레 물었다. 그녀는 한동안 그를 보지 못했고, 그에게 내내 문자 메시지를 보내고, 메신저로 연락하고, 전화 통화도 했지만, 어느 것에도 그는 응

---

130 출판사가 유능한 편집자에게 별도의 하위 브랜드를 내주고 기획, 제작, 판매 등 독자적인 운영을 맡기는 방식.

답하지 않았다. 그녀가 너무 미운 나머지 자기 삶에서 완전히 차단하려는 걸까?

에마는 다시 울기 시작했는데, 이번에는 비참하고 추하게 얼굴을 일그러뜨리며 울었다. "킵은 이제 나랑 얘기도 하지 않는데, 어떻게 바로잡아야 할지 모르겠어요." 그녀는 두 사람을 비난하기 시작했다. "그리고 이건 다 당신들 때문이에요. 킵에게 어떻게 그럴 수가 있어요? 킵을 버려놓고 어떻게 그에게 니농이 돼달라고 할 수 있어요?"

"에마, 킵이 날 버린 거예요." 릴리가 아기를 팔에 안은 채 서서 말했다.

에마는 어이가 없는 듯 숨을 내뱉었다.

"우리 둘 다 받을 자격이 없는 친절이긴 했어." 브렌트가 말했다. "난 정말 거리를 두려고 노력했어."

"난 브렌트랑 다시 사랑에 빠져들고 있었지만, 킵과의 관계를 위해 계속 버티고 싶었어요. 당연히 킵을 위해 계속 버티려 했어요. 브렌트와 나는 역사가 있어요. 킵은 그런 노력이 모두를 비참하게 만들고 있다는 걸 알았죠. 그래서 어느 날 브렌트랑 내게 말했어요. '내가 졌어. 너랑 브렌트가 내게는 더 중요해, 릴리'라고 했어요. 그러고는 그걸로 끝이었어요."

"이 말은 해야겠군, 에마." 브렌트가 둘의 이야기에 끼어들며 덧붙였다. "난 킵이 지난 몇 달간 자네랑 있을 때만큼 행복한 모습을 본 적이 없네. 그걸 모른다면 킵은 바보야."

"킵이 오늘 밤 뉴질랜드로 간다고 하지 않았나요?" 릴리가 확인차 브렌트를 보며 물었지만, 브렌트는 대답 대신 눈썹을 치켜올렸다.

"진짜 오늘 떠난다고요?"라고 말하는 에마의 머릿속은 멍해졌다. 킵이 정말로 떠나고 있었다.

릴리가 에마를 쿡 찌르며 말했다. "너무 늦기 전에 쫓아가 봐요."

브렌트가 뭔가 말하려고 입을 벌렸지만, 대신 아내에게 따가운 눈총을 받았다. 릴리가 말했다. "킵이 지금 공항에 있을 거예요. 아직 잡을 수 있어요." 그는 주머니에서 자동차 키를 꺼낸 후, 허락을 기다리듯 릴리를 보았고(그녀가 끄덕이자) 에마에게 키를 건네주었다. "우리 차를 가져가게."

그들이 에마를 재촉해서 문밖으로 내모는 바람에 그녀는 너무 놀라고 혼란스러워서 저항하지 못했다.

떠나기 전에 에마는 남편과 아내가 대화를 나누는 모습을 힐끗 보았다.

"누가 공항에 차를 가지러 가지?" 브렌트가 물었다.

"당신이지. 자동차는 당신 아이디어였잖아"라고 릴리가 대답했다. "내 전화 좀 줘. 둘에게 로맨스에 어울리는 '그 후로 행복하게 살았답니다'를 만들어줄 수 있을 거야."

"아! 로맨스 편집자들이란!"이라고 말하는 브렌트는 어안
이 벙벙하면서도 사랑스러워하는 표정이었다.

28. 로맨스 판타지의 결말

에마는 공항 주차장에서 조수석에 선인장 화분을 놓은 채 차 안에 앉아 있었다. 로맨스의 첫 수업 때처럼, 이건 어리석은 계획이라는 생각이 들기 시작했다. 그녀는 킵의 비행편이 몇 시인지, 어떤 항공기에 탑승하는지조차 몰랐다. 그냥 브렌트와 릴리가 말한 것만 알 뿐이었다.

12월이라 공항은 여기저기서 오고 가는 사람들로 북새통을 이뤘다. 그녀는 여기서 활주로를 이륙하는 뉴질랜드행 비행기를 하나하나 지켜보겠다고 생각했다. 뉴질랜드행 비행기는 그리 많지 않았다. 휴가철이라 공항에는 행복한 분위기가 감돌았다. 마치 수백만 도시를 연결해주는 공항이, 작별 인사와 환영 인사를 주고받는 그 중간 지점이 사랑 이야기에 등장하는 많은 이별과 재회의 배경이 아니라, 본질적으로 행복한 장소라는 걸 보여주는 듯했다. 회색 아스팔트 속에서 작은 은빛 조각들이 반짝였다. 금속과 유리로 만든 설치물들이 오후 햇빛과 야간 조명을 받아 반짝였다. 게다가 주차장을 굽어보는 곡선의 석상은 세상과 하늘과 그 너머로 가는 관문 같았다. 여기서는 모든 것이 실물보다 커 보였다. 여기 있는 모든 것은 다른 어딘가로 떠나고 있었다. 여기 있는 모든 게 어느 곳보다도 행복해 보이고 의기양양해 보여서, 에마는 빌린 차에서, 조수석에 선인장과 불안하리만큼 조용한 휴대폰을 놓은 채 앉아 있는 자신이 이곳과 어울리지 않다고 느꼈다.

제이니는 업데이트된 소식을 요구하며 몇 분마다 메시지를 보내왔다. 마지막 메시지에서 그녀는 어디 있느냐고 물었다. 에마는 「주차장」이라고 대답했다. 그녀의 절친은 다시 메시지를 보냈다. 「정확히 어느 주차장이야?」

에마가 정확한 위치를 알려주자, 제이니가 아리송한 답장을 보냈다. 「거기 그대로 있어.」

다른 메시지는 절대 소식을 듣고 싶지 않은 사람에게서 왔다.

「미안해, 에마. -N」 닉이 새로운 번호로 메시지를 보낸 것이다!

그녀는 조수석에 놓인 선인장 옆에 휴대폰을 던져놓고는 기다리고 기다리고 또 기다렸다. 그게 몇 시간 전이었다. 집 말고는 갈 곳이 없었는데, 그냥 가버리면 너무 쉽게 포기하는 것처럼, 패배자처럼 느껴졌다. 게다가 아직 패배를 인정할 준비가 되어 있지 않았다. 현명한 짓은 아니겠지만, 적어도 취할 행동이 남지 않은 건 아니었다. 〈러브 액츄얼리〉를 재연해서 탑승 구역까지 모든 보안 요원을 뚫고 달려가는 방법이 있었는데, 그 계획을 실행한다면 체포될 위험이 있었다. 사실 그건 위험에 불과한 게 아니었다. 그런 시도를 한다면 틀림없이 체포될 것이다. 그녀가 너무나도 절박하다면 모든 적금을 탈탈 털어서 뉴질랜드행 비행기 표를 살 수도 있지만, 비자가 없어서 탑승조차 못 할 것이다. 이 계획은 생각할수록 멍청한 짓이었다.

그녀는 바보 같은 아이디어에 민망해하면서도 미소를 지었다. 연인이 영원히 떠나기 전에 붙잡으려고 공항까지 쫓아가는 장면은 그들의 길고 긴 '괴짜 같은 농담 한가운데에 서 있는 두 명의 책벌레' 이야기에서 결정적인 대목이 될 테니 말이다. 그녀는 운전대에 이마를 대고 한숨을 쉬었다.

이런저런 생각이 머릿속에서 질주하면서, 그녀는 운전대에 살짝 이마를 찧었다. 어쩌면 그녀가 다 망쳐버렸을지 모른다. 쿵. 어쩌면 킵을 영영 잃었을지도 모른다. 쿵. 쿵. 어쩌면 킵은 애초에 그녀의 것이 아니었을지도 모른다. 쿵. 쿵. 쿵.

생각이 소용돌이치면서 결국 패배를 인정하고 집으로 돌아가기로 결심하는 단계에 이르렀다. 여기서 문제는 그녀가 아니었다. 그녀는 그를 사랑했다고 확신했다. 그보다 더 확신할 수는 없었다. 그녀를 믿지 않았던 쪽은 킵이었다.

휴대폰이 울리면서, 여기 오는 길에 킵을 위해 충동적으로 산 작은 금호선인장이 담긴 오렌지색 화분까지 진동했다.

이 선인장은 가게에 있던 선인장 중 가장 비싼 것이었다. 그녀는 매우 로맨틱한(킵이 은근히 낭만적이고, 은근히 로맨틱 코미디를 좋아하니까) 제스처로 킵에게 뭘 선물할지 고민했다. 그를 너무 많이 사랑해서 비참하고 가시로 덮인 삶을 그와 함께 보내고 싶다는 메시지를 전달하려고 선인장을 줄 거라면, 최대한 고급스러운 선인장을 선물하는 게 낫다고 생각했다. 그녀는 죽어가는 꽃 대신에 여자에게 화분이나 선인장을 선물하겠다고 말했던 킵을 따라 해보았다. 그런데 지금 왜 그게 좋은 아이디어라고 생각했을까? 누가 선인장을 고급스럽다고 생각할까?

그녀가 이 시점에서 아무 생각 없이 이마로 운전대를 찧고 있자, 피부의 감각이 둔해지기 시작했다. 영원히 공항 주차장에 있을 수는 없었다. 그녀는 오후 내내 여기 있었고, 이제 밤이 스멀스멀 시작되고 있었다. 야간 주차비도 부과될 것이고, 어쩌면 보안 요원이 수상한 행동을 한다고 그녀를 체포할지 모른다. 주차장에 진입할 때 그녀의 차를 확인한 경비원은 이미 선인장이 이상하다고 생각했을 것이다. 그녀가 청바지 위에 입고 있던 낡아빠지고 색이 바랜 〈반지의 제왕〉 셔츠는 더 이상했다. 그들이 해변에서 돌아온 다음 날 아침 킵의 짐에서 몰래 챙겨둔 셔츠였다. 그녀는 괴짜 같은 그의 셔츠를 입고 나타난다면 낭만적일 거라고 생각했다.

역시나 그녀는 이런 낭만적인 이벤트에는 소질이 없었다.

운전석 창가에 노크 소리가 들려 그녀는 깜짝 놀라며 자동차 경적에 머리를 박았고, 밖에 누가 있는지 보지도 않은 채 창문을 여는 버튼을 눌렀다.

"죄송합니다, 지금 가려고요." 그녀는 거짓말을 하면서 속으로는 다른 주차 장소로 이동하려 했고, 미소를 지으며 올려다보았을 때, 상대가 보안 요원이 아닌 걸 알게 됐다.

그건 장미꽃 한 다발을 들고 있는 킵이었다.

"장미에 대해서는 내가 틀렸어. 오히려 그 반대더라고." 그가 마라톤을 뛴 사람처럼 숨을 헐떡이면서 말했다.

"뭐라고?" 에마가 놀라서 입을 떡 벌리고는 미간을 찌푸리며 대답했다.

그는 자동차 문을 열고 그녀가 밖으로 나올 수 있게 손을 내밀었다. 그녀는 킵의 손을 잡으면서 갑자기 그 옆에 서 있는 자신이 추레하게 느껴졌다. 킵은 흰색 버튼다운 셔츠를 입었는데, 팔꿈치까지 소매를 접어 올렸고, 책의 누런 종이 색과 같은 베이지 카키색 바지를 입었으며, 사각 검은 뿔테를 쓰고, 다크 브라운 로퍼를 신은 차림이었다. 그는 에마가 일어날 때, 한 손으로는 그녀의 허리를 잡고 다른 손으로는 둘 사이에 장미를 들고서 균형을 잡아주었다. "꽃 선물은 나 없이 사느니 내 팔에서 죽겠다고 말하는 게 아니라…" 그가 말을 멈추고는

301

그녀를 머리끝에서 발끝까지 훑어보면서 미간을 찌푸리다가, 자기 셔츠를 알아보고는 눈을 반짝였다. "뭘 입고 있는 거야? 이 왕괴짜야."

"낭만적인 분위기를 내려고 했지!" 그녀가 그의 목 옆에 얼굴을 묻으며 말했다.

"그래서 공항에서 날 기다리고 있던 거야? 〈러브 액츄얼리〉에 나오는 그 아이처럼 날 쫓아오려고?"

"처음에 생각났을 때는 좋은 아이디어 같았어. 그런데 몇 시간이 지나니까 〈카사블랑카〉가 될 것 같다고 생각했지."

"〈러브 액츄얼리〉 장면을 따라 한다면, 보안 요원에게 체포당하고 말 거야."

그녀는 킵의 얼굴을 보려고 고개를 뒤로 기울였다. "그래서 공항 주차장에서 널 기다리고 있었잖아."

"그래서 운에 맡긴 채로 하필이면 오늘을 골라 공항에 나를 쫓아온 거야? 오늘 밤 내가 뉴질랜드로 간다는 건 어떻게 확신하고?"

"나도 몰라! 브렌트와 릴리가 네가 여기 있다고 말해줬단 말이야! 난 그게 낭만적일 거라고 생각했지!" 그녀는 그에게서 떨어져 차로 달려가 선인장을 가져왔다. "심지어 바보 같은 선인장까지 샀잖아. 네가 꽃다발은 근본적으로 '네가 죽었으면 좋겠어'라는 뜻이라고 말해서." 그녀는 화분을 그에게 내밀었다. "그래 놓고 넌 나한테 장미꽃을 주고 있네. 너 진짜 사람 헷갈리게 해, 킵!"

킵은 크게 소리 내어 웃으면서 자유로운 손으로 그녀의 손을 잡았다. "마음을 바꿨다고 내가 말했잖아. 그 장미는 내가 너한테 '난 널 너무너무 사랑해, 너 없는 삶은 상상도 할 수 없어'라고 말하는 거야."

"우린 이런 낭만적인 짓에는 진짜 소질이 없어, 그렇지?" 그녀가 그의 눈길을 외면하면서 말했다.

"우린 괴짜 같은 농담 한가운데에 서 있는 두 명의 책벌레일 뿐이야"라고 말하며 그가 그녀의 손에서 선인장을 받아 장미와 함께 자동차 지붕 위에 놓았다. 그다음 그녀의 팔을 자기 목에 두르고 손은 그녀의 허리에 올린 채, 자동차 근처에 있는 외로운 가로등 불빛 아래서 콧노래와 함께 몸을 흔들며 느리게 춤을 췄다.

"우리 뭐 하는 거야, 킵?"

"우리가 좋아하는 로맨스 소설처럼 춤추고 있잖아. 일기 예보에서 오늘 밤 비가 온다고 했는데. 그러면 한 번에 두 가지 수사법을 달성하는 거지."

그녀가 자기도 모르게 킬킬거렸고, 그는 그 모습에 즐거워했다. "대체 무슨 얘기를 하는 거야, 호빗?"

"네 전 남친이 나한테 메시지를 보냈어. 닉이 「네가 이겼어」라더라."

그녀는 노려보면서 물었다. "그래서 닉의 말대로 하려는 거야?"

"물론 아니지. 닉한테 엿이나 먹으라고 했어. 넌 사람이지 상이 아니니까."

"그러면 왜? 뭐 때문에 마음을 바꿨어? 내가 여기 있는 건 대체 어떻게 알았어, 킵?"

"집에서 노라 에프론 영화를 몰아보기 하면서 생각에 잠겨 있었는데, 브렌트하고 릴리가 전화해서는 날 찾으라고 널 여기 보냈다는 거야. 그러기 전에 네 절친이 우리 연애사에 관해 하필 우리 상사이기도 한 내 절친을 괴롭혔지. 브렌트하고 나는 내 전 여친이자 그의 아내이기도 한 릴리와의 이별에 관해 수년간 회피하고만 있었어. 난 너무 오랫동안 두 번째 선택이었고, 앞으로도 항상 그럴 거라고 생각했어. 그래서 위험을 무릅쓰는 짓을 그만뒀지. 시도도 해보기 전에 모든 싸움을 포기했어. 사실 시도 자체를 하지 않았어. 제이니가 우리 문제 때문에 브렌트에게 전화했을 때, 브렌트는 내가 과거의 연인 관계에 남겨두었던 모든 문제를 직면하게 했어."

"그래서 브렌트가 너한테 뭐라고 했어?"

"널 놓아준 건 바보 같은 짓이라고 하더라. 내가 너랑 있을 때만큼 행복해 보였던 적이 없었다고. 심지어 릴리랑 있을 때보다도 더 행복해 보였대. 그가 넌 릴리와 전혀 다르다고 말했어. 넌 릴리가 아니고, 모두가 릴리가 될 수는 없다고."

에마는 킵에게서 몸을 떼면서 그의 얼굴을 보려고 했지만, 그다지 멀지 않아 손을 놓아야만 했다. "무슨 소리야?" 그녀가 그의 강렬한 눈을 깊게 응시하면서 물었다.

"오히려 반대라고 말하는 거야. 릴리는 네가 아니야. 아무도 네가 아니지. 넌 내가 꿈꾸던 여자야, 에마. 로비에서 《프린세스 브라이드》를 읽는 널 보기 전에도 넌 가장 야한 나만의 판타지에서 꿈꾸던 여자였어. 넌 내가 아는 최고의 책벌레고, 아마 나보다 훨씬 더한 책벌레일 거야. 넌 너무 섹시해서 널 만질 때마다 미쳐버릴 것만 같았어. 우리가 같이 농담한 뒤에는 널 따라잡으려고 네가 말한 문학 작품을 다 찾아 읽었어. 살면서 누군가에게 좋은 인상을 주려고 그렇게 많은 로맨스 소설을 읽어본 적이 없었어. 그런데 넌 SFF 도서를 언급할 때마다 날 놀라게 했지. 난 절대 널 이길 수 없을 거야, 버터컵. 이걸 깨닫는 데 너무 오래 걸려서 미안해. 내가 너의 두 번째 선택이란 걸 중요하게 생각하다니 내가 바보였어. 내가 두 번째, 세 번째, 네 번째라 해도 너의 마지막 사랑이기만 하면 상관없어, 에마."

에마는 킵이 엄지로 뺨의 눈물을 닦아줄 때까지도 자신이 울고 있었다는 걸 몰랐다. "하지만 넌 뉴질랜드로 떠나는 거 아니야?"

"무슨 얘기를 하는 거야? 내 삶이 여기 있는데. 내 일도 여기 있고. 너도 여기 있잖아."

"일? 하지만 내가 승진할 거라고 브렌트가 말했는걸."

"브렌트는 널 위해 새로운 직책을 만들 거야, 에마. 나 해고되는 거 아니야. 적어도 내가 알기로는⋯."

"하지만 너희 가족이⋯."

"이쯤 되면 네가 정말로 날 뉴질랜드에 보내고 싶어 한다는 생각이 드는데"라고 말하면서 그가 소리 내어 웃었다. "말만 해. 내가 우리 둘의 비행기 표를 사서 네가 원하는 공항은 어디든지 마음껏 날 쫓아올 수 있게 해줄게."

"그건 아니야! 아니 그렇기도 해! 그러니까 난 네가 더 이상 혼자 있거나 외롭지 않았으면 좋겠어, 킵." 그녀는 끙 하고 앓는 소리를 냈다. "젠장! 난 왜 이런 걸 이렇게 못하지? 널 만나면 할 말이랑 그런 걸 다 준비해뒀었는데!"

에마는 킵의 얼굴이 찡그려지며 그의 입술이 아래로 내려가는 걸 보면서 자기가 요점을 이해시키지 못하고 있음을 알았지만, 킵은 어쨌든 그녀가 말을 마치기를 기다렸다.

"넌 내 혼을 쏙 빼놨어, 킵. 육체와 영혼까지."[131] 에마가 불쑥 말을 내뱉었다. 제인 오스틴은 항상 뭐라고 말해야 할지 알고 있었다. "넌 나 말고 다른 사람이 되라고 요구하지 않았어. 넌 내 마음을 산산조각 내라고 요구하지 않았지만, 그냥 내 삶에 존재하는 것만으로 내 마음과 영혼의 공허함을 채웠어. 넌 내가 좋아하는 걸 좋아하고, 내가 사랑하는 걸 사랑해. 넌 날 너무 잘 알아. 가끔은 내 안에 있는지조차 몰랐던 내 일부를 내게 보여줘서 깜짝 놀라게 하기도 해. 게다가 넌 괴짜인 걸 너무 섹시하게 생각해. 어떻게 그런 게 가능하지?" 그의 웃음을 들은 그녀는 더 용감하고, 대담하고 솔직해져서 말이 그냥 입 밖으로 술술 흘러나왔다. "넌 내 모든 판타지 속 주인공이야. 넌 내가 완전히 이해하지 못한 공상과학 소설 속 용어지만, 그래도 계속 시도해보고 싶어. 넌 내가 로맨스의 해피엔딩을 함께 맞이하는 장면을 상상할 수 있는 유일한 연인이야. 넌 내가 선택한 사람이야, 킵. 오직 너뿐이야."

"내가 호빗이 되기엔 너무 커도?"

"네가 올라야 할 건 더 많아."

"내가 가죽옷 입고 허세 부리는 웨스틀리[132]가 아니어도?"

"이니고 몬토야가 더 흥미로운 캐릭터이긴 하지."

"내가 너무 섹시해서 네 주위에 있을 때마다 종이를 태워버려도?"

---

131 《오만과 편견》에 나오는 구절.
132 《프린세스 브라이드》의 주인공.

"그렇다면 온 세상이 불타게 두라지. 난 널 위해서만 탈 거니까, 호빗."

"사랑해, 에마."

"나도 알아." 에마는 그가 얼굴을 찌푸리자, 활짝 웃었다. 하지만 그가 더 불평하기 전에 뒤이어 말했다. "나도 많이 사랑해, 킵."

킵은 너무 깊고 사랑스럽고 은밀한 키스를 했는데, 그 순간 그가 했던 키스는 그녀가 누구에게도 받았던 적이 없는 키스였다.

게이트가 닫히기 전에 멋진 일이나 추격 장면이 벌어지는 공항, 대부분 로맨스 소설이 끝나는 공항과는 떨어진 주차장에서, 키스하고 춤을 추던 두 책벌레는 낭만적인 이벤트와는 거리가 먼 만남을 가졌다. 비가 세차게 내리기 시작하면서 옷이 흠뻑 젖었고, 자동차 지붕 위에서는 선인장과 죽어가는 장미가 물에 잠겼다. 비는 아스팔트와 유리, 철골 구조물과 공항을 굽어보는 석상 위에서 사랑의 노래를 연주했다.

로맨스의 신이 유머 감각이 있거나 그들이 로맨스에는 영소질이 없었을 것이다. 그럼에도, 예술이나 과학 또는 어떤 종류의 초자연적 개입도 로맨스가 펼쳐지는 이 순간과 아무런 관련이 없었다. 킵과 에마는 그들의 책 안에서 자기들만의 선택을 했고, 그들의 이야기는 책을 향한 러브스토리였다.

에필로그
─1년 후

해피엔딩의 다음 이야기는 김빠지게 느껴질 수 있다. 빅뱅과도 같은 사건이 일어나지 않았던 것처럼 남은 인생은 어쨌든 계속된다.

다시 12월이 됐고, 에마와 킵은 킵의 가족과 크리스마스를 보내려고 뉴질랜드로 갔다. 드디어!

가족과 보내는 크리스마스는 완전히 잃어버리기 전에는 당연하게 여겼던 것 중 하나였다. 킵을 만날 때까지 에마의 유일한 가족이었던 엄마는 팬데믹이 일어난 첫해에 돌아가셨고, 에마는 지난 세 번의 크리스마스를 아파트에서 고양이 세 마리와 함께 보냈다. 비싸지만 확실히 크리스마스와는 관련 없는 테이크아웃 음식을 먹었고, 편의점에서 산 술을 진탕 마시고 취했다.

석 달 전, 도서 박람회가 끝난 다음 날, 그들은 킵의 침대에 누워 있었다. 그녀는 자는 모습을 바라보는 그의 시선을 느끼며 잠에서 깼다.

"무슨 일이야, 험버트 험버트?" 그녀가 잠에서 덜 깬 거친 목소리로 말했다.

"그냥 좀 비켜달라고 말하면 돼." 그가 웃으면서 침대에서 옆으로 몸을 움직였다. "게다가 넌 나한테 롤리타보다는 둘시네아[133]에 가까워, 버터컵."

"나를 문학 작품 속에서 성적 상품화한 여인들에게 비유하다니 정말로 모닝 섹스의 분위기를 깨는군, 돈키호테." 그녀는 그를 자기 쪽으로 끌어당겨 얼굴을 그의 가슴에 대고 심장 박동 소리를 들었다. "무슨 생각을 하는지 말해줘."

그가 장난으로 눈을 흘겼다. "어떤 남자가 여인의 머릿속 수수께끼를 아는 척할 수 있겠나?"[134]

"별로 나아진 게 없군, 호빗." 그녀가 그의 가슴에 대고 말했다.

"그래, 그래. 넌 문학 작품 인용의 여왕이니까. 내가 졌어. 이제 일어나야지." 그는 그녀를 일으켜 앉혔고, 둘은 헤드보드에 기댄 채 나란히 앉았다. 그러는 내내 그녀는 항의의 의미로 앓는 소리를 냈다. 그 자세로 앉으니, 킵의 책꽂이와 장난감 컬렉션이 한눈에 다 보였다. 그는 그녀의 손바닥에 평범한 하얀 봉투를 내밀었는데, 앞면에 '문밖으로 나오는 건 위험한 일이야, 프로도'[135]라고 쓰여 있었다.

---

133 《돈키호테》에서 돈키호테의 환상 속 여인.
134 《돈키호테》에 나오는 대사.
135 《반지의 제왕》에서 빌보의 대사.

"이게 뭐야, 간달프?" 에마가 봉투 겉면을 만지면서 안의 내용물을 추측하며 물었다.

"열어봐!" 그녀가 깨어나기를 기다리느라 억눌렀던 에너지를 발산하듯 그가 목소리에 활기를 띠며 그녀가 봉투 여는 모습을 지켜보았다. 그녀는 웃음이 터져 나오는 걸 간신히 참았다.

에마가 꺼낸 건 뉴질랜드행 왕복 비행기 표 두 장이었다. 그녀는 눈이 휘둥그레진 채 깜짝 놀라서 그를 올려다보았다. "킵, 이건…, 난…."

킵이 그녀의 손을 잡았다. "간다고 말할 거지? 진심으로 널 우리 가족에게 소개하고 싶어."

"하지만 이건 한 달 치 월급보다도 비싸, 킵!"

"돈은 이미 냈어." 킵이 그녀의 손가락을 가지고 꼼지락거리더니 두서없이 말하기 시작했다. 후줄근한 머리를 하고 안경을 쓴 킵은 이에 관해 그녀에게 논쟁할 여지를 주고 싶지 않았다. "1년 내내 이 여행을 위해 저축했어. 비행기를 자주 타니 항공사 마일리지도 좀 있었고. 게다가 표도 할인가로 샀어. 비용 걱정은 하지 마. 네 비자만 걱정하라고."

에마는 손에 놓인 비행기 표를 보다가 희망과 기대에 찬 킵의 얼굴을 보고서, 한 치의 의심도 없이 그녀도 정말로 가고 싶다는 생각이 들었다. "내가 갚게 해줄 거지? 한꺼번에 갚을 수 없는 건 분명하지만….”

전구가 깜빡이듯 그의 눈이 밝아졌고, 크고 즐거운 미소가 그의 얼굴에 퍼졌다. “그거 승낙한다는 뜻이지?”

그녀는 그가 마음을 졸이며 조금 더 진땀 빼게 하려고 대답하는 데 뜸을 들였다. 둘이 데이트하는 1년 내내 킵은 에마의 마음을 마음대로 판단하지 않았다. 그는 항상 그녀에게 자기 생각과 선택을 분명히 표현할 기회를 주었다. 하지만 의심과 두려움이 가득했던 예전과 달리 이번에는 연인 관계의 동등한 참가자로서 상호 존중과 확신이 있었다.

“내가 실제로 호빗 굴에 산다는 걸 네가 간절하게 증명하고 싶은 줄 알았는데.” 그가 점점 커지는 긴장감을 누그러뜨리려 농담했다.

그녀가 활짝 웃자마자, 그가 긴장을 풀었다. “당연하지. 나도 너랑 가고 싶어. 혹시 의심했어?”

“전혀 아니야.” 그가 함박웃음을 지으며 그녀를 자기 쪽으로 당겨서 키스했다. “표는 환불이 불가능해.”

“자기 부모님이 자기보다 날 더 사랑하게 만들겠다고 내가 약속했잖아.”

그가 그녀를 흘겨보면서 짜증 난 척하며 입을 오므렸다. “안 되겠어, 마음을 바꿨어. 넌 우리 부모님 만날 필요가 없을 것 같아!”

그녀가 웃으며 장난감에서 눈길을 돌릴 수 있게 킵 위에 다리를 벌려 올라탔다. "인정해. 넌 호비튼 마을에 혼자 가고 싶지 않잖아."

그는 그녀의 엉덩이를 잡고 가까이 끌어당겼고, 손은 엉덩이에 둔 채 그녀의 눈을 바라보았다. "부모님 대신 섹시한 여자 친구를 데려가면, 조금 덜 괴짜처럼 보이고, 덜 괴짜처럼 느껴질 거라고 생각했지."

"킵, 거긴 호비튼이야. 어떤 것도 덜 괴짜처럼 보이진 않아." 그녀가 그에게 몸을 기대어 키스하며 말했다. "게다가 괴짜는 섹시하잖아⋯."

그렇게 해서 그들은 손을 맞잡고, 여기 호비튼 마을의 흙길 위를 걷고 있었다. 시끌벅적한 아이들 무리와 세 쌍의 부모로 구성된 킵의 가족이 앞서서 걷고, 그 뒤로 관광 가이드가 영화와 작가, 책에 관해 시시콜콜한 이야기들을 알려주며 안내했다. 에마와 킵은 뒤처져서 걸으며, 언덕의 경사면을 지나가면서 만나는 둥근 문마다 멈춰 사진을 찍었다.

그의 부모님이 그녀를 만나자마자 좋아할 거라던 킵의 예상은 적중했다. 에마는 자기만큼, 어쩌면 자기보다 훨씬 많이 책을 좋아하는 사람을 만난 적이 없었다. 그들이 뉴질랜드에 도착한 날부터 부모님이 그녀를 붙잡고 몇 시간이고 책 이야기를 하는 통에 킵은 말 그대로 에마를 부모님으로부터 구해야만 했다. 뉴질랜드에 있는 가족의 집은 큰 창과 벽돌 담장이 있는 집이었다.(실제로 호빗 굴이 아닌 것으로 드러났다.) 채광이 좋고 통풍이 잘되는 개방적인 공간이었다. 예전에 엄마와 함께 살 때 느꼈던 기분, 그 안에서 살며 사랑했던 집에 온 기분이 들었다. 알레그리 가족은 심지어 방 하나를 온전히 서재로 꾸며놓았다. 형제들이 이미 본가에서 이사 나와 각자 가족을 꾸렸지만, 가족은 해체되지 않았다. 사실 점점 더 커지고 가까워졌다. 평생 가족이라고는 엄마밖에 없었던 에마는 이런 가족이 존재한다는 사실을 알고 나니 가슴이 아팠다.

사실 이 모든 게 진짜일까? 이런 삶 전체가? 그녀에게는 '그 후로 행복하게 살았답니다' 같은 삶이 너무 초현실적으로 느껴져서 가끔은 이게 꿈이 아닌지, 현실이 힘들 때 그녀가 탈출하던 몽상이 아닌지 확인하려고 살을 꼬집어야만 했다. 꿈이나 몽상이라면 결국 깨어나야 할 것이다.

같이 살기로 결정한 킵과 에마는 둘의 책과 반려동물들을 수용할 더 큰 집을 사무실 근처에서 찾고 있다. 그녀에게는 마침내 명절을 같이 보낼 가족이 다시 생겼다. 그녀의 경력은 《동물원》의 성공 이후로 사실상 탄탄대로로 열렸고, 그녀가 편집장으로서 이끌어갈 새로운 임프린트가 탄생했다.

물론 킵과 에마의 '그 후로 행복하게 살았답니다' 이후에도 다른 이들의 삶은 계속되었다.

아모라는 하나는 로맨스고 하나는 판타지인 두 편의 원고를 썼는데, 에마와 킵이 각자 따로 작업할 수 있어서 더없이 행복했다. 브렌트와 릴리는 아이를 또 낳았는데, 이번에는 킵과 에마에게 니농과 니냥[136]이 되어달라고 부탁했다. 닉은 자신과 같은 음악가인 새 여자 친구를 만났고, 음반 회사와 계약했다. 닉과 그의 밴드는 내년에 첫 앨범을 발매할 예정이다. 에마와 닉은 이제 친구가 아니지만, 같이 공유한 역사가 된 추억의 조각들로 서로의 삶에 남았다. 제이니는 작년에, 테오가 당시 여자 친구와 헤어진 지 몇 달 후에 그와 결혼했다. 정신없이 휘몰아치는 로맨스였지만, 어디를 가든 열정적인 에너지 볼인 제이니다웠다.

그렇다면 킵은? 그는 더 용감하고 대담해져서 위험을 감수하는 걸 덜 꺼리게 되었다. 그는 무엇이든 두 번째가 되는 것을 더는 두려워하지 않았다. 회사 체육 대회에서 계주 경기 같은 유치한 시합에서 졌을 때, 그가 여전히 불쾌해하는 걸 에마는 알고 있지만 말이다. 사실 킵은 삶 전체에서 더 큰 도약을 하고 있었다. 킵의 에이전트는 필리핀 신화에 영감을 받아 그가 쓴 대서사 판타지 소설에 출판사 세 곳이 입찰 경쟁을 벌이고 있다고 넌지시 알려주었다. 그는 동물 보호소에서 강아

---

136 대모를 의미하는 타갈로그어.

지 한 마리와 고양이 한 마리를 입양했다. 그리고 에마에게 같이 살자고 요청한 쪽은 사실 킵이다. 킵은 그녀가 그 주위를 돌면서 세상에서 균형을 찾을 수 있는 궤도가 되었고, 칠흑같이 어두운 밤에 길잡이가 되는 북극성이 되었고, 하나의 작은 생명에게는 너무 광대하고 너무 공허하게 느껴지는 우주에서 태양이 되었다. 킵은 집처럼, 호빗 굴처럼 느껴졌는데, 그건 그녀에게 위안을 의미했다.

그런 이유로 킵이 그녀의 손을 잡고 백 엔드[137]로 데리고 가서, 그녀 앞에 무릎을 꿇고 반지 하나를 내밀었을 때 그녀는 놀라지 않았다. 킵은 에마를 알았고, 보았고, 사랑했다. 에마는 한순간도 그를 의심하지 않았다.

킵 또한 그녀를 의심하지 않았다.

대부분 사랑 이야기에서는 여기가 결말일 것이다. 서로의 삶이 다할 때까지 지키겠다는 평생의 약속, 살아 있는 동안 서로 사랑하겠다는 서약. 하지만 에마에게 이건 결말처럼 느껴지지 않았다. 시작도 아니었다. 평생 함께 나눌 사랑과 위안, 즐거움과 모험의 계속일 뿐이었다.

사랑에 결말이 있을까? 에마는 아니라고 생각했다. 누군가는 항상 이야기를 계속해야 하니까.

---

137 《반지의 제왕》에서 빌보와 프로도가 사는 지하 거주지.

감사의 글

이 책은 갑자기 세상 밖으로 나오게 되었습니다. 처음 썼을 때는 소장용으로 썼기 때문에 영원히 감춰둘 계획이었습니다. 여러분 손에 있는 이 책을 운명이라고 말하기에는 너무 거창한 것 같습니다. 운명은 은밀한 내 소설이 이렇게 책으로 둔갑하게 된 과정과 아무 관계가 없기 때문입니다. 그 과정에서 많은 분이 이 책을 어둠에서 꺼내어 빛을 보게 해주셨습니다. 다음 분들에게는 아무리 감사 인사를 표현해도 충분치 않을 것 같습니다.

펭귄 랜덤하우스 SEA의 출판인인 노라 내저린 아부 베이커(Nora Nazarene Abu Baker), 당신은 저와 제 소설에 처음으로 기회를 주신 분입니다. 저는 너무 오래 슬럼프에 빠져 있어서 거의 포기하기 직전이었습니다. 하지만 사랑과 마찬가지로, 소설도 바로잡을 딱 한 번의 운명적인 기회가 필요합니다. 제게 그 기회를 주신 분이 당신인 걸 절대 잊지 않겠습니다.

경이로운 편집자 대치야니 링개나단(Thatchaaaynie Renganathan), 당신과 한 작업은 너무 재미있었어요. 편집자님처럼 글에서 내가 말하려는 바를 제대로 이해한 사람을 만나본 적이 없었어요. 너무너무 감사합니다. 같이 책을 몇 권 더 작

317

업할까요? (다음번에는 마감을 꼭 지키겠다고 약속할게요.)

홍보 담당자이자 소셜 미디어 천재인 차이타냐 스리바스타바(Chaitanya Srivastava), 제가 만들어낸 모든 것을 스스로 의심할 때조차 당신은 제 소설에 너무 열광해줬어요. 당신이 없었다면, 제가 너무도 사랑하는 작가들과의 멋진 만남과 그들의 열렬한 지지, 언론의 특집 기사, 이벤트, 북 투어나 다른 모든 것들을 이룰 수 없었을 거예요! 난 가끔 이게 현실인가 싶어서 살을 꼬집어봐요. 모두 당신 덕분입니다.

디지털 미디어 마케터인 가리마 바트(Garima Bhatt), 판매 책임자인 알미라 이비오 만두리오(Almira Ebio Manduriao), 두 분의 전문 지식으로 제 책을 독자에게 데려다주셔서 감사드립니다!

책 표지를 디자인해주신 마나시 마더(Manasi Mathur), 예쁜 표지를 만들어주셔서 감사드려요. 소설 내용을 정확히 보여주셨을 뿐만 아니라, 본질도 아주 정확히 포착해내셨습니다. 감사드려요. (게다가 노란색은 제가 제일 좋아하는 색상이기도 해요!)

이 꿈을 현실로 만들어주신 스와다 싱(Swadha Sings), 이샤니 바타차리아(Ishani Bhattacharya), 디비야 가우르(Divya Gaur)와 그 밖에 성함을 알지 못하는 많은 분께 이 책에 쏟아부으신 모든 노고에 감사드립니다. 사람들은 도서 출판을 생각할 때, 지면 구성, 원고 검수, 교정, 시그니처 프루프 확인, 행정 업무, 법률과 회계 업무 등 여러 일이 뒤에서 벌어지고, 그중 많은 부분이 도서 출판의 빛나는 부분에 가려져 있다는 걸 모릅니다. 이 책을 위해 여러분이 하신 모든 일에 감사드립니다. 여러분이 없다면, 저는 여기 없었을 거예요. 여러분이 없다면, 출판업계도 존재할 수 없을 겁니다. 정말로 감사드립니다.

젠 찬(Jen Chan), 나이시(Nicee), 엘라 비앵카(Ela Bianca), 아주 초기에 쓴 가장 부끄러운 초고를 처음부터 끝까지 읽어주셨습니다. 여러분의 통찰력과 의견이 지금의 이 소설을 만들었습니다. 여러분이 도와주지 않았다면 이 책은 존재할 수 없을 겁니다.

엄마, 아빠, 젬, 제스, 롤라마미, 티타 제인과 우리 가족 모두, 글쓰기에 전력 질주할 때 절 참아주셔서 감사드려요. 이 전력 질주가 곧 끝나지는 않을 거라는 것만 알아주세요.

미나 에스게라(Mina Esguerra)와 로맨스 클래스(Romance Class) 커뮤니티 여러분, 제가 가장 우울하고 글쓰기에 싫증 났을 때, 여러분이 제게 찾아와주셨어요. 로맨스 클래스는 애초에 제가 왜 소설을 쓰고 싶었는지를 일깨워주었습니다. 이들은 아낌없는 지지와 사랑을 주셔서, 너무나 가족처럼 느껴졌어요. 아주 일부분이었지만, 그 일부가 되어서 기뻤습니다.

코코와 이안, 준, 제임스, 리오, 젬, 마르크, 비아, 미즈 디나, 미즈 롯데, 미즈 로즈, 미즈 젠, 제가 이렇게 책을 쓰고 출판할 수 있다고 믿어줘서 고마워요. 우린 지난 9년간 함께 정말 많은 책을 출판했지만, 내 책이 있다는 게 아직도 너무 현실 같지 않아요.

이메리타 타갈(Emerita Tagal) 선생님은 제가 제일 좋아했던 고등학교 영어 선생님이신데, 숙제로 제출한 20페이지짜리 에세이를 참고 읽어주셨죠. 선생님께서 저를 믿어주지 않으셨다면, 전 작가가 되지 못했을 겁니다. 모두 다 선생님으로부터 시작된 일이에요. 지금 우리가 어디에 와 있는지 보세요!

린 페인터(Lynn Painter), 여기 당신 이름을 쓰고 있다는 게 믿어지지 않아요. 날 꼬집어봐요, 아니 뺨을 때려봐요! 꿈을 꾸는 게 틀림없어요. 제 소설에 보내주신 꾸준한 도움과 지지에 감사드립니다. 너무, 너무나 소중한 경험이었어요.

미키 잉글스(Mickey Ingles), 캐서린 델로사(Catherine Dellosa), 메이 코유토(Mae Coyuito), 이 왕초보 작가를 도와주셔서 감사드립니다. 제가 뭘 하고 있는지조차 잘 몰랐는데, 여러분이 이 과정에서 많이 지지해주고 도와주셨어요. 너무나 감사드립니다!!!

로맨스 커뮤니티는 너무 많은 도움이 되었는데, 데뷔하는 작가로서 저와 제 책을 도와주셨던 환상적인 작가들을 만났던 건 행운이라고 생각합니다. 서맨사 영(Samantha Young), M. A. 워델(Wardell), 아이비 은게오(Ivy Ngeow), 두르조이 다타(Durjoy Datta), 젠 맥킨레이(Jen McKinlay), 니콜라스 디도미지오(Nicholas Didomizio), 너그럽게 시간과 에너지와 노력을 쏟아 지구 반대편 이 작고 작은 나라의 보잘것없는 작가를 도와주셔서 감사드립니다. 여기 여러분의 이름을 타이핑하는 지금도 꿈꾸는 것만 같아요. 어떻게 이런 일이 가능하죠?

알리 헤이즐우드(Ali Hazelwood)와 테사 베일리(Tessa Bailey), 제 인스타그램 피드에 두 분이 댓글을 달고 심지어 제 하찮은 계정을 팔로우하는 건 고사하고, 두 분의 이름을 보는 것조차 꿈에서도 상상할 수 없던 일이었습니다. 지금 무슨 일이 일어나고 있는 거죠? 그게 뭐든, 너무나 감사합니다!

아주 너그럽게 댓글과 창의적인 게시물, 릴을 올려주신 북스타그램(Bookstgram)과 북톡(Booktok) 이용자들, 도서 블로거와 책벌레를 비롯한 모든 도서 커뮤니티 여러분, '좋아요'와 공유, 코멘트 등 여러분이 해주신 모든 일에 감사드려요.

그리고 독자 여러분, 우리가 이 책을 통해 만난 건 운명일지 모릅니다. 우리를 여기다 데려다놓은 건 사랑 이야기와 두 번째 기회, 로맨스를 향한 서로의 애정일 겁니다. 그게 무엇이었든 간에 만나서 매우 반갑습니다.

이 책의 장르는 로맨스 소설이지만, 배경은 필리핀의 출판업계입니다. 출판업과 관련한 일을 하면서도 사실 한 권의 책이 나오기까지 어떤 과정을 세세하게 거치는지는 잘 몰랐습니다. 개인적으로는 이번 소설을 통해 책의 제작 과정, 편집자와 출판사의 여러 업무와 행사를 들여다볼 수 있어서 반가웠고, 많은 분의 노고에 새삼 감사하게 되었습니다. 이 책의 저자는 현직으로 필리핀의 출판사에서 일하는 편집장이자, 로맨스 및 SFF 소설가입니다. 얼핏 상반되어 보이는 두 장르에 대한 견해와 경험을 등장인물의 대화를 통해 녹여내는 작가의 필력이 인상적이었습니다.

이 책에서는 라이벌인 두 편집자가 책에 관련된 농담을 대결 형식으로 주고받으며 사랑이 싹틉니다. 직업적인 면만 빼면 썸에서 사랑으로 이어지는 과정과 실연의 상처, 지난 연인과의 관계로 인한 갈등은 여느 연인이든 공감할 만한 내용입니다. 둘은 이전 연인과의 오랜 역사가 있기에 새로 만난 연인이 다시 자신을 아프게 할까 봐 두려워합니다. 원제에 있는 'second'라는 표현에는 많은 의미가 담겨 있습니다. 남자 주인공 킵은 여자 친구의 전 남친이자 자신의 절친이기도 한 친구에게 그녀를 뺏깁니다. 킵은 자신이 여자 친구의 두 번째 선택지가 된 것에 크게 상심합니다. 그래서 이후에 만난 여자 주인공 에마도 자신을 그렇게 버릴까 봐 두려워합니다. 한편 어머니와 단둘이 살던 에마는 코로나 첫해에 어머니를 잃은 후, 혼자 되는 것을 두려워하며 전 남친과 헤어지고 나서도 친구라는 명분으로 그를 곁에 둡니다. 설렘과 의심과 불안과 혼란의 소용돌이 속에서 결국 에마와 킵은 서로에게 몇 번째 사랑이고, 몇 번째 선택인지보다 마지막 사랑이라는 사실이 더 중요하다는 걸 깨닫습니다.

두 남녀 주인공은 대체로 내성적이고 겁이 많습니다. 인생에 어려움이 닥칠 때, 책을 읽고 영화를 보면서 극복해나가는 사람들답게 조금 답답한 면이 있습니다. 그래서 소심하고 내성적인 주인공의 마음을 때로는 대변하고 확인하는 역할을 하는 친구 제이니의 캐릭터가 사이다처럼 시원하게 느껴집니다. 어느 인터뷰에서 작가도 제이니를 통해 대리 만족을 했다고 하더군요. 저도 인생을 제이니처럼 직설적이고, 쾌활하고, 적극적이고 대범하게 살 수 있다면 얼마나 좋을까 싶었습니다. 또 눈빛만으로 내 마음을 꿰뚫어 보는 친구가 있는 에마가 너무 부러웠습니다.

로맨스 소설은 늘 가슴을 설레게 합니다. 읽다 보면 어느새 주인공에 빙의된 듯 등장인물과 같이 울고, 웃으면서 사랑이 이루어지길 간절히 바랍니다. 책을 사랑하는 두 남녀 주인공의 티키타카와 재치 있는 농담을 읽으며 즐거웠고, 책에 등장하는 문학 작품 인용구들을 번역하면서 둘은 역시 책벌레라는 생각이 들기도 했습니다.

책에 'book nerd'라는 표현이 자주 나옵니다. '너드'라고 그대로 번역하면 신세대는 이해하기가 쉽겠지만, 다양한 독자를 고려하여 '괴짜', '책벌레', '얼간이' 등으로 문맥에 맞게 옮겼습니다. 소설 중에 nerd가 쿨하고 멋진 이미지로 인정받는 세상이 되었다는 부분이 있습니다. 한 가지 분야에 몰두하고 전념하는 전문가가 어리숙하고 세상 물정 모른다기보다 멋져 보이고, 섹시하다고 인정받는 세상이 됐다는 점은 바람직한 현상입니다. 또한 출판업계를 떠나지 못하는 서로를 놀리며, 부자가 될 수 없는 일을 하고 싶어 안달이라고 말하는 부분이 나오는데, 저 또한 그런 너드 중 하나가 아닌가 공감하면서 읽었습니다.

필리핀의 직장 문화는 관련된 일을 하는 사람들을 제외한 일반인에게 많이 알려지지 않았습니다만, 이 작품으로 접하니 코로나 시기의 재택근무를 포함해서, 마감에 쫓기느라 밤늦게까지 일하는 편집자의 업무, 사내 체육 대회와 직장 내 로맨스 등은 한국 직장인의 모습과 다르지 않았습니다. 이러한 인간사의 보편성을 확인하고 공감하게 해주는 것이 문학의 힘이 아닌가 싶습니다. 필리핀 현대 소설은 아직 한국에서는 미지의 세계인 듯합니다. 이 작품을 계기로 훌륭한 필리핀 작품이 국내에 많이 소개되었으면 좋겠습니다.

작가 연보를 작성하려고 인터넷을 뒤지다가 한계에 부딪혀 작가에게 직접 이메일을 보냈습니다. 한국의 번역가라면서 불쑥 보낸 메일을 스팸 취급하지 않고 곧바로 답장을 써준 이 책의 저자 미카 드 리언 님께 감사드립니다.

작가에 따르면 곧 작가의 하이 판타지 3부작 시리즈 중 세 번째 책인 《정복의 씨앗(Seed of Conquest)》이 출간될 예정이라고 합니다. 또한 《러브 온 더 세컨드 리드》의 등장인물 중 한 명을 주인공으로 한 로맨스 소설 《마닐라의 인연(Meant to Be in Manila)》(가제)과 《라 유니언에서 맞은 마지막 기회(Last Chance La Union)》(가제)도 출간을 준비하고 있다고 합니다. 이 책을 흥미롭게 읽은 독자 여러분의 관심과 성원이 자매 책으로도 이어졌으면 좋겠습니다.

미카 드 리언 연보

1988년	10월 24일 메트로 마닐라에서 출생.
1997년	초등학교 시절인 이즈음부터 소설 쓰기 시작.
2006년	6월 산토토마스대학교(University of Santo To-mas) 입학, 언론학 전공.
2010년	3월 산토토마스대학교 우등 졸업. 5월부터 3년간 금융사에서 홍보 전문가로 재직.
2012~2013년	다양한 언론에서 연예, 라이프 스타일, 건강과 과학 분야를 취재하는 기자로 근무하다가, 2013년 뉴스 편집자로 편집에 발을 들임.
2014년	7월 서밋북스(Summit Books)에서 보조 편집자로 입사해 도서 편집자로서의 경력 시작.
2016년	서밋북스의 편집장으로 승진.
2019년	10월 로맨스, 페미니즘, 역사, 판타지에 관한 에세이 〈저를 도서 편집자로 불러주시기를 감히 청해봅니다(Call Me a Book Editor, I Dare You)〉로 돈 카를로스 팔랑카 기념 문학상 수상. 12월 《이 외로운 벽 사이에서—시와 산문(Between These Lonely Walls—Poetry+Prose)》 출간.
2022년	11월 계엄령 및 대통령 선거의 여파가 있던 시기에 필리핀인의 정체성을 다룬 에세이 〈필리핀 천 년의 단일 신화(Filipino Millennial Monomyth)〉로 돈 카를로스 팔랑카 기념 문학상 수상.
2023년	12월 로맨스 소설 《러브 온 더 세컨드 리드》 출간.

2024년   4월 하이 판타지 3부작 시리즈 중 첫 번째 책 《전쟁
의 바람(Winds of War)》 출간. 이 시리즈는 필리핀
신화와 민속 설화에서 영감을 받음.
5월 서밋북스의 총괄 편집국장으로 승진.
8월 하이 판타지 3부작 시리즈 중 두 번째 책 《힘의
맥(Veins of Power)》 출간.

옮긴이 **허선영**

전남대학교를 졸업한 후 20년간 영어를 가르쳤고, 지금은 번역가로 활동 중이다. 저자의 진심을 오롯이 담아내는 번역가가 되겠다는 포부로 글을 옮기며 배우고 있다. 역서로는 《시리, 나는 누구지?》, 《남편이 떠나면 고맙다고 말하세요》, 《난센스 노벨》, 《수선화 살인사건》, 《오톨린과 보랏빛 여우》 , 《카인드》, 《내 삶을 구한 일곱 번의 만남》, 《알파의 시대》, 《아이덴티티》, 《겟 스마트》, 《나는 시크릿으로 인생을 바꿨다》 등과 전자책 《미들 템플 살인사건》이 있다.

러브 온 더 세컨드 리드

1판 1쇄 인쇄 2025년 1월 20일
1판 1쇄 발행 2025년 2월 13일

지은이 · 미카 드 리언
옮긴이 · 허선영

펴낸이 · 백수미
펴낸곳 · 한세예스24문화재단

편집 및 디자인 · 눈씨
표지 일러스트 · 곽명주

출판등록 · 2018년 4월 3일 제2018-000044호
주소 · (07237) 서울시 영등포구 은행로 3 익스콘벤처타워 610호
대표전화 · 02-3779-0900 | 팩스 · 02-3779-5560
이메일 · foundation@hansae.com
홈페이지 · www.hansaeyes24foundation.com